一方丛书

郝建国 主编

# 小镇传奇

杨立元 ◎ 著

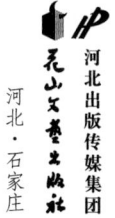

花山文艺出版社
河北出版传媒集团
河北·石家庄

图书在版编目（CIP）数据

小镇传奇 / 杨立元著. -- 石家庄：花山文艺出版社，2022.10
（一方丛书 / 郝建国主编）
ISBN 978-7-5511-6251-7

Ⅰ．①小… Ⅱ．①杨… Ⅲ．①短篇小说－小说集－中国－当代 Ⅳ．①I247.7

中国版本图书馆CIP数据核字（2022）第146041号

| 丛 书 名： | 一方丛书 |
|---|---|
| 主　　编： | 郝建国 |
| 书 　名： | 小镇传奇<br>Xiaozhen Chuanqi |
| 著　　者： | 杨立元 |
| 责任编辑： | 卢水淹 |
| 责任校对： | 杨丽英 |
| 美术编辑： | 王爱芹 |
| 出版发行： | 花山文艺出版社（邮政编码：050061）<br>（河北省石家庄市友谊北大街330号） |
| 销售热线： | 0311-88643221 / 34 / 48 |
| 印　　刷： | 石家庄燕赵创新印刷有限公司 |
| 经　　销： | 新华书店 |
| 开　　本： | 880mm×1230mm　1 / 32 |
| 印　　张： | 12.25 |
| 字　　数： | 254千字 |
| 版　　次： | 2022年10月第1版<br>2022年10月第1次印刷 |
| 书　　号： | ISBN 978-7-5511-6251-7 |
| 定　　价： | 45.00元 |

（版权所有　翻印必究·印装有误　负责调换）

# 总　　序

郝建国

一方有一方水土，一方水土养一方人。

在蜿蜒几千公里境界豁然开朗的古黄河北岸，有孕育古老华夏文明的一片沃土。这片沃土，人杰地灵，上演过无数惊天地泣鬼神的现实大片，也涌现过无数壮怀激烈的仁人志士。

时至21世纪20年代，经历过改革开放四十多年、乘历史的列车快速驶入新时代的中国，每天都呈现着崭新的面貌，取得突飞猛进的发展。记录时代的变迁，反映当下普通大众的喜怒哀乐，给历史留下弥足珍贵的信史，是每一名文学工作者的使命和义不容辞的责任。为此，我们组织策划了这套"一方丛书"。

人民是历史的创造者，也是时代的创造者。在人民的壮阔奋斗中，随处跃动着创造历史的火热篇章，汇聚起来就是一部人民的史诗。"一方丛书"，选择一方沃土，用心书写一方烟火中的精彩故事，描画平民百姓的生存状态和酸甜苦辣，是我们贯彻落实"以人民为中心"创作导向的具体行动，具有积极的现实意义，更具有深远的历史意义。

"铁肩担道义，妙手著文章。"丛书的五位作者，出生于20世纪六七十年代，均是活跃于中国文坛的河北知名作家。他们或笔力遒劲，或灵光闪耀，把对现实持久洞彻的观察，行诸笔端，冷静铺陈，隐深情于字里行间，传激越于千里之外，抒发了对中国大地，特别是对燕赵热土上芸芸众生的满怀深情。为了避免雷同，也为了覆盖河北全境，我们将五位作者的写作范围做了大致的区域性划分：刘江滨为冀南，关涉整个河北；杨立元为冀东；绿窗为冀北；虽然、孟昭旺为冀中。五位作家作为各自区域的代言人，更能穷形尽相地写出生于斯长于斯的故乡的精气神，也便于读者们从一个个感人的故事中抽绎出各个区域的人文精神和独特气质，进而对河北以及河北人有个总体认知，找到足以涵盖河北的关键词。作家们的写作，选择了特定的场景和人物，故事均来自日常观察和积累，故事的主人公就生活在他们身边，有名有姓，虽文中以化名出现，然本着"不虚美"的原则，尽力写出生活的真实和情感的真实，可以说是小说化的、散文化的客观现实。

宣传河北文化的书籍，过去出过许许多多，彩色的、黑白的，文字的、图画的，开本大的、开本小的，单位组织的、个人著述的，不一而足。许多以河北为背景的小说、散文、戏剧经典，客观上也起到了宣传推介河北的作用。但是，这样系统地以文学的方式通过记述普通百姓来宣传河北，应该还是第一次。宋代孟元老的《东京梦华录》，记录了都城开封的风土人情和各色人等的日常生活，至今仍是研究北宋都市社会生活、经济文化的珍贵资料，具有恒久的价值。"一方丛书"，以此为目标，希望为后人存留记录当下民间最具代表性生活的鲜活资料。

河北乃京畿重地，对时代风云的激荡感受最为敏感，记录河北这一方的时代脉动，其实就是记录中国的发展节律，记录中国发展的时代足音。实现中华民族伟大复兴中国梦的号角已然吹响，日新月异的中国将会提供更多的素材和故事，而我们的记录只是刚刚开始，一切还都在路上。

从我们这"一方"眺望中国的一方又一方，每一方都代表着今日中国的气象和中国的模样，都是历史回望时珍贵的典藏。

# 不仅仅是怀念（代序）

关仁山

看完立元兄小说集《小镇传奇》，一种眷恋和怀念之情油然而生。那小镇的街道房舍、学校商店、车站月台、煤河清波、土地庄稼纷至沓来，父老乡亲、同学老师、亲朋好友、故人旧交在眼前复现，岁月如歌、往事如烟、情思如缕，绵绵不断。

小镇名叫唐坊桥，也叫五道桥。我与立元兄同为小镇人，且为三代世交。我的父母与立元兄的父母过往很多，我与立元兄同是唐坊小学和唐坊高中毕业。立元兄组建"碣石"文学社时我是编委，我上电大时，立元兄是我的老师。我的创作一直得到立元兄的指导，我作品的第一篇评论就是立元兄写的。他提出"三驾马车"时，我是"三驾马车"之一。我的儿子关铮又在他所在的大学就读，立元兄对他多有关照。多年来，我与立元兄不是兄弟胜似兄弟。我们在小镇度过了最好的年华，对小镇的生活留下了难以磨灭的印象。立元兄高中毕业后，历经坎坷磨难，在恢复高考后考入河北师范大学昌黎分校。我是在他考学的第二年考入昌黎师范，因为我们的关系，他破格吸收我这个唯一的一名中专生入文学社，并担任编委。他毕业后，我接任文学社社长。我们这种对文学的浓厚情结就是从那个时候缔结的。立元兄毕业后在唐山师专任教，我毕业后回到小镇的唐坊小学任教。逢是立元兄星期天回家，我们就经常在一起切磋文学创作。我的第一篇作品《亮晶晶的雨丝》就是在唐坊小学任教时，面对学校外面偌大的鱼塘有感而发而写成的，先是发表在丰南县文化馆办的一个内部刊物《芦笛》上。后来让立元兄看后，他说结尾有些拖沓，我修改后发在《唐山劳动日报》上。这篇作品，还是很稚嫩的，在我成为作家以后，这篇作品便有了处女作的意义。

小镇形成于19世纪末期，在有小镇之前先有了煤河。这是因为在1878年开平煤矿开矿后，为了运输开平煤，需要修一条运煤的通道。朝廷原本想修一段陆路，但小镇这一带地势低洼，夏秋季经常下大雨，道路泥泞，甚至路面被水淹没，"需垫高筑坚，颇费工程"，为适应运煤的需要，"唯有舍陆地而取河运"。于是清王朝议定由胥各庄到阎庄开挖一条35千米长、河面宽20米、水深3米至5米的河道，引蓟运河水入煤河，以舟楫通行。这样煤河连接已有的蓟运河，通至北塘海口，开平煤炭就可以经唐胥铁路、煤河、蓟运河运至北塘海口。煤河于1881年3月开挖，当年8月竣工。在挖了煤河以后，便每隔十里建一木桥，以解决两岸之交通。张焘在《津门杂记》中曾这样记载："煤河，起建十桥，均由督办唐景星观察酌定。每隔十里建筑一座，禀由李傅相（即李鸿章）赐以嘉名，附近居人皆欢喜无量。第一桥名利涉，在芦台至宁河大道；二曰通津，在裴庄子；三曰济众，在大田庄；四曰拱辰，在赵鸡翎庄；五曰咏唐，在唐坊；六曰履泰，在泰来号；七曰望丰，在侉子庄；八曰汇通，在胥各庄；九曰阜民，在王家河；十曰庆成，在唐山煤井南。"这十座桥的桥名是由开平矿务局总办唐廷枢禀报，恭请李鸿章命名而定的。在煤河开挖以后，沿河景象蔚为大观，据县志记载：煤河"长七十余里，宽十数丈，引芦河之水，随潮汐上下，设闸储蓄，波平浪静，四时不涸，商艘客船，樯密如林，来往洋轮疾于奔马而起，浚之处名河头"。1882年8月，煤河内、外运河全线贯通，开平煤炭实现了河道运输。至1887年，通过此河运至天津的煤炭达40万吨，占同期开平煤矿产量的一半。

据考证，小镇的建镇时间应在开挖煤河之后与建车站之前。而这车站又是怎么建的呢？煤河竣工以后，因为有水陆码头，便有了些装卸工，有了些人口，而形成小镇的雏形。因为小镇的西面一里多远的村子叫唐坊村，河上有桥，人们便合二为一，称此地为唐坊桥。又因为小镇河面上的桥是第五道桥，所以当地人又把唐坊桥称为五道桥。此时小镇人口寥寥，基本都是外来人口。当煤河挖到胥各庄，因为胥各庄至唐山一段地势渐高，引水造河显然不宜，煤河挖到胥各庄就终止了，所以人们又把胥各庄叫"河头"。因此又建了唐胥铁路，而后铁路又从胥各庄往西延伸。胥各庄的下一站就是小镇的火车站——唐坊站。据史料记载：唐胥铁路是中国自建的第一条标准轨运货铁路。光绪五年（1879年）清政府允准开平矿务局出资修建一条自唐山至胥各庄的运煤铁路，并聘矿务局英籍工程师金达监修。因守旧势力反对，未果。次年矿务局复请修建获准。第二年建成，为单轨轻便铁路。据说开始时用马拉火车，第二年使用机车牵引。光绪十一年（1885年）开始从胥各庄向芦台延展，次年完成，称唐芦铁路。可见，小镇车站建于1885年和1886年之间。小镇自有了车站以后，便热闹非凡，聚集了九省十八县的人。此时河道中舟楫通行，铁路上火车飞奔，镇上店铺鳞次栉比，亭台楼阁林立，有些外国人也招摇过市，成就了小站一时的辉煌。此时小镇被煤河分成南北两片，一桥连通。小镇的风光极美。清澈的河水穿镇而过，渔船在河中游弋，两岸杨柳依依，家家栽种果木花草，使得小镇到处洋溢浓郁的芬芳。由于这优美环境的浸润，长久地影响我们的创作心态和创作生命，为立元兄和我的作品形成清新明快、质朴厚重的风格起了奠基作用。小镇的环境在立元兄的小说中多有描绘，想必一定会给读者留下深刻的印象，这里不必赘述。

立元兄出身于铁路世家。他姥爷是唐坊车站第一代工人，父亲是第二代，哥哥是第三代铁路工人。他在小镇上完唐坊小学、唐坊高中（因为"文革"的原因，他高小毕业后辍学未上初中），我也是先后在这两所学校上学。立元兄唐坊高中毕业后在小镇务农，在唐坊车站干装卸（即扛脚行），在唐坊粮库装粮囤。干装卸这活计是极辛苦的。就说冬天夜间装菜车，装卸工要把小镇附近陡河岸边农民种的大白菜装上火车运往外地。寒冬腊月，滴水成冰，装火车的人需穿着单薄的衣服装车，装车时大汗淋漓，装完后寒风一吹，衣服便冻了冰，这种苦寒程度可想而知。他还经常与另一个装卸工卸一个30吨车皮的石头或煤。他在粮库装粮囤，每天扛起200斤的粮食包往几米高的粮囤里装粮，在翘板上往来奔跑如飞。后来，因为他能干能写能说，被大队提拔为生产队副队长、团支部书记和大队副书记，后又被唐坊公社定为后备干部。这样，他就经常去公社帮助工作。我父亲是一个由农民成长起来的乡镇干部，一直在小镇所在地的唐坊工委当干部（先当秘书，后任工委副书记），在小镇有很好的口碑，母亲也有很好的人缘。那时，公社与工委挨着，这样立元兄与我父亲常有工作的交集，他的父母与我的父母关系也非常好。后来，立元兄调到县里工作，先后任大下工作组组长和丰南石矿政工组长（办公室主任），恢复高考后考入大学。可以说，从小到大，我们与小镇有着割不断扯不断的联系和血肉般的深情。小镇是我们的生命之根、养身之地，给予了我们生命的滋养和心灵的营养，培养了我们纯朴厚道、踏实肯干的性格。现在我们虽然离开了小镇，但对小镇依然充满感情，我们一谈起小镇，便情感激动，心潮起伏，眼睛湿润。这正如艾青所说："为什么我的眼里常含泪水，因为我对这土地爱得深沉。"大概每个作家心中都有一个美好的"图式"，那就是自己的家乡。我和立元兄亦然，虽然我们现在都离开了小镇，但小镇的地形状貌、小镇人的生存状态已在我们心中根深蒂固，像"邮戳"一样印在脑海。

立元兄的这部小说集《小镇传奇》收入了50篇小说，林林总总，可以成为小镇的风俗画、风情录、人物集。这是如一幅《清明上河图》式的长卷，令人耐看，使人感动；这也是一部地标式的小说，抑或是用小说的手法写历史，写得栩栩如生，文情并茂，再现了小镇的往昔，留住了小镇的过去。

立元兄是用白描和写生的方法写小镇的，就是直笔实录的写法而写的，以复活小镇的美丽富庶的生活生态，复现小镇人的乐观豁达、勤劳质朴的性格。他作品中提到的地名都是真实的，人名（有的用了化名）和故事，我都非常熟悉。作品中有的事情我听说过，作品里的人有的我也认识，如《算命先生》中的算命先生"斜老愣"，《小镇英雄》中的抗日英雄李保本，等等，小镇高中的老师有的也教过我，现在唐坊小学的校名还是我写的。过去在唐坊小学的走廊上曾经挂着我们俩的大幅照片，我们是学校的骄傲，在唐坊高中的情况介绍中把我们作为优秀毕业生重点提及。因为此书是为小镇写史、为小镇人留名，基本是实录性的复现和影视般的回放。这正如立元兄在《后记》中所说："在小镇传奇的写作中，我基本坚持'有真意，去粉饰，少做作，勿卖弄'的白描手法，不追求所谓的深度和高度，采用本色写法，以再现小镇的原貌，留下小镇的旧事。"

可见，立元兄写这些小说，不仅仅是怀念，而是为的留下小镇的历史、小镇人的形象。《小镇传奇》虽说是白描和直叙，但写得也非常生动，活画出了小镇的图景和人物状态。如写景：

小站像一只秃鹫突兀、孤零地眈视着广袤的原野。百米长的月台上歪斜着几棵桃花树，飘零着几瓣褪尽了芳香的枯朵。道口处的长栏杆涂了颜色，像一条巨蟒时起时伏。一侧有几间砖房，漆成酱紫色，宛如一块发了酵的大块酱豆腐。有一座残破、斑驳的碉堡依偎着它，证明着小站历史的久远。一条长长的河流伴随着两条无休止的铁轨，飘逝在远方。时有火车通过，浓重的黑烟给高远的天空涂上几笔颜色，渐渐地淡化了。一座石桥横亘河面，河那边有百十户人家，在绿柳中露出端倪。这条河叫煤河，原是洋人运送开滦煤的通道，初时是极热闹的，舟楫通行，招来了九省十八县的人，聚成小镇，楼阁林立，人烟密集。蓝眼碧发，挺胸凸肚的洋人，漂亮风骚的日本娘儿们也曾招摇过市，招惹出不少风流韵事，留给后人作为茶余饭后的谈资，消愁解闷的笑料。如今，这条河早已时过境迁，没了往日的风韵，只在地图上添一道蓝色。小镇却依旧飘逸着旧时的遗风，家家门口挂起招牌，杂货摊、小吃部、旅店、饭馆应运而生，有不甘寂寞的好事者开发录像厅、台球室，居民们从此有了消遣的地方。

这是《小镇传奇》第一篇《站长》中的第一段，栩栩如生地写出了小镇的境况，为后面的小说作了交代。再如写人：

> 张老挑个子细高挑，像个高粱秆儿。他给顾客剃头，须弯大腰才行。他脸上有麻子，星星点点，一笑满脸开花。他长得白净，因为脸上缺乏血色，乍一看，挺瘆人的。小镇的人给他起了一个绰号"纸张人"。他娶了个一米五多的矮胖女人为妻，这个女人圆圆的，像个皮球，皮肤泛光。小镇人也给她起了一个绰号"高三尺"，意即只有三尺高。夫妻站在一起，差了半截儿，只有对比没有谐调。这个女人生出的孩子随妈，个儿都矬。因此在家中，张老挑显得鹤立鸡群。

这是《剃头匠》中对剃头匠张老挑和他女人的形象描写。二人长相大相径庭，只有对比，没有谐调。

再如对《算命先生》"斜老愣"的描写：

> 他瘦高个儿，身子细长细长的，有点儿佝偻，像个刀螂。上身精瘦，不穿衣服，可见一根根的肋骨，像块硬挺挺的搓板。他瘦长脸，像支鞋拔子，加之斜

眼,一说话就眨巴眼,脸上都是动作。据说他生下来睁开眼,就一个眼大一个眼小,烁烁闪光,很是有神,下巴长着几根老鼠须,长长的,似乎从未刮过。他胳膊细长,可过膝盖,手指像竹节,指甲里藏着污垢,平日没事,总是爱用长指甲抠鼻涕嘎巴,邋遢得很。

"斜老愣"就这个长相,我在小镇时,时常能够见到"斜老愣",立元兄描述得很形象。在我儿时,母亲还曾让他给我算过命,说我长大是吃笔墨饭的。我长大后果然成为作家,此言不虚。

《小镇传奇》中的人物均为我们的父老乡亲,他们质朴无华、勤劳善良、助人为乐、坚韧不拔,这可为小镇人的性格和精神。他们有缺点,更有亮点和高点,为我们所不及。如《小镇英雄》中的抗日英雄李保本和《老兵》中的老兵不怕牺牲、抵抗外侵、保家卫国,《小镇闲人》中的闲人和《票友》中的票友爱国爱家,用不同的方式支援抗日,《赤脚医生》中的赤脚医生和《干妈义事》中的干妈扶危济困、乐于助人,《小镇女人》中的女人和《女书记》中的女书记积极进取、不畏困难,《治保主任》中的治保主任和《小镇会计》中的会计大公无私、清正廉洁,《小镇剧团》中的演员和《小镇歌唱家》中的"歌唱家"热爱乡村文艺,积极活跃乡村文化生活,《姥爷》中的姥爷和《"神经"大哥》中的大哥无私奉献,为建设家乡作贡献……这些人物都写得可歌可泣、可圈可点,可以说是我们人生的楷模，学习的榜样。

我们要留住历史有两种方法：一是史学，一是文学。因为文学的生动形象不同于历史的平铺直叙，所以更容易被人记住，如沈从文笔下的湘西、莫言笔下的高密东北乡，又如福克纳的约克纳帕塔法县和马尔克斯的马孔多镇。作为这些作家的原乡或出生地，这里既是他们的精神家园，也是灵魂的栖息地；既是他们创作的驱动地，也是创作的园地。正是他们的努力，把家乡从一个地理概念变成了一个文学地标。立元兄正在完成这样的工作，因为这既是他理所当然的使命，也是他义不容辞的责任。一个作家如不写家乡是忘本，也是失职。"一时今夕会，万里故乡情。"不管我们身在何处，离家有多远，心总是向着家乡。我们把小镇看作生活的乐园、精神的伊甸园，只要我们谈起家乡，绵绵的思乡情不绝如缕，有趣的故事总是说个没完。正如电影《小城故事》中的插曲所唱的那样："小城故事多/充满喜和乐/若是你到小城来/收获特别多/看似一幅画/听像一首歌/人生境界真善美这里已包括/谈的谈说的说/小城故事真不错"。立元兄的这部作品是他对小镇最好的纪念，也是我们对小镇的共同念想。

在这里，还要特别感谢花山文艺出版社社长郝建国兄给予此书出版的大力支持，不但立元兄感谢他，我也要感谢他。出版此书，为小镇写真，为小镇人留影，也是我的心愿啊！

2022年2月

#  目 录

**小镇由来的正史和野史**
  ——小镇传奇之一…………………………………… 1

**皮匠**
  ——小镇传奇之二…………………………………… 11

**李大头**
  ——小镇传奇之三…………………………………… 19

**脚行头儿**
  ——小镇传奇之四…………………………………… 27

**小镇闲人**
  ——小镇传奇之五…………………………………… 36

**小镇英雄**
  ——小镇传奇之六…………………………………… 43

**三梆子**
  ——小镇传奇之七…………………………………… 50

**票友**
  ——小镇传奇之八…………………………………… 57

站长

　　——小镇传奇之九 ················ **63**

看泊人

　　——小镇传奇之十 ················ **73**

说书人

　　——小镇传奇之十一 ··············· **93**

小镇会计

　　——小镇传奇之十二 ··············· **104**

丑爷轶事

　　——小镇传奇之十三 ··············· **110**

干妈义事

　　——小镇传奇之十四 ··············· **117**

剃头匠

　　——小镇传奇之十五 ··············· **126**

赌鬼傻二

　　——小镇传奇之十六 ··············· **133**

白毛和黑毛

　　——小镇传奇之十七 ··············· **142**

算命先生

　　——小镇传奇之十八 ··············· **148**

治保主任

　　——小镇传奇之十九 ··············· **155**

打兔子的人

　　——小镇传奇之二十 ··············· **161**

小镇铁匠

  ——小镇传奇之二十一 …………………… 170

赤脚医生

  ——小镇传奇之二十二 …………………… 177

吃货

  ——小镇传奇之二十三 …………………… 182

吝啬鬼

  ——小镇传奇之二十四 …………………… 187

女书记

  ——小镇传奇之二十五 …………………… 194

打鱼人

  ——小镇传奇之二十六 …………………… 199

"神经"大哥

  ——小镇传奇之二十七 …………………… 205

小镇剧团

  ——小镇传奇之二十八 …………………… 213

好事者

  ——小镇传奇之二十九 …………………… 220

下乡知青

  ——小镇传奇之三十 ……………………… 225

小镇高中

  ——小镇传奇之三十一 …………………… 230

捉蟹人

  ——小镇传奇之三十二 …………………… 238

民间歌唱家

　　——小镇传奇之三十三 ………………………… 245

说客

　　——小镇传奇之三十四 ………………………… 251

小镇奇缘

　　——小镇传奇之三十五 ………………………… 255

姥爷

　　——小镇传奇之三十六 ………………………… 260

小镇女人

　　——小镇传奇之三十七 ………………………… 266

看电影

　　——小镇传奇之三十八 ………………………… 273

看场人

　　——小镇传奇之三十九 ………………………… 280

护秋人

　　——小镇传奇之四十 …………………………… 287

看火车

　　——小镇传奇之四十一 ………………………… 294

串门子

　　——小镇传奇之四十二 ………………………… 299

看瓜人

　　——小镇传奇之四十三 ………………………… 308

老兵

　　——小镇传奇之四十四 ………………………… 314

老黄牛

  ——小镇传奇之四十五 …………………………… 321

二秃子

  ——小镇传奇之四十六 …………………………… 328

四坏子

  ——小镇传奇之四十七 …………………………… 334

五蔫巴

  ——小镇传奇之四十八 …………………………… 340

小落子

  ——小镇传奇之四十九 …………………………… 346

小镇情缘

  ——小镇传奇之五十 ……………………………… 353

故乡：生命的家园与精神的乐园

  ——《小镇传奇》创作絮语 ……………………… 360

# 小镇由来的正史和野史

## ——小镇传奇之一

小镇建镇时间应在开挖煤河之后和建车站之前,这有史可考。开平煤矿开凿以后,为了把煤运到天津,便挖了一条煤河。煤河于1881年春开挖,同年8月竣工。因胥各庄地势较高,流沙严重,煤河到此止步,所以人们又把胥各庄称为"河头"。清廷在1880年修建了一条自唐山至胥各庄运煤的铁路,1885年铁路从胥各庄向芦台延展,次年完成,称唐芦铁路。因为路程较长,途中要在小镇建一车站,所以就有修路工人在此居住,后又招来商贩形成街坊,还有九省十八县的外来人口居住,聚成小镇。小镇因为西面有一大村——唐坊村,此处又是胥各庄至芦台的第五道桥所在地,因而被称为唐坊桥。下面,我就给各位述说一下小镇由来的正史和野史。

先说正史。话说唐廷枢要在唐山建煤矿,当务之急就是要寻一条运煤的通道。他几经考虑,最后决定通过水路运煤,因此便挖了一条煤河。有了煤河以后又修了铁路,所以才有了小镇。在这里,我要详细讲一讲运煤之前原初寻找运煤通道的几种方案，否则也就没有小镇的诞生。

自开平煤矿开矿后，面临的就是煤炭外运问题。起初唐廷枢原计划是想走陆路运输，即走小镇南面的王兰庄的官道。说起这王兰庄，可是大大有名。这是因为王兰庄村北有一"菱角泊"，出产著名的胭脂稻，这稻米是给皇帝进贡的。清代在此有"营田指挥史"，有专职官员掌握种植，负责种收，专供朝廷。为何这里产的稻米叫胭脂稻？这是因为这稻米粒的顺纹带有紫红色的米线，如胭脂色。这胭脂稻也俗称为"三伸腰"，即此米回锅三次，仍清香盈口，味道不变，如同新煮一样，而且每回锅一次，米粒就伸长一段，所以，当地人又称它为"三伸腰"。此米在四大名著之一的《红楼梦》中有几处描述。如第七十五回中，说贾母所吃的"红稻米粥"，就是胭脂稻。可唐廷枢哪里知道，如果秋冬时节，这里的道路还比较硬实，到了夏季雨水多，加之此处地势低洼，土为黑黏土，人踏进去，很不容易拔出脚来。唐廷枢见此也只好作罢。他在给李鸿章的报告中指出：芦台至王兰庄之间地势低洼，尤其是夏季经常下大雨，道路泥泞，甚至路面被水淹没，这"需垫高筑坚，颇费工程"。于是，他又打算修建一条开平至涧河口的铁路。他向李鸿章呈报了《察勘开平煤铁矿务并呈条陈情形节略》，在其中《论由开平至涧河口筑铁路情形》一节，详细介绍了铁路修筑计划。如果从地理位置上看，涧河口是开平进入渤海湾的最近路线，也是运煤的最佳方案，但因为耗资巨大，加之铁路必经之地大半系旗地，也只好作罢。后来他又发现距矿井二里有一小河可以直通陡河，若挖深拓宽，则可行水运直达海滨。经过勘察和调查发现，挑河的成本高、工期长，还会影响河流沿线农田的灌溉，于是此案又未成行。后来"在地方官员的号召之下，宁河县张文印等63名乡绅、滦州稻地镇田可永等37名乡绅联合呈报情况。他们的意见，是由叠道沟挑河至芦台，这样农田得以灌溉，商货得以流通，盐煤两项大宗货物转运也不成问题"（蔡建忠：《丰南涧河口运煤路的弃用之谜》）。这唐廷枢乃是一个务实之人，岂能轻信他人之言，他需亲自调查一番才行。因为这一地段东高西低，利于水运。他与洋人技师携带工具进行了测量，并冒着倾盆大雨看雨水的流向，果然滚滚雨水向西流，他所得出的结论与乡绅的建议基本相符，于是决定挖河，通过河道运输，并上报李鸿章。李鸿章"经过反复权衡"，"最终同意了唐廷枢的胥各庄至芦台阎庄的运河、胥各庄至煤厂车路的组合运输方案。李鸿章还特别批准，荒地不需要付钱，民间土地按市价买卖。为确保顺利推进，李鸿章命候补同知郑焕协助唐廷枢工作"（蔡建忠：《丰南涧河口运煤路的弃用之谜》）。于是清廷议定由胥各庄到阎庄开挖一条35公里长的河道，引蓟运河水运煤。1881年3月，人工挖河的工程开始，"引芦台河水入内"，同年8月竣工。据唐廷枢的上报给朝廷的情况中说："煤河工程造价11.5万两白银。该河长70里，共占地约6500亩，其中官地1500亩、民间高粱地5000亩。沿岸占地面积3732亩。河底宽1.5丈，河面宽6丈，深1丈。两岸河沿3丈以外筑堤，堤高4

尺，宽5丈。河边插柳当作纤道，离堤4丈处种树为河界。"这就是煤河的基本状况。

对于煤河的状况，其中清末文人张焘所著的《津门杂记》写得最为详细："开平在津城东北二百里，其地多山，近滦州、永平，山产煤铁甚富。自光绪初年招股设局，本银一百余万。仿洋法以机器开掘煤矿，所出煤质极为精美，可与洋煤并驾齐驱。价值又廉，销路又广。况章程颇善，机器甚精。现在日可出煤五百余吨。将来更当日新月盛，取之不尽，用之不竭，是真中国之利也。目下已开新河一道，规模大廓，气象一新。运煤之火轮车络绎于途。该处曩日为萧瑟荒村，现已成为大市落矣。""开平煤河，起建十桥，均由督办唐景星观察酌定。每隔十里建筑一座，禀由李傅相（即李鸿章）赐以嘉名，附近居人皆欢喜无量。第一桥名利涉，在芦台至宁河大道；二曰通津，在裴庄子；三曰济众，在大田庄；四曰拱辰，在赵鸡翎庄；五曰咏唐，在唐坊；六曰履泰，在泰来号；七曰望丰，在侉子庄；八曰汇通，在胥各庄；九曰阜民，在王家河；十曰庆成，在唐山煤井南。"由此可见，这十座桥是由唐廷枢禀报，恭请李鸿章命名而定的。当地人将这十座桥分别以序号而不是以原定名称称其桥名，叫作"×道桥"。如小镇的咏唐桥就被称为五道桥。建了五道桥后，小镇的人多起来，汇集了九省十八县的人。后来唐胥铁路延伸到芦台，五道桥边又修建了一个小车站，称唐坊站。因有"五道桥"，小镇被人称为"唐坊桥"，或"五道桥"。是时，河道舟楫通行，铁路火车飞奔，小镇楼阁林立，人烟密集。那时的《丰润县志》曾对当时的胥各庄的盛况有过这样的描述："煤河在胥各庄二里许，光绪七年开平矿务局挑浚，为运煤计也。东自胥各庄起西至宁河县之芦台上，长七十余里，宽十数丈，引芦河之水，随潮汐上下，设闸储蓄，波平浪静，四时不涸，商艘客船，樯密如林，来往洋轮疾于奔马而起，浚之处名曰河头，方圆数十亩，波水澄清。两岸洋楼花坞目不暇赏，稍西桥旁，列肆鳞比，人烟辏集，居然一水陆坞头也。"由于煤河通行，运输方便，商船往来频繁，煤河两岸也随之繁荣。五道桥离河头30里，商行当铺比比皆是，富贾商贩往来如云，和尚道士说经讲道，故有小河头之美称。

前面说了这么多，各位一定对小镇的历史较为清楚了，但这是官方的记载。下面我用小说的笔法说说民间关于对挖煤河、建小镇的一些情况，亦可以称为野史，未免有些杜撰之嫌，如与历史不符，请各位见谅。

在小镇没有形成之前，小镇西面的村庄为唐坊村。这唐坊村乃是一个大庄，有个大财主叫唐鹏举，因为家有万贯之财，良田千顷，而远近闻名，四外八庄的人都叫他"唐百万"。这唐大财主财多财不黑，并时常做些善举，周济啼饥号寒的乡邻和外乡人，因此也被人称为唐善人。这唐百万不是土财主，亦懂得"文武之道，一张一弛"的道理。他的上辈曾中过武举和秀才，所以他的两个儿子，也是一个习文一个习武，凡事文来文挡，武来武挡，无人敢小瞧。同时他的三弟在滦州衙门里当差,有事还有官面照应。真可谓无人敢惹、无人敢碰。这唐百万深知传家不在金钱和权势,而在于文化,即所谓诗书传家。所以,他在家里给几个孙男娣女请来私塾先生,教他们学文化。在他家方方正正的四合院中有专门的书屋。在书屋中挂着一副对联:"忠厚传家远,诗书继世长"。这可以视为唐百万的传家之道,或座右铭。他的院子被称为唐家大院。这唐家的四合院在解放后变成了唐坊小学,足见其规模之大,笔者就曾在此上学。他的叔伯弟弟也有青堂瓦舍的大院落,家产也颇为丰裕,所以这唐家人财大气粗、傲视乡里,即使官面也不敢小觑。这唐坊村本有唐、吴两大姓,但吴姓全是唐家的佃户,为唐家扛活。因为唐家慈善,引得吴姓家族都奔此而来,所以百年过后,就形成了一个由唐、吴两姓构成的大庄。

话说唐廷枢要在唐坊村村南征地挖河运煤的消息早被在滦县当差的唐百万的弟弟知道了,迅速地告知了唐百万,要他早做准备。这唐百万知道后愁苦不迭,一个劲地嘬牙花子。他的两个儿子都来劝他。这习武的大儿子说:"爹,您不用愁,这唐廷枢不过是一个开矿的。俗话说,强龙压不过地头蛇,穷的怕横的,横的怕不要命的,不行我就与他玩命!"唐百万听罢,勃然大怒,说道:"混账,你这是猪脑子。这挖河运煤乃是朝廷李鸿章大人批准的,我们岂能够阻拦!""那我也要试试,给他们个颜色看!"大儿子不服不忿,一甩袖走了。这习文的二儿子怕把爹气个好歹的,赶紧来劝:"爹,您不要着急,这不还没有丈量土地,给资产评估吗?我联合一下四外八庄的乡绅，给朝廷上书，共同阻挠一下，如不成再说。"

这唐坊村南面是刁家庄。这刁家庄原本是一片苇泊，后在清顺治六年（1649年）建村。这刁氏先祖在此以打雕为生，所以人们称此地为雕家窝堡，后改为刁家庄。东面是挡水埝，系王兰庄镇五十四屯之一。清乾隆元年（1736年），侯氏先祖由外地迁此占产立庄，因位于低洼部，水大、常涝，村周围有一挡水的土埝，故以地形特征取名挡水埝。唐坊村西面是赵茂庄和赵鸡翎庄。这赵茂庄村明万历五年（1577年）建庄。有刘氏来此定居后，因村址位于草泊中心，得名泊南刘家庄，后刘姓搬走；清顺治二年（1645年）从胥各庄迁来一位叫赵茂的老人，更名赵茂庄。这赵鸡翎庄明崇祯七年（1634年）建庄，原名金柜子庄。因四周有道路，把村子围起来，聚落形态似柜子故名；清道光年间，原来的道被破坏，在道旁修起一座小庙，庙墙上带有许多鸡毛，因此改名赵鸡翎庄。这唐百万的二儿子联络刁家庄、挡水埝、赵茂庄和赵鸡翎庄等周围村庄有头有脸的人物，联合写下呈状递交到滦州衙门。呈状的大意是，挖河运煤是不利之举：一违民愿，要毁坏良田数万亩，害得百姓无有田耕，必啼饥号寒，食不果腹；二违地势，运煤通道可利用陡河自然之源，何必劳民伤财，再掘新河，云云。这滦州州官怎敢向上递这呈状，如惹恼了李鸿章李大人，不等于老虎嘴上拔须，找死不等天亮吗？再者说唐廷枢要按地亩给钱，那唐坊村周围全是低洼荒草之地，若开了河道，有灌溉之力，便可变成良田。这既得钱又得利，何乐而不为？不能光考虑一村之利。不予呈送！州官驳回了诉状。唐百万一见如此，亦无可奈何，可大儿子非要较量较量。

再说开平煤矿筹建处的一组人沿途勘察地形、丈量土地。这一天来到唐坊村地面，要量一量占用唐家多少土地，并通知唐家来人。这唐家大儿子听后，扛着一个轧场的碌碡来到丈量土地的现场。丈量土地的人们，还有一个金发碧眼的老外见这阵势不知为何。老外指着碌碡问："哈罗，这是什么？"陪他们一起来的当地的衙役解释道："这是农村轧场用的，叫碌碡，打麦子收秋的时候，要用此压平压实压光场地。用我们这里的话说就是轧瓷实了，要没有一个草刺，光滑如镜。""噢！我明白了，他这是要干什么？"老外还是不解地问。"是啊，你想干什么？"一个衙役问。唐家大儿子嘴一撇，大声说道："你们谁要能够扛得起这个碌碡，你们就丈量我家的土地，否则没门！""啊！"众人大惊，这碌碡得有四五百斤吧，谁能扛得起？唐家大儿子见状，不费力气地把碌碡扛在肩上，老外见了，一个劲地鼓掌叫好，但带队保护勘察丈量团的衙役不干了，大声喝道："你这个刁民，在这儿捣什么乱，给我绑了，押回滦州，交给大人处理。"这唐百万的大儿子虽有些武艺，怎奈势单力孤，被十来个衙役一拥而上，把他绑了，要装到马车上，带回滦州处理。"大人，慢着！"众人一看，只见一个穿长袍马褂、脑后拖着一个长辫子的老者呼号而来，周围簇拥着一群人。老者到前，深深鞠了一躬，嘴里说道："犬子无知，乃一武夫，不懂国家大计，众位大人不必与他计较。为了支持挖煤河，我唐家的土地白白送给朝廷，不要一文。"前文说到，这唐百万本不支持挖煤河，为什么来了一个一百八十度的大转弯呢？这是因为今日他的一个义兄上门劝他说，这挖煤河是一利国家，二利乡里，即使我们免受水涝之害，也可以把洼地变成良田，何乐而不为。你虽然牺牲了一些好地，但可以把一些低洼地和荒场改造成良田，丢小利得大利。你不要图眼前之利，贻害乡里和朝廷。再者说，你若把所占土地奉献给朝廷，定受褒奖，你这唐善人的名节就坐实了。唐百万一听，言之有理，茅塞顿开，这才立即在众人的簇拥下，一路奔来。

唐百万此举实出众人意料，这可真是开明士绅啊！后又听说，他的弟弟在州衙当差，衙役便立刻放了唐家的大儿子。这老外也被深深感动，伸出大拇指给唐百万点赞。唐廷枢听说了此事，也在给李鸿章的呈状中，提到被占地的百姓对挖煤河拥护之举，尤其提到了唐百万，虽占他家土地百亩，但一文不要。李鸿章知道后，甚是高兴，便给第五道桥命名"咏唐"，是为赞扬之意。唐百万的大名霎时朝野皆知。

有了煤河之利，不仅舟楫通行，两岸的村庄也受益，如挡水埝、刁家庄、赵茂庄、赵鸡翎庄等村的人们把低洼地挑成条田，引煤河水灌溉，粮食多收了许多，一亩可以抵二亩。朝廷为了嘉奖唐百万，特把唐坊村的一片荒场给唐百万。这唐百万让人挑成条田后很快变成了良田，足有二百亩之多。这样一来，唐百万没有赔反而赚了。因此有人戏谑，说唐百万是吃小亏赚了大便宜。

再说煤河开挖以后没有几年又通了铁路，与煤河并行，并在五道桥边建了车站，陆续有了些人家，有些筑路和车站的人员在此居住，也有些外来户，形成一个小镇。那么给小镇起一个什么名字呢？上面派人与唐百万商量。唐百万沉吟一会儿说："这五道桥与唐坊村毗邻，那么就取五道桥的桥，和唐坊村的唐坊，合成叫唐坊桥吧。"来人一听，觉得这个命名很是合理，于是向滦州的知州汇报，很快得以通过，从此，小镇就叫唐坊桥，车站也叫唐坊站。于是，小镇就有了正史中所描绘的繁荣景象，并被记入史册。至于野史，是一个叫杨立元的好事者写成的，不足为奇和为史。

# 皮 匠
## ——小镇传奇之二

小镇有一位皮匠,是来小镇最早的人,也是小镇的首户,在小镇上不管大人孩子都叫他皮匠。

皮匠是山东阳谷县人。对阳谷县,我们并不陌生,就是《水浒传》中武松打虎的那个县。在《水浒传》第二十三回《横海郡柴进留宾　景阳冈武松打虎》中写道:"武松自与宋江分别之后,……在路上行了几日,来到阳谷县地面,觉得腹中饥饿,看见了一家酒店挑着一面旗子。"于是便有了三碗不过冈和景阳冈打虎的故事,也留下了武松打虎英雄的千古美名。

因为那年家乡闹饥荒,皮匠为了不被饿死,便离家随着闯关东的人流往东北方向走。这皮匠年纪不足二十,虽是年轻,但身板不错,还有修鞋的手艺,自信在路上饿不死。他推着独轮车,一侧坐着老母亲,一侧放着修鞋的家什,颠颠簸簸地走着。在老家,皮匠靠着修补鞋的手艺勉强度日,其实他这个皮匠就是个修补鞋的工匠。在乡下有许多手艺人,如铁匠、木匠、小炉匠等,但这些手艺人得有相当的工具才行,同时需经几年的学艺才成。这皮匠没有拜师学艺,是自学成才,靠一个简陋的工具箱,再加上钻子、钉子、锤子和几把切刀,就构成了做活的摊子。因为老家久旱无雨,庄稼颗粒无收,皮匠只得随一些逃荒的人离开家乡。他的老母亲本不想拖累他,想在家乡一死了之,但皮匠是个孝子,说什么也要推着母亲到东北去寻一条生路。

这一天他们过了天津卫,来到了芦台镇。这芦台镇归属宁河县,号称"京东巨镇、宁邑首镇",商贾云集,热闹繁华。此地扼水陆要冲,河海两济,交通便利。有人称芦台镇是"襟河带海之要地。北眺巍巍燕山之胜,南借滔滔渤海之利,东得唐山煤运之缘,西受天津商贸之益"。虽说路途疲劳,皮匠见此处大河浩荡,远处海面直通天际,不由得心旷神怡、劳乏顿消。

皮匠本想在此落脚,但母亲觉得此处过于喧闹,让他继续东行。他们出了芦台镇后,见一条人工开凿不久的大河突然出现在眼前,只见河中舟楫通行,还有些冒黑烟的小火轮突突地拉着货物在河中疾行。他推着车沿着河北岸的土路颠簸,艰难行进。在路上,他问一个同行的人:"这是一条什么河?""运煤的河,刚刚挖了没有几年,你看着河岸的土都是新的。"行人告诉他。"为什么挖这样宽的一条河?""这是为了运送从开平煤矿挖的煤而挖的河,所以这条河又叫煤河。""这煤是用来干什么的?"他不解地问。"就是能够点着生火做饭的东西,是从地底下挖出来的。""啊!地底下?"皮匠惊讶地瞪大了眼睛,又问,"这煤是什么样子的?""你看,就是河里小火轮拉的那黑黑的东西。"行人指指河中行驶的小火轮。"是吗?"皮匠瞪大眼睛朝大河里张望。他看见在河的南岸有人在筑路基,便又好奇地问:"那些人在干什么呢?"同行的人见他这样好奇,也不厌其烦地给他讲解:"这条煤河从开平运煤由大沽口入海到天津。因为运费高,所以朝廷决定由唐山至芦台修一条铁路,用火车运煤,这样既可以减少运输上的麻烦,还可以降低成本,铁路修好后可以由水运改为铁路运输。""你见过火车吗?""见过!"同行的人有些得意,"这运煤的唐胥铁路在前两年已经通车,但起初只能用骡马充当火车头,在铁轨上拖着煤车,当时被称为'马拉火车',现在已经用龙号机车头了。""你怎么知道这么多?""因为我就是胥各庄的人,每天可以见得到火车。我们现在就是往胥各庄的方向走呢。""你真是见多识广!"皮匠无不羡慕地看着同行人。同行人边走边说:"这胥各庄也叫河头,就是这条煤河的头。因为挖河到胥各庄,地势过高,流沙太多,无法再挖,就改用火车运煤了。"他停顿了一下,又说,"其实这挖河筑路,不仅对朝廷有利,对我们平民百姓也有好处啊!以后我去芦台,就可以坐火车去了,就省得再这样步行了!"两个人边走边说,一路行来,并不觉得劳累。等行至五道桥时,已是红日西坠,暮色苍茫。此时,老太太甚觉疲惫,便让儿子止步,找一落脚点休息。而同行人还要再走三十里才能到胥各庄,于是分手告别。

皮匠对同行人再三致谢，并希望以后还有机会见面。

深秋的天气黑得快，皮匠见五道桥没有人家，只有筑路工人住的工棚。他自然无法住进去。在野外露宿，他年轻人火力壮，但老母亲怎么能行？

他四外趸摸着，忽然看见在偌大的工棚不远处有一个用苇草搭的草棚，在门口处挂着一个帘子。他急忙奔过去问："棚子里有人吗？""有啊！"门帘一挑，从里面走出一个年方二八的俊俏姑娘。"啊！"他颇为吃惊，没有想到在这荒野之处，还有这样漂亮的女人。他有些呆愣。"大哥，有事吗？"姑娘问。"啊，啊！是这么回事。我们是从山东逃荒来的，天黑了，想找个住的地方。""是你吗？我这里不行！"姑娘一看这个大男人找住宿的地方，一个劲地摆手拒绝。"不是我，你误会了，是我母亲。"姑娘一看旁边独轮车上坐着一个头发花白、精神憔悴的老婆婆，赶紧让进棚子里。棚子里面不大，有些应用之物。"姑娘，听口音你也是山东人吧？"皮匠母亲问。"我是山东枣庄的，去年与我的哥哥逃难至此，正赶上从唐胥铁路修往芦台的铁路，我们就在这里落了脚。我哥哥当了筑路基的工人，而我给筑路基的民工洗洗衣服，挣些零钱。听人们说，这条铁路要修到天津，以后这里还要建车站，这样这里就大发、热闹了，所以我们就不走了。"姑娘好说，快言快语。正说着，姑娘的哥哥收工回来，见了皮匠母子二人颇为惊讶，忙问缘由，待他听清楚了，便说道："这个草棚子太窄，只是我妹妹一个人容身的地方，我在旁边筑路民工的工棚里住。今天晚上就让大妈住在这窝棚里,你跟我去工棚里住,那里宽敞,多一个人住也不嫌挤,你又有行李被窝。"皮匠一听,感激不尽。姑娘的哥哥笑着说:"不用客气,老乡见老乡,两眼泪汪汪。我们出门在外就得互相照应啊!"

皮匠将母亲安顿好后,来到附近一个用苇席搭起的工棚。他放眼一望,这样的工棚在河岸上有十几座。他随小伙子走进一个工棚。这个工棚有三间屋子大,地下铺着厚厚的稻草,稻草上面铺着苇席。工棚是用粗木棍搭成架子,然后用稻草帘围起,在外面再罩上苇席,用铁丝绑定。他想起,今天从芦台一路走来,见煤河南岸有数处这样的工棚,他才知道这一路应该有数以千计的民工在筑路。

到了工棚里,大家对他很是热情。这筑路民工来自全国各地,也有许多流民和逃荒的人,所以大家与他并不隔生,给他挪出了一个人的地方,并拿来两个窝头和一碗稀饭给他吃。夜里,他和衣而卧,琢磨明天的行程,而工棚里民工却鼾声如雷。这些人劳累了一天,困乏至极,打雷都震不醒。第二天起床后,他去看看母亲睡得如何。谁知这草棚透风,母亲有些感冒。姑娘非常热心,给他母亲端来洗脸水,并熬了些小米粥给他们吃。姑娘说:"大哥,你再多待一天吧,大妈生病了。"皮匠见状也只好如此。姑娘又熬了一碗姜糖水给老太太喝,他一个劲儿地感谢。他扶持让母亲躺下又回到工棚,而工棚里的民工们都上班去了。他在工棚里见到了许多开了嘴、漏了缝、破了洞的鞋。于是又从窝棚外边的独轮车上拿来修鞋的工具,一双一双地修补，直到把自己带的全部用料使完才罢，然后他把这些鞋一双一双地摆好。这时已近响午，他又去看看母亲好些了没有。

筑路的民工回到工棚，见将要被扔的鞋全给修好了，喜不自胜，但不知谁干的。这姑娘的哥哥说："我知道是谁给修好的。"于是他到了妹妹住处，见妹妹正给老太太端饭，皮匠在一旁伺候着，于是他把皮匠抻出棚外问道："那些鞋是你给修补好的吧？""是啊！我闲着没事就把那些穿破了的鞋修补了一下。""这真得好好谢谢你了！我们筑路就是费鞋，这回你来了就好了。你就留在这里修鞋吧！""不行！我们得去东北啊！""去东北干吗，去投亲靠友吗？""不是，在东北没有亲人，我们是随大溜逃荒的。""那你就留在这里。我和妹妹当时也是想去东北，后来一看在这里可以安身糊口，就落在这了。每月筑路所得，除去花销还可以剩下一些，以后我们就可以在这里盖房、安家落户，你就跟着我们一起筑路吧！"于是姑娘的哥哥领着皮匠见了工头，说明来意。工头见皮匠人很老实，又年轻，便点点头说："筑路是还需要人手，但我听说，你会修鞋的手艺，以后你就给民工们修鞋吧。工值与筑路的一样，修鞋所用之物，我派人去芦台镇购买。"皮匠见此，也不好再说什么。从这以后，皮匠每天带着工具箱串着工棚给筑路的民工修鞋。他修的鞋又干净又结实，大家纷纷称道。

再说这一天，工头去芦台镇购物，见到在芦台镇驻军的一个小头目，二人本是同乡。他们在一个小酒馆喝了几盅，当说到工地的新鲜事时，工头便提到了近日筑路工地来了一个年轻的皮匠，手艺甚佳，把民工们要扔掉的鞋都给修好了。这小头目一听这话，便说道："近日在芦台镇守海防的驻军要换装，要扔掉一批旧鞋，你们若是需要，可以当破烂处理给你们，花个仨瓜俩枣的钱打点一下我们的头儿就行了。"工头一听十分高兴。因为这鞋对筑路的民工来说太重要了。俗话说，脚上没鞋，穷了半截。他回来后，过了几日便派了几辆大车把驻军穿剩下的旧鞋拉了回来。于是皮匠也顾不得休息，黑夜白天连轴干，不久许多民工便有了半新不旧、修补干净的布鞋，此鞋不但结实，还很严实，不易进土，十分耐用。从此在筑路工地，大家都高看他一眼。皮匠的老母亲与姑娘住在一起，姑娘对她照顾很是周到，她也能帮助姑娘晾晒衣服。皮匠从此没有了后顾之忧，就踏实地在工地上修鞋了。

日子一长，这皮匠与姑娘兄妹俩互相照顾，就像一家人一样。这姑娘就动了心思，打算认皮匠母亲做自己的干妈，她让哥哥启动这个事情。这一天，姑娘的哥哥向皮匠母亲说了此事。这老太太听了乐得合不上嘴说："我还想再进一步呢！""再进一步？"姑娘的哥哥有些不解。老太太见状哈哈大笑："你看你妹妹也老大不小了，整天给男人们洗衣服，也该成个家了。我想让我儿子与你妹妹成亲呢！何必认干亲呢？"姑娘一听臊红了脸，一手攥住大辫子，一手遮着脸跑出了窝棚。他哥哥一听此言，哈哈大笑："好！我也早有此意！"

入冬后，皮匠与姑娘的哥哥，在一些筑路民工的帮助下，在煤河北岸五道桥的西侧盖了三间泥土房。一间作为皮匠的新房，一间给皮匠的母亲住，而姑娘的哥哥还是住在工棚里，等待铁路修成后再给自己盖房，以便安家落户。春节前，二人便成了亲，大家都来祝贺。有人戏谑地说："一个臭皮匠，一个洗衣匠，不辞辛苦为人忙。今日结亲成双对，明年生个大儿郎。"众人听罢，都哈哈大笑起来。这样，皮匠夫妇就成了五道桥的第一户人家，有立庄之功。随后，又有一些筑路民工在此安家落户。一年之后，这条铁路便从唐胥延长到芦台，便有了唐坊车站，人家也逐渐多了起来，形成了小镇，人们叫它五道桥或唐坊桥。后来，筑路的民工又继续筑路，把铁路延长到天津，称津沽铁路。这是后话，我们以后再说。

# 李 大 头
## ——小镇传奇之三

这李大头是来小镇车站的第一批铁路工人，他是在 20 世纪初来小站的。这李大头原名叫李达，因为长得佛相，且宽宏大度，加之爱说笑，很有人缘，所以在小站和小镇上，大家都亲热地叫他李大头。

李大头是衡水冀县人，年少时因为家里穷，便向二大伯学会了锡匠的手艺。他学成后便来到天津谋生，每天挑着挑子在天津的大街小巷转悠。那时一般有钱人家都爱用锡茶壶、锡酒壶、锡香炉，所以在天津这个大城市中做个锡匠还可以勉强度日。一天，他给一个有钱的人打锡壶，当他把一件打磨光亮的锡壶给这个人时，对方喜笑颜开，赞不绝口。这个有钱人在天津官面上做事，那天也是话说多了。他说到朝廷修了一条从唐山到天津运煤的铁路，准备在沿途建几个车站，眼下正在招募值班人员。李大头虽然年龄不足 20，但不甘心做一个锡匠，而决意到外面闯荡一番，去经经风雨、见见世面，于是便央求这个人给通融通融，去新修的铁路上做事。这个人也是个热心肠，于是便领他去报名。录取的人员见李大头憨厚老实，虎头虎脑，身板结实，还识的一些字，便十分痛快地录取了。但是这些招募的人员还不能马上去铁路，还要经过短期培训才可以成为铁路的正式工作人员。经过半年的培训，李大头学业优秀，他被录用后，先是在天津车站工作，后来分配到唐坊车站上班。

这个时候的李大头还远没有发福，而是瘦瘦溜溜，精明强干。他到唐坊车站上班之前，先是遵父命与邻村赵家的姑娘完婚，然后到唐坊车站当站长。那时的火车一天没有几趟，就是运送开平煤。那个时候的唐坊车站还非常小，五道桥也显得冷冷落落，只有煤河北岸有几户人家，而南面还是一片庄稼地。这一条铁路线如一条大蟒在平坦如砥的冀东平原上穿行，火车突突地吐着黑烟，弥漫着天空。

最初来到这个小站有薄、张、夏、苗、董几个男人，且都携家带口，于是这几个人就在车站南面落户。薄、张、夏三家在一个院，李大头与苗家、董家在一个院，他们的房子都是雇用临近村庄的农民从附近荒场挖坯子盖的。这几个男人在小站的工作也各有分工，车站工作由李大头负责。这几家的女人自然是洗衣做饭看孩子，闲时还在房子周边的荒地上种些蔬菜和粮食，以周济生活。这几个男人轮换倒班，以应对这每天从小站过往的几列运煤的车。

起初的小站，显得很土气和冷落，远不如河运热闹。那时的煤河里除有运煤的船只，还有打鱼的、运货的，甚至还有游艇和划船游玩的。煤河边的小码头也比车站热闹了许多。为了打发寂寞，有时这哥几个也时不时地在一起聚餐。那些女人和孩子们也经常今天在我家、明天到你家，显得非常融洽。李大头的薪水比那几个人多一些，而夫人又热情好客，到了年节，就都在李家吃喝，宛如一家人。

那时唐坊车站的标志有三：一是铁路两侧有高出地面许多的土月台，这是用三合土夯实而成的，即用石灰、黏土和细砂所合成，分层夯实，具有一定强度和耐水性，后来李大头又托人从北面的山区拉来一些薄片石铺在站台地面，所以雨天也不会太泥泞；二是道口悬挂的"幡杆"。这幡杆即旗杆，原本是在清代衙署大门前高高悬挂龙旗使用，因此被人称为"幡杆"。那时在唐山到天津沿线火车站上的幡杆都悬挂清朝的龙旗，因为那时清王朝还在，1911年辛亥革命以后就更换了旗帜；三是"响铁"，在小站站台的一角，悬吊着一段约半米长的铁轨，逢有火车来时，这值班人员便使劲儿地敲打响铁，其声音会传得很远，故名响铁。值班人员并能根据上下行的火车敲出不同的节奏，以示区别。因此，在清末民初，有两句描述火车站景观的俗语，叫作"幡杆响铁土站台"和"扬旗水鹤木栅栏"。这在唐山到天津管辖铁路沿线流传甚广。在小站与煤河南岸以木栅栏为隔，算是铁路与水路的一道界限。

这李大头除了正常值班，还要到车站内外巡视，看看有什么疏漏没有。这时的火车就是运煤，因为火车开得慢，于是就有人扒上火车偷煤。你想，这开平煤全是优质煤，据说一根洋火就能点着，周围村庄的村民都眼红了。为了防止百姓偷煤，那时就有了铁路巡警巡道。这火车虽说开得慢，但想扒上去也是不易，只有在拐弯处，火车减速时才可以，于是就有人拿着口袋扒上火车偷煤。在小站西面赵鸡翎庄的东侧有个甩弯子，火车到此处就慢了，人们大都在此偷煤。说起这赵鸡翎庄，有一个传奇故事流传至今。这村里有岳、甘二姓，先人原本是穷人，给唐坊村的财主扛活。有一次快过年了，这姓岳的去赶宣庄集，不想起早了，行至到五道桥附近时，见红光闪烁，紫气升腾，走近前却见是一口红漆大棺材。人穷胆大，他打开棺材盖，用手一摸，满满的都是元宝。他放下棺材盖，拍拍手，仰天说道："此财若是我的，给我送家去；若不是我的，我分文不取。"说罢，扬长而去。转眼到了大年三十晚上，姓岳的包了一些饺子，烧了一锅水，正要煮时，忽听得院内枣树"哗哗"作响。他大惊，急奔院内，见从树上掉下许多树叶，落到地上，竟变成了白花花的元宝。他急忙用簸箕盛了，放入开水中，将活宝煮成死宝。恰逢这时，墙头有人呼唤，是邻居甘姓人家见他家困难，正从墙头给他们递过一簸箕包好的饺子。姓岳的接过后，又盛了满满的一簸箕元宝送过去。从此，两家均成了财主，子孙成群，形成村落。从此留下一句歇后语：赵鸡翎庄的财主——岳（要）甘（干）。那棵枣树迄今还有。

　　每逢有运煤的火车通过赵鸡翎庄甩弯处时，李大头便提前去守候，以防有人偷煤。有一天擦黑儿，有一偷煤人刚从煤车上跳下来时被巡警逮了一个正着。这偷煤人苦苦哀求："你老高抬贵手放了我吧，我一家子人还等着我生活呢！"巡警说：

"我蹲了好几天才逮着你,你已经不是一次了,听说你偷了煤还到别处去卖,罪过不轻啊!""你老有所不知啊!我老父亲重病在床,没有钱医治,我只好想这个不是办法的办法啊!都是乡里乡亲的,你老就放我一马吧。"李大头闻声奔了过去,见是赵鸡翎庄的二毛子。这二毛子一见他立刻抱住了他的大腿,哀求他说情。二毛子说的情况不虚,李大头早已听人说过二毛子父亲的情况。他向巡警说:"二毛子的父亲病重不是瞎说,他也是没有办法。"巡警说:"不行!我这是在执行公务,逮住二毛子也正好惩一儆百。"李大头沉吟了一下说:"要不这样吧!此事回头我与你们的王警官说。你先放了他,如果需要惩戒,你再拿他不迟。"巡警见李大头如此说,也不好再说什么。李大头平日对他多有照顾,他也只好悻悻而去。二毛子见此,对李大头千恩万谢。李大头又从怀中拿出一块大洋给二毛子,让他给父亲抓几服中药。二毛子在地上给李大头磕了一个响头,抹着泪走了。

就这样,李大头在车站无忧无虑地由青年干到了中年。这一天,他听说日本鬼子占领了山海关,从东北到山海关的铁路线全被日本人接管了。于是他把大家召集在一起,商量去路。此时大家也没有什么好主意,都说听他的。他寻思一会儿说:"我们吃了半辈子铁路线,全家人也靠铁路活着,我们离开了铁路就没有了活路,既是日本人来了又能把我们怎么地,只是我们不要忘了我们是中国人!"

这一天,一队日本兵来到小站,领头是个戴着眼镜看似文静的文职人员，他把小站的工作人员召集在一起训话。这个文职人员说几句便有人给翻译几句，大意是说："我们日本人来到中国是帮助中国来了，是为了共同实现'大东亚共荣圈'。你们是车站的工作人员，工作职责、职务都不变。以后，我就是站长，李大头是副站长。"从此小站驻守了一队日本兵，维护车站治安。没有几天，李大头便发现这个站长根本不懂也不管业务。他原本是个大学老师，叫寅次郎，新婚不久，便来中国服兵役。他手无缚鸡之力，自然上不了战场，便被派到小站当了站长。寅次郎新婚燕尔，十分怀念新婚不久的妻子。但远水解不了近渴，只得每天借酒浇愁，便把所有的事情交给李大头处理，有时还叫上李大头陪他喝几盅清酒。这车站因为李大头说了算，原来的弟兄们也没有被欺负。

再说这一天他晚上下班，见区小队的队长李保本匆匆来到家中。这李保本原本是小站的一个装卸工，因打抱不平与日本兵动手而参加了区小队，他一直与李大头保持着秘密联系，让李大头充当内线。"大兄弟，从哪里来？""我从大田庄来，有事情找你？""什么事情？""据唐山车站的内线告诉，有一列火车的几节车厢装着由唐山被服厂出厂的棉被褥和棉衣裤要运到前线给日本鬼子穿。冬天快要到了，北山的我军的战士们还穿着单，冬装没有着落，我们一定要截下来给我们的战士们。""那需要我干些什么？""你想方设法问问这日本站长何时通过车站，我们好早做准备，因为什么时候从唐山车站发车只有他知道。""好，我立即去办！你在我家等着！"

李大头把买的酒肉放在桌子上,与寅次郎大喝起来。这寅次郎哪里是李大头的对手,不一会儿便喝趴下了。李大头起身四处翟摸,不一会儿从寅次郎的大衣兜里翻出了车次即将通过的日志本李大头在五道桥下的饭馆买了酱牛肉、扒鸡等，又买了一瓶浭阳老酒来到寅次郎的住处。这寅次郎正在喝闷酒，见李大头来了十分高兴，便招呼他一起喝。李大头把买的酒肉放在桌子上，与寅次郎大喝起来。这寅次郎哪里是李大头的对手，不一会儿便喝趴下了。李大头起身四处踅摸，不一会儿从寅次郎的大衣兜里翻出了车次即将通过的日志本。他看到夜间两点有一列军列通过，便心知肚明了。他把寅次郎安置在床上，悄悄地回了家，把这个消息告诉了李保本。李保本回到大田庄立刻做了布置，带领区小队和部分民兵扒上火车神不知鬼不觉地卸了这几节车厢的货物。

第二天，日本人追查下来，带队的日本头目狠狠地扇了寅次郎几个巴掌，但他们也无可奈何。此后这截火车的事情时有发生，都是李大头充当内线报的信儿。虽说这日本人也经常来查，但因为寅次郎死保李大头，还伸着大拇指说李大头绝对是日本人大大的朋友。所以李大头安然无恙，直至日本鬼子投降。所以，人们都说李大头是福将。

# 脚行头儿
## ——小镇传奇之四

小镇有煤河有铁路，于是就有了往火车和船上装卸货物的活计，干这项活计，叫"扛脚行"。

所谓"扛脚行"，一是"扛"，即用肩膀扛货物，少则百斤，重则千斤，那时没有机械，全部是用人力装卸搬运；二是"行"，即步行，扛货物的人要扛着货物上翘板，一步一步地把货物扛到船舱或车厢里。

装卸工为一个群体，自然得有组织，有领导，人们管负责装卸工的人叫脚行头儿。当脚行头儿可不简单。第一要有力气，应该是扛脚行中最有力气的人。第二要有计谋，能应对。最主要的是要为扛脚行的人说话，谋取利益。但要想当脚行头儿需经过比赛，这有如过去说书唱影中的比武大赛。那就是看谁有力气，要服众。因为扛脚行是动力气的活儿，而不是靠耍嘴皮子。

这些扛脚行的人都是有力气的人，几百斤扛在肩上，在翘板上往来如梭，面不改色气不长出。小镇车站扛脚行的人有

30余人，有活儿就干，没有活儿就在脚行下处歇息。脚行头儿叫杨大力，名如其人。个头儿有一米八九，面如重枣，络腮胡，光头，声如洪钟，如关老爷的马前护卫周仓。他面相虽吓人，但人性好，力气大，身大力不亏。想当初，他当这个脚行头儿一是比出来的，二是大伙选出来的，大家对他心服口服。

自小镇有了车站以后，站长李大头看着这一群扛脚行的人，决定选出一个能领导他们的人。李大头是衡水人，被派到小站当站长，举家落户小镇，住在铁路工房。他豪侠仗义，在小镇有很好的口碑。他看上了杨大力，又怕众人不服，于是告诉扛脚行的众人，明日在货场选扛脚行的头儿，谁都可以参加。

第二天，扛脚行的人齐聚货场，镇长也到场。有人早在一节车厢前搭上翘板，货场内放着一垛待装车的粮食包。

李大头对众人说："老少爷们儿，今天选脚行头儿，愿意参选者参加比赛，我和镇长当评委，大家当见证人，比赛的条件就是扛粮食包。"

李大头话音刚落，从人群中走出三人：杨大力、三疤癞眼、二憨头。扛脚行的人几乎都有外号，平常人们都不叫大名，直呼外号。杨大力的外号叫杨大个子。三疤癞眼是个车轴汉子，二憨头犹如一扇门，肩宽腿短胳膊长。这三个人是脚行里最有力气的人，在脚行是三足鼎立。

李大头看三人从人群出来站定，拊掌说道："好！咱们就先从两个粮食包扛起吧！"

于是,他唤出两个搭肩的人。此时,三疤癞眼、二憨头把垫肩放在肩头,准备扛包。杨大力却没有动,插着胳膊看着二人动作。搭肩的人在他们的肩头各放两个粮食包,于是两个人从容上了翘板,把包扛进车厢,扔在车厢里,里面有人码好。大家看着,没有人吭声,其实那时扛脚行的人都能扛起两个粮食包,这不足为奇。搭肩的人又在三疤癞眼和二憨头的肩头放上三个粮食包,他们依然扛进车厢,但显得有些吃力,杨大力依然没有动。搭肩的人又在三疤癞眼和二憨头的肩头放上四个粮食包,此时三疤癞眼虽然还站立着但已经迈不动步。二憨头哆里哆嗦、颤颤巍巍地上了翘板,却再迈不动步了,也只好作罢。杨大力此时方出,让搭肩的人往自己的肩上放了五个粮食包。

"哇呀!有1000斤啊!"大家惊讶地叫出了声。李大头没有出声,他知道杨大力的力气。只见杨大力迈步上翘板,翘板嘎吱嘎吱地响,三疤癞眼和二憨头立刻在翘板两边扶定。待到车厢门时,车厢里码粮食包的人赶紧一包一包接过。

众人见状,鼓掌叫好:"好哇!杨大力,大力神!"

此时,杨大力双手抱拳,向众人致谢,并向三疤癞眼和二憨头说:"承让,承让!"

从此,小镇脚行名声大噪,从山海关到天津无人不知无人不晓。从此,杨大力当了脚行头儿,三疤癞眼和二憨头则当了他的左膀右臂。

小镇脚行虽名声在外,但树大招风。忽一日,有人把请柬放到了李大头站长办公室。李大头一看是列车的车长带过来的，是汉沽盐场扛脚行的邀请车站扛脚行的到那里比赛。汉沽盐场归属长芦盐场。那时的长芦盐场是我国四大盐场之一，由汉沽盐场、大清河盐场和南堡盐场等组成。其中，汉沽盐场历史最为悠久，前身为设立于后唐同光三年（925年）的芦台场，芦台场所烧造的盐砖，为明清两代皇室唯一御用盐砖。李大头让人找来杨大力，问他怎么办？

杨大力笑笑："来而不往非礼也！我们接受邀请！"

"听说那里的扛盐包人非常能干啊！"李大头有些不淡定。

"您就把心放进肚子吧！"

于是，杨大力带着三疤癞眼、二憨头等10人前往。到了汉沽盐场，那里的人早已准备好，敞开了两节车厢的车门，搭好翘板，准备装车。此时，汉沽盐场的人已经赢了一步，因为他们是以逸待劳。杨大力等人顾不得坐车的疲劳，准备比赛。汉沽盐场的人知道杨大力等人的神力，但不和他们比力气，而是比速度。即每家出10个人，30吨的车厢谁先装完谁先赢。那些扛盐包的人被人称为"盐驴子"，被海风吹烈日晒，练就了一身铜钱厚的骚皮，加之出汗，一身盐碱。那盐包比粮食包沉。这些"盐驴子"面带鄙夷，出来10个人，2个人搭肩，8个人装车。这些人也有些功夫，扛起盐包往来如梭。看了一会儿，杨大力与三疤癞眼、二憨头等人耳语，大家微微一笑，于是每个人用胳膊夹着两个盐包装车。"盐驴子"一见，立刻傻眼了。他们哪里见过这个阵势？他们一次装8包，而杨大力他们装20包。"盐驴子"们也非常爽快，立即愿赌服输，并在酒馆里宴请来人，从此结下友情。待杨大力等人回到小镇，李大头和镇长等人早在小镇饭馆摆下宴席，宴请众人。

再说日本侵华，占领了北宁线，于是小镇也来了一个日本人当站长，李大头为副站长。李大头本不想干，想想还有杨大力等一群扛脚行的人靠扛大个儿养家糊口，就留了下来，也多少对他们有个照应。这个日本人倒也不是凶神恶煞，挺文雅的，喜欢字画古玩。俗话说，玩物丧志，他的心思也并不在车站上，全交付李大头管理，有时还招呼李大头喝清酒。有一天，这个日本站长的朋友来到小镇，听说了脚行的故事，非要与杨大力等比试较量。这个日本人是个武士，喜欢摔跤，有一身蛮力。他知道自己扛货物上翘板不行，于是就要求在平地比赛。不知道，他让日本站长从哪里弄来一截铁轨放在货场。这个日本人摸着仁丹胡，面对扛脚行的人十分蔑视。他叉开双腿，弯腰抓住铁轨的上沿，提到胸前放下，再向众人招手，意思是谁来试试？自然是脚行头儿杨大力出战。杨大力双脚站定，一弯腰把铁轨举过头顶。大家高声欢呼，日本人气急败坏，抓住杨大力要摔。他哪里知道杨大力是武术世家出身，没有一个回合，便把他摆倒了。日本人破口大骂："八嘎呀路，死啦死啦地！"

李大头上前拦住，忙和日本站长把这个武士拉回站长室，并好吃好喝地宴请他一顿，说了许多好话，末了还给了他一幅画才算了事。但此事霎时在小镇传开，大长了小镇人的志气。

却说这一天，扛脚行的人们正在装卸，忽然看见一辆毛驴车拉着几个粮食包进了货站，日本站长和李大头跟着，还有两个日本兵押送，并让扛脚行的人们远离，只留下杨大力。"这是怎么回事？"李大头悄悄与杨大力耳语："这是王兰庄北大海产的胭脂稻，要送往长春，给新登基的溥仪和管他的日本老子吃。你一个人装车吧！"

"他妈的！"杨大力差点儿骂出声来。他知道这胭脂稻是产自离小镇5里远的王兰庄镇，是全国独有的一种红稻米。在王兰庄庄北有一水淀，叫北大海。北大海水边有一块地产胭脂稻。这种稻米因味腴、气香、微红、粒长，煮熟后红如胭脂，"色微红而粒长，气香而味腴"，被称作胭脂稻，民间也称"三伸腰"。即红稻米煮熟后，可以再回两次锅，米粒不但伸长了，味道还不变，清香盈口。过去因是皇宫贡米而闻名遐迩。不知日本人怎么知道的，竟强征了大米，还要给卖国求荣的溥仪吃。待装完车后，等待编组，夜间拉走。夜黑了，杨大力悄悄地走到街中心的酒馆，与酒馆伙计耳语几句。伙计出了门，不大工夫，便领了一个人过来，这个人是令这个区间的敌人闻风丧胆的区小队队长李保本。杨大力向他说明情况，告诉他这节车厢编组后离开车站的时间，以及这些粮食包与其他粮食包的不同之处。二人商定在小镇与河头（胥各庄）之间煤河的甩弯处，等车减速后动手卸下装胭脂稻的粮食包。李保本匆匆离去，抓紧准备。到了第二天，李大头告诉杨大力胭脂稻被截了，日本站长被上司一顿臭骂，差一点儿被撸。听罢，杨大力与李大头的手紧紧地握在一起。

一天傍晚，暮色苍茫。杨大力正要回脚行下处，忽然见一列火车进了车站内，不知何故？他从车首走到车尾，未见异常。等他再回到列车的中间时，却发现有一节闷罐车厢的车门被打开，见有几个日本兵向外张望透气，并手拿着肉罐头和酒瓶，吃着喝着。他很是诧异，悄悄找到李大头问个究竟。

李大头悄声悄语地对他说："这是开往天津的列车，里边有一节闷罐车装着轻重武器，有日本人看守。因为前方芦台一带有铁路被破坏，正在抢修，估计夜间发车。"

杨大力悄悄离开车站。此时天已经完全黑下来，只有车站的信号灯变换着颜色，给小镇注入一些活力。他来到酒馆，等待李保本的到来。

李保本匆匆赶来："老弟，有情况？"

"有！"杨大力向他说明，"我们要把枪支截下来！"

"怎么截？"

"你们在赵鸡翎庄的弯道处埋伏。待夜里我悄悄爬上车顶，随车而行，等到那里时我从外面把车厢打开。"

"好！"夜深了，杨大力神不知鬼不觉地爬到这节车厢的车顶，等开出车站不久便落在两节车厢的连接处站定。到了赵鸡翎庄的弯道处，车速减慢，李保本等人飞身上车。杨大力与李保本合力打开车门，朝里面突突了几梭子，四个看守的日本兵瞬间毙命。李保本等人从车上卸货，人们在下面争相搬运。

李保本等人从车上卸货,人们在下面争相搬运

李保本对杨大力说:"兄弟,日本人肯定要严查此事。你恐怕已经暴露,不能再回车站了。再说你也没有家口,与我们一起走吧!"

杨大力答应了,与李保本等人消失在茫茫夜色中。

# 小镇闲人

## ——小镇传奇之五

小镇有个肖家三少,小镇人给他起了一个绰号:"小镇闲人"。他每天无所事事,吃喝玩乐,任意妄为,海外天子一般。大家都羡慕他,却学不得。为什么呢?一是得有这个资本,即家中有钱,供其挥霍;二是有资质,即得有几分天资,懂得文化。这就像过去青楼里的头牌,琴棋书画,无所不能,而不仅仅靠模样长得多么漂亮。

肖家三少排行老三,大家都称他为三少爷。他前头有两个哥哥,他是老小。一个哥哥负责农活,每天安排长工耕种锄耪;二哥负责买卖,进货卖货。他父亲和他哥哥勤俭持家,一个大子儿掰成两半花,而三少爷却不管那套儿,给一个花两个。老爷子虽看不惯,也不敢深说,不忍深管,一是老儿子,二是他从小花惯了,习惯已成自然。

肖家虽然家大业大,这钱却不是好来的,但也不是偷的抢的,而是意外之财。肖家三少的父亲原来在铁路上当巡道工,每天风里来雨里去,在铁路上巡道,检查路轨,一旦发现问题，立即修理或报警，有人把巡道工戏谑为"遛道狗"，意即像狗一样忠实地坚守工作。这个工作虽然不好，但比扛脚行等活计轻松得多，身单力薄的人可以干此活养家糊口。话说这一天，有一趟从山海关到天津的客车开来，他父亲走下路基看着客车通过。忽然，他发现从一节车厢的窗口抛下一个帆布包，落在路基的石子上叮当作响。他立即上前，捡起一看竟是黄澄澄的十几根金条。他随即放进自己的工具包里。那工具包大，放在里面也不显眼。此时他也要下班了，于是赶紧回家藏了起来。第二天上班时，有个同事问他，你昨天遛道，捡到一个帆布包没有？没有啊！他回答道。怎么回事？他问道。那位同事悄悄地对他说，有个老客（做买卖的）昨天找到车站，问附近有没有人捡到一个帆布包。站长说，没有听说。那个人一脸失落，耷拉着脑袋走了。他父亲立刻明白了。那个人一定是做大买卖的人，在列车上被人盯上了，有性命之忧。他只好扔下钱财，以求保命。他在下一站下车后，然后沿着铁路线往回找，结果什么也没有找到。

俗话说，人没有外财不发。这一下他家发了大财，但他父亲却不敢外露。一晃几年过去，没有人再提及这件事。等风平浪静了，他父亲才托病辞职，不显山不露水，先是买了一些地，雇了几个扛活的，后又陆续开了饭馆等店铺。一晃又十几年过去，肖家的家业逐渐大了的时候，肖家三少来到这个世界上，便一下子掉到蜜罐里，在甜水里泡大的，而不像他的哥哥，是在苦水和碱水里泡大的。他父亲虽然不识几个字，但懂得文化的重要性。待他十几岁的时候,便把他送到河头(胥各庄)一家洋学堂念书,学的是现代文化。肖家三少对现代文化不大感兴趣,而对中国传统文化十分喜好,琴棋书画样样都会。当然了,像洋车子、洋匣子、洋手表,他也颇感兴趣。学成后,他回到小镇,不做买卖不干事。平日里油头粉面,西装革履,头戴礼帽、腕戴罗马手表,手里摇晃一个文明棍。每逢他在小镇走过,惹得人们竞相观看,嘴里还喊:"肖家三少来了,肖家三少来了!"

却说这一天,肖家三少在五道桥头,对着煤河吹起箫来。箫声婉转悠扬,顺着煤河的波浪向远方飘荡,两岸的桃花也跟着微微颤动。这时,有一只带顶棚的花船从河头方向划来。这是一只游船,上面载着几个游客缓缓而行,观看两岸风景。船行至五道桥桥头,便停住了。有一位佳丽从舱中走出,站在船头听肖家三少吹箫。肖家三少见了佳丽,兴致高涨,吹了一曲《凤求凰》。那佳丽听罢,鼓起掌来。他停止了吹箫,看定了佳丽。少顷,他喊道:"上来看看吧!"那女子也不羞怯,落落大方地上了岸,两个人握了握手。显然,这个女子也是一个现代青年。"欢迎,欢迎!"肖家三少十分热情。那女子嫣然一笑,灿若桃花,慢慢说道:"一路行来,有风景,有箫声,可谓美不胜收。"肖家三少自然会逢场作戏,高声说道:"人面桃花相映红,小镇因你而动情。"女子听罢,脉脉深情地看着他。因为桥头有人,二人也不便言说。那女子上船前,悄声对肖家三少说:"我父亲是胥各庄猪鬃厂的总经理。"肖家三少听罢，大吃一惊。胥各庄的猪鬃久负盛名，畅销世界各地。那女子竟是猪鬃厂总经理的女儿，那还了得！肖家三少见了这个佳丽以后，茶不思饭不想，佳丽美丽的身影总在眼前晃动。他只得求父亲托媒人求亲。他父亲听罢摇头："咱们小门小户，土财主怎比得洋经理？你是癞蛤蟆想吃天鹅肉，死了这条心吧！"但他耐不住儿子的苦苦哀求，终于托有头有脸的人去求婚。谁知一求就成了。原来那女子一见肖家三少也是一见钟情，回到河头后得了相思病。洋经理也顾不得门不当户不对，便应允了。结婚那天，他父亲在桥头自家饭店大办婚礼，小镇人有钱的来吃，没有钱的也来吃，热闹了一天。第二天，洋经理也在河头大饭店大摆宴席，请的都是名人贵客。肖家三少风流倜傥，现代青年的派头，没有给老丈人丢脸。

　　婚后，夫妻二人什么也不做，只是成双成对地出入小镇。他们出门挽着胳膊，亲亲密密，招惹得那些遗老遗少一个劲儿地斥责。他们不以为然，出的门来，便从小镇的东头走到西头，再从西头走到东头。这时，小镇人都放下活计看他们出行，他们成了小镇一景。婚后的他们，每天除了玩乐，就是享受。因为两家有的是钱，他们几辈子也花不完的。

　　再说这一年，日本人占领了小镇，在小镇车站的东西两头建了炮楼，在煤河的北岸也建了一个，小镇人很是害怕。肖家三少依然我行我素，每天在五道桥桥头对着煤河吹箫。这一天，车站副站长李大头找到他，说日本站长请他去车站一会儿，并带上箫。他父亲听了很是吃惊，肖家三少却很镇静，说道："没做亏心事，不怕半夜鬼叫门，我去会会他。"那日本站长原本是个大学教师，日本侵华后因战线过长，让他服兵役。他不敢不来，只好与新婚妻子洒泪而别。因为他手无缚鸡之力，上不得前线，只好到小镇车站当了站长。他每天练书法，听音乐，消磨时光，一切事物交给副站长李大头，所以并没有做什么恶事，因此小镇还算平静。二人见面后，日本站长很是热情，起身迎接，笑道："每天听您吹箫，消除了我的郁闷，谢谢！今天请您来，是想近距离聆听您的箫声，您可否给我吹一曲《高山流水》，这可是中国音乐的至宝啊！日本的没有。"肖家三少给他吹了一曲，日本站长听得如醉如痴，进入境界，而后又说道，"我想求一幅先生的墨宝。"肖家三少并不拒绝，饱蘸浓墨，写下了"中日人民希望和平，不需要战争"。日本站长沉思一会儿，待墨迹干后，叠好放入书柜的底层。离别时，他对肖家三少再三致谢。

一天夜里，肖家三少正在睡梦中，听得有人敲门。他赶忙开门，一看是自己在河头读书时的老师，很是匆忙。他把老师让进书房，问道："这么晚了来我这里，怎么回事？"老师说："日本鬼子在河头严查地下党，我在名单上，所以跑到你这里躲避一时。""好的！我们家房子多。"他答道。于是，他把老师安排在一个偏僻的房子里。当日本鬼子查到小镇时，因为他与日本站长过了话，他家没有被查，老师也因此躲过一劫。

第二天深夜，他悄悄地找了一条船，趁夜深人静，亲自把老师送到了大田庄，那里自然有人接应。老师对他非常感谢。他说："我一事无成，辜负了老师的教诲，这也算我为抗日贡献的一份力量吧！"二人双手紧握，洒泪而别第二天深夜,他悄悄地找了一条船,趁夜深人静,亲自把老师送到了大田庄,那里自然有人接应。老师对他非常感谢。他说:"我一事无成,辜负了老师的教诲,这也算我为抗日贡献的一份力量吧!"二人双手紧握,洒泪而别。

# 小镇英雄

——小镇传奇之六

在抗日战争期间,从胥各庄到大田庄之间的铁路上活跃着一支抗日的队伍,被人称为"铁道游击队"。他们神出鬼没,扒铁轨、上火车、截货物,在铁道线上出入自由,来往无阻,有力地支援了冀东军区的抗日行动。这正如《铁道游击队之歌》中所唱的那样:"爬上飞快的火车,像骑上奔驰的骏马,车站和铁道线上,是我们杀敌的好战场。我们爬飞车那个搞机枪,撞火车那个炸桥梁,就像钢刀插入敌胸膛,打得鬼子魂飞胆丧。"这支游击队的队长叫李保本,他能双手打枪,弹无虚发;他还会武功,上下火车如履平地。这使得日本鬼子十分头疼,尤其是伪军一听李保本的名字,吓得腿打哆嗦。这李保本也有如《铁道游击队》中的队长刘洪,在铁道线上活动,无往而不胜。

这李保本原本不是小镇人,他是靠近海边的南泊人,后来经人介绍在小站扛脚行。因为他好打抱不平,干活肯出力气,人又很仗义,所以很受大家的喜爱。且说有一天,日本鬼子要把一批皮棉送到唐山制成布匹，以做军用。这里顺便插一句，因为小镇一带盛产棉花，日本鬼子便在小镇西侧建了轧花厂，把棉花收上来以后去籽轧成皮棉，再通过火车运送到唐山制成布匹。脚行工人装火车时，有三个日本鬼子监督。其中有一个上了些岁数的脚行工人在上翘板时，因脚步有些踉跄，不小心货物从肩膀上掉了下来。日本鬼子见了勃然大怒，口中不停地骂道："八嘎呀路，死啦死啦地有！"说着便把这个装卸工人踢倒在地。李保本见了，飞身上前，一脚踢倒日本鬼子，一手扶起那个工人，并把他推到身后。那个日本鬼子哪里能吃这个亏，起身后要与李保本拼命，凶神恶煞般地扑过来。李保本毫不慌张，伸开双臂，架住了日本鬼子扑来的胳膊，于是两个人扭打在一起。另外监督脚行工人干活的两个日本鬼子也过来了，一边看两个人摔跤，一边嘴里不停地喊着："吆西！吆西！"他们认为，这个东亚病夫怎么摔得过大日本皇军？他们哪里知道，这李保本从小练武术，三五个人休想近他跟前。只见三下五除二，他便把这个日本鬼子摔倒在地。那两个日本鬼子立刻围了上来要打群架，顷刻间也被他打倒了。这三个日本鬼子被摔在地上，疼得龇牙咧嘴，大眼瞪小眼，毫无办法，只是嘴里"八嘎、八嘎"地不停地骂人。此时小站的副站长李大头匆匆赶来，暗示李保本赶紧溜。霎时间，李保本就不见了踪影。这日本鬼子怎肯罢休，要惩治这个掉包的工人，但被李大头制止了，说要是惩治这个脚行工人势必耽误干活，已经跑了一个，再惩治一个，少两个人干活，肯定完不成装车的任

· 44 ·

务，上边知道了必定追责，谁负这个责任，日本站长也来劝说。这三个日本鬼子，也只好暗气暗憋。李保本逃走后，便到小镇西面20里远的大田庄参加了区小队。谁知他后来竟当了小队长，成了日本鬼子的眼中钉、肉中刺。

五道桥虽是个小站，却是交通枢纽，所以日本鬼子重点设防。他们先是在小站的东西两头各建了一个炮楼，同时还在煤河北岸与西炮楼的对面建了一个炮楼，隔河相望。有了这三个炮楼，成掎角之势，日本鬼子料定小站的治安万无一失。从此，日伪军高枕无忧，经常在小镇上为非作歹，搅得鸡犬不宁、人心惶惶。李保本知道了此事，决心惩治一下日本鬼子。有一天，他趁着夜色孤身一人骑着自行车从大田庄出来直奔小镇。

夜幕笼罩着小镇，早没有了白天的热闹，显得有些冷寂，只有煤河水在哗哗作响。小站周围三个炮楼的大探照灯发出刺眼的光亮，在天空中交织，很是瘆人。李保本掏出双枪，一枪打灭了小站西头炮楼的灯，又一枪打灭了对面的煤河北岸炮楼的灯，鬼子吓得呜哇乱叫，乱作一团，却不敢出来。而此时，李保本又骑着自行车沿着铁道的路基，快速地向小站东头的炮楼骑去，不一会儿就到了，他挥手甩枪，瞬间打灭了炮楼顶端放着光亮的探照灯，然后向东面的二庄方向而去。这一夜，三个炮楼的鬼子和伪军一夜未得安宁，抱着枪战战兢兢地坐了一夜。第二天此事传遍了从山海关到天津的北宁线，小镇人无不拍手称快，而鬼子却害了怕，从此知道这李保本不是好惹的。

在铁路线上,李保本的区小队专门截火车上的物资,以资助在唐山北部腰带山一带的游击队。此时车站的副站长李大头早已秘密入党,充当内线。且说这一天,李大头悄悄地派人送信给李保本,说有一列装着一节军用被服的火车从唐山开来,在夜间10点钟左右通过小站,让李保本准备截车。此时已是隆冬季节,煤河结了厚厚的冰,可以架得住人。李保本立即与绰号"一枪准"的副队长商量。这"一枪准"枪法了得,打人一枪毙命,不用第二枪,所以人们才送他这个绰号。李保本说:"我负责开车厢、卸车。""一枪准"说:"我带人负责保护,解决巡道的鬼子。"因为李保本干了几年脚行,早已学会了给火车挂钩、摘钩和拔销子、开车门等技巧。在他打开车门以后,再上去十几个人从车上往下扔货,然后区小队和民兵把货物通过煤河送到北岸装车运走。他们决定在小站西面5里远的赵鸡翎庄附近的铁路甩弯处动手。果然,这列火车10点通过小站,到甩弯处火车减速后,李保本等二十几个区小队队员飞身上车,摘了车销子、打开车门,把装着被服的大包往外扔,埋伏在铁道沿线的人们扛起大包通过煤河装在北岸的大车上,货物陆陆续续地扔了有一里路长。正当人们快忙完的时候,只见日本鬼子的巡道车开了过来,大灯一晃,看见了路基上的人们。鬼子正要开枪,早被"一枪准"啪的一枪打灭了探照灯。随即,李保本和区小队队员一起开火,掩护人们撤退。等小站的鬼子赶过来时,人们早已无影无踪了。

且说夏末的这一天,骄阳似火,铁路下面的大庄稼的叶子都起了卷,显得蔫蔫巴巴的,唯有路基下面密密实实的紫穗槐树棵子中的蝈蝈叫个不停,使人更加烦躁不安。少顷,一列火车通过,"咣当咣当"的车轮震动得路基随之颤动,煤河水也荡起涟漪。虽说已经过了三伏,但酷热不减,烘烤着大地,铁路线上也很少有人走动。此时的李保本骑着自行车从大田庄顺着路基向小镇的方向而去。他头上戴着一顶草帽,身上穿着一个半截袖的粗布褂子,像个地道的老农民。他正往前骑时,忽然看见前面有四个伪军骑着自行车从小镇方向过来了。他立即下车,把自行车藏在紫穗槐的树棵子中,然后从腰间拔出手枪,埋伏在路基下。这几个伪军是小镇西侧炮楼的,经常骑着自行车向西巡道,而东炮楼的伪军则向东到二庄一带巡道,以防止有人破坏铁路。他们敞着怀,歪戴着帽,一边走一边说笑,还有人大声地唱着二人转:"一轮明月照西厢,二八佳人巧梳妆,三请张生来赴宴,四顾无人跳粉墙……"他们谁也不会料到此时李保本正等着他们。等他们靠近了,李保本猛地从树棵子中跳到路基上,双手握枪,大声喝道:"都给我滚下来!"这一声喝喊,把这几个伪军吓得一下子从自行车上摔下来,后面的车子撞上了前面的车子。他们一见是李保本用枪指着他们,立刻吓缩了骨头、掉了魂儿,扔了自行车瘫倒在地上,然后磕头作揖如捣蒜。李保本一看这四个人都认识,都是四外八庄的。领头的伪军叫秃瓢儿,头上没有几根毛,平日里咋咋呼呼,游手好闲,是个混混儿。李保本厉声喝道:"赶紧,把枪扔在地上!"这几个伪军赶紧照办。"秃瓢儿,把枪给我

· 47 ·

拢一块儿，送过来！"秃瓢儿赶紧照办，把枪收拢在一起给李保本送了过来。李保本收下后，用枪指着秃瓢儿的脑袋说："你们干些什么不好，给日本鬼子当走狗，祸害百姓！"秃瓢儿结结巴巴地说："弟兄们也是为了混口饭吃，没有干什么缺德事。"李保本说："以后要是让我知道了你们谁做了恶事，我第一个拿枪崩了他！""不敢！不敢！"这几个伪军吓得哆哆嗦嗦地说。"滚吧！"这几个伪军听到此话，大气没敢出，搬起自行车一溜烟儿跑回了炮楼。于是，李保本双肩背枪，又返回了大田庄。

话说到了1945年的夏末，日本鬼子败局已定。小镇的日伪军整天躲在炮楼里很少出来，再没有了往日的张狂。这一天，区小队决定拿下炮楼。李保本率领队伍埋伏在三个炮楼周围，用机枪对准了炮楼的枪眼，然后李保本派人喊话，让炮楼里的日伪军投降。那日本鬼子怎肯投降，用机枪向喊话的地方扫去。李保本和"一枪准"一梭子打过去，机枪立刻没有了声音，机枪手被打死了。双方就这样对峙着。怎么办？李保本想起了小时候熏坟窟窿中骚狗的办法。他先是让人封锁住炮楼的枪眼，使得日本鬼子不敢朝外射击。然后让人从煤河岸边抱来晾晒的半湿不干的青草，浇上汽油点着。顷刻间浓烟滚滚，把炮楼里的人熏得咳嗽不止，不一会儿都举着双手出来了，那两个炮楼也如法炮制。

小站的日本站长一见这个架势，没有了依仗，也只好乖乖地投降。小镇的人们拥出来，齐聚五道桥头，迎接李保本和他的区小队。此时李保本腰别双枪,面对着欢迎的群众,大声说道:"父老乡亲们,日本鬼子作恶的日子到头了,我们的苦日子也熬到头了。从此,小镇是我们的!车站是我们的!家也是我们的!我们再也不会被人欺负了!我们胜利了!"李保本挥舞着双手喊着,大家也跟着高喊。此时,一列火车鸣着长笛驶过,与人们的欢呼声汇合在一起,声音震动着煤河,层层水波迭起,向着远方荡开去。

## 三 梆 子

——小镇传奇之七

这三梆子是小镇上的一个人物,因为脑袋长得像卖香油的人敲的梆子,又因为排行在三,所以人们叫他三梆子。这三梆子墩粗个儿,像过去农村轧场用的碌碡。他有力气,一个粮食包不用人捆,扛起来就走,是扛脚行的好手。他皮糙肉厚,阔口浓眉,头发长得像猪鬃,汗毛孔也大。因此有人戏谑地说他是"皮糙肉厚,一个枪子打不透"。

三梆子会个"五把抄",就是农村人所说的有两下子,尤其是摔跤。他摔跤既不是古典式,也不是自由式,而是野路子。他摔跤一般都是用这么两招:一是他站定后,任凭对手搂他的腰怎么使劲儿,他的脚就像落地生根一样,然而他一使劲儿却能轻易地把对方撂倒。另一个招式就是"黑狗钻裆"。即两个人在相持中,他猛地从对方的裆下钻过,抱住对方的一条腿,用肩膀把对方扛起,突然一起身,把对方撂倒在地。其实这"黑狗钻裆"在摔跤中的术语叫"穿裆靠"。

那是在抗日战争时期,小镇的日本鬼子在车站的东西两头各建了一个炮楼,在车站对面、煤河北岸小镇的街道南建了一个炮楼,用以监视小镇的人们。这炮楼上住着10个鬼子,他们白天出操锻炼,人们都躲得远远的。这些日本鬼子爱摔跤,每天就互相摔,但他们觉得自己人摔不过瘾,就找镇长要人做他们的陪练。这镇长哪里敢应啊!这是人命关天的事情。于是,镇长就不停地往炮楼里送酒送肉,但日本鬼子还是不依不饶。小镇人每天挑水要经过炮楼,于是当有人经过时,日本鬼子便用刺刀刺穿了水桶,吓得小镇人再不敢白天去井口挑水。有一天,日本鬼子强行从大街上抓进小镇一个绰号叫"粘皮踹"的年轻人练摔跤。这"粘皮踹"本来就不会摔跤,加之见了日本鬼子早已吓得尿了裤子,结果被摔得骨断筋折,被人抬回了家,镇长赶紧派人治疗。这日本鬼子还是不依不饶,要镇长每天派一个人来,不来就到小镇的街面上去抓。镇长愁坏了,谁去谁送死啊!他正在愁眉不展的时候,三梆子正好有事找镇长,原来他父亲想在小镇开个小药店,他父亲会中医,行医就诊、号脉治病都行,治好了小镇和四外八庄的许多疑难杂症。镇长答应了。

三梆子见镇长愁眉苦脸,没精打采的样子,不用问就知道是怎么回事。这三梆子也是个"红脖汉子",平日里敢为朋友两肋插刀。他一拍胸脯:"要不我去试试?""你这不是去送死嘛!"镇长哪里敢应。"但总得有人去啊!说不定我还能够赢他们呢!"三梆子说得理直气壮。这真是穷的怕横的,横的怕不要命的。镇长也只得答应了。

到了第二天，三梆子不顾家人死去活来的劝阻，大义凛然地跟着镇长去了日本鬼子的炮楼。那几个日本鬼子一听说镇长送人来了，都高兴坏了，一个劲地喊吆西吆西。这驻守炮楼的日本鬼子共10个人要轮流与三梆子摔跤，这很不公平。镇长提出异议，不能让三梆子以一敌十。那日本鬼子哪管这些，不容分说，上来一个人抓住三梆子就摔。他们哪里知道这三梆子也不是好惹的。先是一个脑袋长得像猪头一样的日本鬼子用双手与三梆子搭上了肩膀，他有些蛮力要把三梆子摔倒，谁知三梆子纹丝不动，稳如泰山。这猪头却被三梆子一个扫堂腿绊倒在地。另一个长得瘦高个儿，佝佝偻偻的，站在那儿，活像煤河里的大虾米，只见三梆子一弯腰，头从他的裆中穿过，然后一起身把这个日本鬼子撂倒在地。一连串儿，三梆子摔倒了9个，这第10个是日本鬼子的伍长，他见状，气急败坏，觉得前面被撂倒的9个人给皇军丢了脸，上去给每个人一记耳光，扇得这9个人直咧嘴。这伍长脱掉上衣，露出满前胸的胸毛和上身的肌肉，一看就知道是个练家子。镇长有些担心，同时他也愿意三梆子输了这场，给日本鬼子一个台阶下，否则三梆子出不了炮楼。他朝三梆子示意，但三梆子没有理会。三梆子心想，撂倒一个是一个，就是要杀杀日本鬼子的威风，灭灭他们的野性。两个人一搭手，三梆子就知道这个家伙不好惹，是个训练有素的家伙。一开始，伍长没有甩动三梆子，三梆子也没有撼动伍长，两个人搭着肩，在摔跤场转圈，一直转了十来圈，把看的人的脑袋都转晕了。三梆子也有些晕，一个不注意,加之他已经与多人交手,早已筋疲力尽,一下子被伍长摔倒在地。日本鬼子一个劲儿地欢呼,那伍长也扬扬得意,但他对三梆子却十分佩服,让人给三梆子拿来一盒东洋烟和一袋糖块,交给三梆子,伸出大拇指赞扬他是中国人的这个。可三梆子却不服不忿,不要这些东西,心想,你们10个人摔我一个人,算什么能耐?镇长赶紧上来打圆场,替三梆子接过,对伍长说:"彼此彼此!三梆子一个人摔倒了9个人,您又摔倒了三梆子,您是最后的胜利者。"伍长听了很是高兴,和那9个日本兵一起鼓掌把三梆子和镇长送出了炮楼。

回到镇长家,这三梆子还是愤愤不平,说这样摔跤不公平。镇长说:"大兄弟,你快知足吧,你最后若是赢了伍长,你出不了炮楼,你没有看见我一个劲儿地朝你使眼色吗?你是捡了一脑袋头发啊!"

第二天,伍长还要求三梆子到炮楼摔跤。镇长说,三梆子昨天累坏了,要休息几天再说,伍长一听也只好作罢。躲过初一躲不过十五,过两天日本鬼子说不定还会找三梆子,因为他们从小镇街上抓个人当陪练没有意思,只有三梆子是他们的对手。镇长沉吟一会儿说:"要不你去大田庄找李保本去吧!不然早晚得死在他们手里,你们家我来照应。"三梆子同意了。这李保本是区小队队长,在铁路和煤河一带打鬼子,令日本鬼子脑瓜仁儿疼。当夜,三梆子趁着夜色坐船去了大田庄。过了两天,伍长向镇长来要人。镇长说:"三梆子不敢再与你摔跤,早就吓跑了,皇军大大的厉害!"伍长被镇长一捧,也晕乎了，就没有再要人。

话说到了 1945 年夏末，日本鬼子在华已是气息奄奄。小镇炮楼里的日本鬼子再也不敢出来，每天龟缩在炮楼里，不敢出大声，再也不敢操练和摔跤，就像煤河里吐不出沫儿的将死的螃蟹。再说这一天，李保本接到命令要他带领区小队端了小镇的三个炮楼。于是李保本带领三梆子等 40 多名区小队队员，他们先是包围了小镇的这个炮楼。李保本派人喊话，让炮楼里的日本鬼子投降。那日本人还在负隅顽抗，用机枪回应。李保本朝着枪眼一梭子打过去，鬼子机枪手当即被打死，机枪哑了，但鬼子还顺着枪眼用步枪射击。怎么办？此时李保本想起了小时候从坟窟窿中熏骚狗的办法。他先是让人封锁住炮楼的枪眼，使得日本鬼子不敢打枪。然后三梆子带人从河岸抱来晾晒的青草，放在炮楼的周围，浇上汽油点着，浓烟把炮楼里的人熏得咳嗽不止，不一会儿都举着双手出来了，那两个炮楼李保本也分别派人依法拿下。

三梆子与这个炮楼的日本鬼子摔过跤，当这些日本鬼子举着双手从炮楼里出来时，他一眼看见了走在后面的伍长。他一把拽过来，说要与伍长摔跤再比试一回，看看孰高孰低。那伍长倒也不熊包，也答应与三梆子再比试比试。李保本本来不愿意，可一看小镇人把炮楼围了一个水泄不通，都在齐声喊叫，也只得答应了三梆子，并嘱咐他不要出人命，说区小队优待俘虏。只见三梆子脱掉上衣，光着膀子，招呼伍长上前。仇人相见分外眼红！一开始，双方就使出狠招绝活儿。只见没有两三

只见没有两三个回合,三梆子一个"黑狗钻裆",钻到伍长的胯下,猛一挺身,把伍长扛在肩上。那伍长双脚离地,身子悬在空中,呜哇乱叫,被三梆子一个狠摔,摔了一个狗啃泥,好半天也没有站起来

个回合，三梆子一个"黑狗钻裆"，钻到伍长的胯下，猛一挺身，把伍长扛在肩上。那伍长双脚离地，身子悬在空中，呜哇乱叫，被三梆子一个狠摔，摔了一个狗啃泥，好半天也没有站起来。好哇！日本鬼子被打败了！小镇人掌声如潮，喝喊声不断。三梆子很是高兴，与前来支援端炮楼的镇长的双手紧紧地握在一起。

# 票　　友
## ——小镇传奇之八

小镇不大，但无奇不有。今天我们就来说说小镇的一位奇人——票友。

票友长得男人女相，说起话来忸怩作态，走起路来风摆柳，就是他说话的声音也是雌音，所以小镇人给他起了一个绰号"假娘儿们"。虽然这个绰号有些贬义，但票友也确实像个女人。那个时代，男人不许留长发，否则从外相上看，他就地地道道是个女人了。但票友却有我行我素的性格，不在乎大家说什么，这也是他后来成为票友的一个主要原因。

20世纪20年代，票友的父亲在小镇开了一个茶馆，门朝南面对煤河，一开门满河的风景尽收眼底，摇橹划船的，打鱼摸虾的，送货送人的，应有尽有。那时煤河直通天津卫，舟楫通行，热闹非凡。真可谓：一条大河波浪宽，歌声喊声响两岸。那时茶馆每天茶客盈门，有的在茶馆待上半天，也有喝一壶茶水就走。茶客里面有达官贵人，也有扛脚行或歇息的船家。俨然，茶馆成了小镇的一个热闹去处。

虽然茶馆的买卖兴隆，但有一件事却让茶馆老板不省心，那就是他的独生儿子。这个儿子一落草儿还看不出什么毛病，但长到四五岁的时候便露了相，越来越像个女孩。他父亲不放心，便让小镇开诊所的徐大夫看了看，却也没有看出什么毛病，说这孩子生理没有问题。此言不虚，票友结婚后也生了一个大儿子，这是后话。

那他怎么成为票友的呢？其实这也怨他的父亲。他父亲喜欢京剧，便买了一个留声机。当茶客们喝茶的时候，他就放上几段，茶客也摇头晃脑地跟着唱。耳濡目染，票友便也有了京剧的细胞，但他不喜欢老生，如马派、余派、谭派和杨派，等等。他喜欢青衣，尤喜梅派，即四大名旦之一的梅兰芳创立的京剧青衣流派。因为梅兰芳创出了自然流畅、明朗圆满、从容含蓄、韵味醇厚的唱腔体系，具有端庄娴雅的古典美，因而很多人喜欢学梅派。票友在十来岁的时候，就会唱梅派的许多名段，要不是他父亲阻拦，他就去戏班学戏了。且说那一年，小镇来了一班唱戏的。这是因为小镇的头号财主得了一个大孙子。他家大业大，有了后来人自是喜不自胜，便从唐山小山请了戏班来，在小镇西头搭台唱戏，足足唱了三天才罢。这三天四外八庄的人都来小镇，于是人山人海，把小镇的街道几乎都堵了。那个女主角就是梅派，据说还是梅兰芳的弟子。她先后演出了三场梅派名剧——《贵妃醉酒》《霸王别姬》和《宇宙锋》，把小镇人迷得如醉如痴。票友那时虽人小，于是站在凳子上伸长脖子看。

再说这一天,女主角和戏班的人来茶馆喝茶。喝罢,票友说什么也不让父亲要钱。父亲虽然心里不高兴,但脸上并没有显露,说喝几杯茶要什么钱,算了!感谢!女主角说道。这时票友突然跪在了女主角的面前,这令女主角大吃一惊,不知何故?只听票友说,老师,您收我做徒弟吧!票友言辞切切,女主角不知如何是好,慌忙扶起他。他父亲满脸不悦,当着客人不好发作,只好说,我这孩子喜欢京剧,特别是梅派。女主角说,你唱几句我听听。票友喜出望外,唱了《霸王别姬》中"看大王在帐中和衣睡稳"几句,唱得有模有样。女主角不由得拍手叫好,但收为弟子须家长同意才行。他父亲哪里答应,就这么一个儿子,怎么让他入"下九流"?票友却死活不干。女主角只得尴尬而出。

从此,票友与父亲记了仇,就是一个劲地学唱戏,什么活计也不干。他又托人买了许多梅派的戏盘,跟着留声机学。于是,他每天早晨很早起来在煤河边吊嗓子,然后就放开嗓子高声唱,竟也引得小镇早起遛弯儿的人驻足观看。

过了几年,票友长大了,戏也学得有模有样。这一天,他听说在唐山小山要举行京剧票友大赛,他没有与父亲商量便去了唐山。他先是买了一身行头,他想彩唱,然后找到了在小镇唱戏的女主角。这几年他们一直有联系,暗中也有来往。票友凡是来唐山,都要求她指点。女主角亲自给他扮相化装,又让自己的乐队伴奏。比赛这天,票友唱的是《贵妃醉酒》中的《海岛冰轮初转腾》,他一投足、一抬手像极了杨贵妃。"海岛冰轮初转腾,见玉兔,玉兔又早东升。那冰轮离海岛,乾坤分外明,皓月当空,恰便似嫦娥离月宫,奴似嫦娥离月宫,好一似嫦娥下九重,清清冷落在广寒宫,啊,在广寒宫。玉石桥斜倚把栏杆靠,鸳鸯来戏水,金色鲤鱼在水面朝,啊,在水面朝,长空雁,雁儿飞,哎呀雁儿呀,雁儿并飞腾,闻奴的声音落花荫,这景色撩人欲醉,不觉来到百花亭。"他雍容华贵、婀娜多姿的表演,清亮含蓄、华丽温婉的嗓音,活现出一轮明月当空的夜色美景,令人陶醉、神往,也把杨贵妃心旷神怡的心情表达得淋漓尽致,台下观众听罢鼓掌叫好,加之女主角当了评委,结果票友得了第一名。戏班班主听罢,感慨地说,高手在民间。从台上下来,他特意见了见票友,无不惋惜地说,我早就听说过你,要不是你父亲阻拦,恐怕早已成了戏班的台柱子了!你现在年纪大了,唱功可以,但做功已是不行,可惜,可惜啊!票友在戏班住了几天,并没有立即回家,而是与票友们交流经验,联络感情,也好日后大家彼此有个照应。说来也巧,这个女主角的侄女也参加了票友大赛。她女扮男装,唱的是老生,获得票友大赛第二名。经过几天的接触,加之票友与女主角的关系,两个人竟有了爱意。再加之她家庭也是反对她唱戏,于是她有意与票友一起返回小镇。

票友回家了,还带来一个票友,这令他父亲非常气愤,说什么也不同意。票友十分决绝地说,你要不同意,我就扎煤河死去!让你断子绝孙!他母亲心疼儿子,劝他父亲说,你别放着河水不洗船啊,你一个大子儿不花,白捡了一个儿媳妇,你有什么不愿意的？死脑儿瓜骨！他父亲无奈，也只好同意。

二人婚后，每天早起在煤河边吊嗓子，只是现在一个人变成了两个人。他们最爱唱的是《打渔杀家》，戏中情，煤河景，交融契合，引得船家停橹听唱，有时好几只船排成行，也成为煤河的一个景观。白天两个人便在茶馆唱，小镇有个琴师自愿为之操琴。那些茶客白白听唱，过足了耳眼之福，乐不可支，从此茶馆人满为患，他父亲自然也没有了怨言。以后只要小镇谁家有红白喜事，他们夫妻自愿奉唱，小镇人对他们很是感谢。

后来，日本鬼子占领了小镇。小镇两头都修了炮楼，夫妻俩唱戏也收敛了许多。"国破山河在，城春草木深。"虽然煤河杨柳草木依然茂盛，小镇却没有了往日的繁荣，显得冷寂。再说这一天，车站的日本站长邀请夫妻俩给上面来的一个大佐唱堂会，二人死活不去。他们唱了多年京剧，自然懂得民族气节，又听说梅兰芳蓄须明志拒绝为日本人登台演出的故事，决心向梅兰芳先生学习，誓死不给日本人唱戏。日本人只得强行把他们绑架过去。在车站的会客厅，他们坚决不开口，日本站长只得把他们关进了车站储藏室的黑屋。

票友的父亲惊慌失措，托副站长李大头向日本站长说些好话。李大头问日本站长怎么办？日本站长这样答复，不但不放，还要押到河头，在日本人的一个什么节日，给在河头的日本驻军唱。他父亲听说后吓坏了，这一定是有去无回。他忙不迭地找到镇长。镇长沉吟了一会儿，让他父亲回去听信儿。镇

· 61 ·

长派人悄悄找来在大田庄的区小队队长李保本。李保本决定夜间破屋救人。在夜间,区小队在李大头的指引下,悄悄地干掉了把门的日本兵,神不知鬼不觉地把人救走了。

后来,夫妻二人参加了冀东军区尖兵剧社,搭档给部队演出。直到解放后,他们才回到小镇,那时他们已经是有名的演员了。

# 站　　长
## ——小镇传奇之九

　　小站像一只秃鹫突兀、孤零地眈视着广袤的原野。百米长的月台上歪斜着几棵桃花树，飘零着几瓣褪尽了芳香的枯朵。道口处的长栏杆涂了颜色，像一条巨蟒时起时伏。一侧有几间砖房，漆成酱紫色，宛如一块发了酵的大块酱豆腐。有一座残破、斑驳的碉堡依偎着它，证明着小站历史的久远。一条长长的河流伴随着两条无休止的铁轨，飘逝在远方。时有火车通过，浓重的黑烟给高远的天空涂上几笔颜色，渐渐地淡化了。一座石桥横亘河面，河那边有百十户人家，在绿柳中露出端倪。这条河叫煤河，原是洋人运送开滦煤的通道，初时是极热闹的，舟楫通行，招来了九省十八县的人，聚成小镇，楼阁林立，人烟密集。蓝眼碧发，挺胸凸肚的洋人，漂亮风骚的日本娘儿们也曾招摇过市，招惹出不少风流韵事，留给后人作为茶余饭后的谈资、消愁解闷的笑料。如今，这条河早已时过境迁，没了往日的风韵，只在地图上添一道蓝色。小镇却依旧飘逸着旧时的遗风，家家门口挂起招牌，杂货摊、小吃部、旅店、

小站昔日的繁荣景象

饭馆应运而生，有不甘寂寞的好事者开发录像厅、台球室，居民们从此有了消遣的地方。

小镇上，不做买卖的仅两家，一个是桥南退了休的唐坊火车站站长孙头，守着三间空荡荡的房舍，吃着劳保，不图什么，也不缺什么。一儿一女在外，难得回家一次。

另一个是桥北的李婶，老伴早亡，儿子在外做事，还有一女已婚，留下李婶守着祖宅。李婶很开放，时常穿一件女儿遗弃的衣服风光，好与青年人为伍。

六月里，水大了。沿河支起几张网，顺流漂下几只捕鱼的船。男人们、女人们都快活了。孙头赤裸着上身，精瘦的脊背像块破旧的搓板。他拎着鱼篓，去下网处起鱼，那张网下在顺流处。中午燥热，人们都躲避了，只有不知疲倦的知了、蝈蝈在大声地吵闹着，唯恐寂寞了这个世界。河水缓缓地流，像是有人推。他顺着路基下来，听得下网处水响，以为网住了大鱼，却见水中一片白光，一个赤身裸体的女人躺在那里。他惊叫一声，逃上路基。

"哈哈。"下网处响起一阵笑声，"孙头，你快下来！"唉，竟是李婶。

"你这是做啥，快穿上衣服，让人看见！"

"大中午，谁看见，我就是让你看的！"说着从水里伸出长长的肥腿。

李婶的话和动作热得灼人。

"我走了！"

"好好!"李婶穿上一个大花裤衩,那窄条的背心紧束着她那丰满而又松弛的胸脯。

孙头把鱼倒进鱼篓,对李婶说:"捡大的拿!"

李婶不吭声,却把湿漉漉的胸脯紧压在孙头的脊背上。

"别逗,让人看见!"

"我就给他们看的,我早就是你的人,谁叫你那倔驴脾气,如今快入土了,还装啥体面,下半辈子我伺候你,算还你的债。"李婶哭泣起来。

孙头拿过衣服给她,劝慰道:"忍几年吧,我们都有隔辈人了,好说不好听,再说孩子们……"

"你就这样入土啊!"

孙头望望缓缓流动的河水,嘴唇嚅动了一下,干涩地咽了口唾沫,望一眼李婶那炽热的目光,低下了头。

"你瞧,河里有个缩头乌龟。"孙头扭转头,李婶猛地在他皱纹堆垒的脸上嘬了一口,淌着泪,顺着路基走了。

孙头抚着脸上留下的印痕,滞呆呆地望着那舒缓、流动的小河。

夜色笼罩了小镇,铁路上的信号灯变换着颜色,给寂寞的夜色注进了活力。

孙头拎着两尾鲜鱼,走进了桥头的孔家酒店。店主姓孔,排行老二,镇里人叫他二老孔。他自称是圣人的后裔,供奉着先祖的牌位,说是死后可以和圣人葬在一起,是真是假,无人考究。"文革"时倒是沾了他先人的光。人们把他的名字倒过来念，念成了在世的孔老二。他矢口否认与孔圣人有瓜葛，主动砸了牌位，但在劫难逃，他还是被游街示众，这位"孝子贤孙"差一点儿见了祖宗。如今却又打出了圣人的招牌，开了这"孔家酒店"。

"孙头，逮住好鱼啦！"二老孔吆喝着把孙头让进里屋，把鱼扔给掌勺的儿子，端上几盘酒菜。"老哥，我这儿有瓶'芦台春'，这酒是西哈努克喝过的。那年，西哈（他把努克给省略了）到了天津，喝茅台、五粮液不过瘾，愣是灌了一瓶'芦台春'酒。"

"如今这酒早倒牌子啦！"孙头烦躁地说。

"这话是实在话，如今啥不掺假，没几个要结婚的大姑娘是原装货。"

"别扯淡了！"

"好，喝酒！"二老孔端起了酒杯。闺女巧莲端来了菜。那姑娘穿得精薄，轻盈飘逸，画眉涂唇。孙头瞧一眼似罩在纱中的身子，有些痴呆，忙用手遮住眼光。

二老孔夹起一块猪头肉丢进嘴里，在没牙的嘴里磨着，贴近孙头的耳边："老哥，凭咱几十年交情，你能不能听我一句话？"

"这话怎么说？"

"你也该找个做伴的了，给你叠被焐脚，你瞧，李婶咋样？"他用手指指对门。

孙头抬头望望李婶的小院，死一般的沉寂。他摇摇头，叹口气。

"你装啥正经,又不是出家的和尚老道,四十如狼,五十如虎,李婶那身肉不把你舒坦出屁来。"

"你瞎诌什么?"

"好,说正经的,你要愿意,我当大媒。"

孙头不言语,猛捆几盅,起身要走,一个踉跄,险些跌倒。

"你老哥海量,今天咋地啦?"孙头叫唤儿女,搀他进屋。

孙头一觉醒来,发现身边有个女人,他一激灵坐起来,竟是李婶。

李婶给他倒碗茶:"你昨晚喝多了,二老孔说他屋里盛不开,把你送到我这儿,还说让我好好服侍你。"李婶全没了往日的风骚,羞怯得像个大姑娘。

"玉娘!"孙头叫着她的乳名。李婶精神一振,眼里放出光彩。"我不是没有这个意思,可是难哪!"

"难什么,我们又不是青年人,把铺盖卷一并,不就成了。唉,那时候我俩想在一起都不成啊!"李婶哭泣起来。

"我要和孩子们商量商量。我得走啦,别人看见,好说不好听。"孙头看一眼李婶,做贼似的趁着夜色溜出了这孤凄的小屋。

回到家,他全没了倦意,打开箱子,拿出一个红布包,打开来,是一对断了的玉镯,在灯下发着幽光,他痛苦地闭上了双眼,泪流下来。

那时候,孙头还是个孩子,没爹没娘。经人介绍,在车站脚行下处打杂。那时，李婶爹是脚行头，孙头整天跟着他转。李婶爹平时看伙计们动手，有了大件时才露一手。转眼间，孙头二十出头，膀大肩宽，在脚行里挑硬套了。这一天，正装货，忽然看见有辆小驴车拉着个大蒲包，小驴一走三晃。众人吐吐舌头："足有一千斤吧！"正惊异间，车把式向众人作揖："各位，这是我们东家要的急件，麻烦了。"众人面有难色。李婶爹皱皱眉，围着车绕了三圈儿，把袄一甩，勒勒腰带，弯腰要扛。孙头拦住李婶爹："您歇着吧，这活还用着您，让给我吧！"

李婶爹拍拍他的肩膀："好小子，记住：起身要稳，脚踩八字，用力要匀！"孙头嗯一声。

李婶爹唤过四个壮汉，搭起蒲包，孙头弯腰插肩，转身跨步，稳稳地上了翘板。众人屏住呼吸，心揪到一块儿。谁料到，孙头刚到翘板中间，只听得"咔嚓"一声，翘板断成两截。众人惊呼，李婶爹大吼一声，飞步向前。却见孙头身不动，膀不摇，稳如泰山，那蒲包仍在肩头上。人们惊呆了，那车把式趴在地头磕响头："真是神仙转世啊！"从此，孙头威名大振。

李婶那年刚十八，是小镇上的一朵花，引逗得不少小伙子动了邪心，慑于李婶爹的威名，不敢造次。那李婶经常去脚行处，目光总是流盼在孙头身上，见此，李婶爹哈哈一声，并不说什么。

那时汉沽盐场有群"盐驴子"，听说了车站脚行的威名，不服气，派人送来请帖，邀请他们去比个高低。李婶爹慷慨应允，挑选了十个壮汉，小镇的乡民们在桥头摆下一坛酒，为他们送行。他们来到盐场，见盐坨堆积如山，那"盐驴"们经风吹日晒盐水泡，炼就一身骚皮，泛着铜光。他们脱得赤条条，裆处围一块布。双方各出十人，分别装一节车厢，先装完者为胜。李婶爹微微一笑，双手拱拳："各位请吧！"那"盐驴"们齐声喝喊，往来如飞，一人扛一包，显得轻松自在。李婶爹和孙头并不着急，喝足茶水，赤裸着上身，一哈腰，一个胳膊夹一个。对方见状，傻了，甘愿认输。从此，小站的脚行从山海关打到天津没有敌手。

一天晚上，李婶爹把孙头叫到家中，爷俩围桌对饮。那李婶穿了一件东洋旗袍，炒菜布酒。

"孩子，有句话不知当讲不当讲？"

"您尽管说！"

"咱扛大个的，不会客套，我闺女看上你啦！"李婶爹看定孙头。

孙头两眼淌泪："小子无才无能，只有一把子力气，让玉娘跟我受苦啦！"说着从怀里掏出一对玉镯递给李婶爹，作为定情之物。那玉镯里有一条龙，在水中可见龙游，是孙头的祖传之物。

从此，李婶便毫无顾忌地与孙头亲近，那脚行的人们也为他高兴。

这车站的日本站长很喜欢中国的古玩。这一天他在李婶家喝酒,看见李婶腕上玉镯,惊呆了。乘着酒兴,要李婶把玉镯摘下让他观看。看罢,他愿出一栋日本洋房换这一对玉镯,以作为李婶结婚新房。李婶爹慷慨应允,李婶无奈,也只得如此。晚间,孙头来此探望,见没了玉镯,大惊。问明情况,狠狠地给了李婶一个嘴巴,发疯似的跑到车站,踢开站长室的门。站长正在灯下观赏,见孙头凶神恶煞的样子,慌忙藏到背后。孙头抓住他的手腕,他疼得怪叫一声,手断腕折,玉镯也掉在地下摔成两截。孙头拾起,揣在怀中,回到脚行下处,裹了几件衣服,竟不知去向。

解放后,孙头由部队转业,又回到小镇,当了车站的站长。李婶早已跟一个姓夏的会计结了婚,李婶爹也早已得暴病身亡。那时,李婶虽来车站,但也是相对无言。地震后,孙头的老伴没了,现在又退休了,孤零零的一个人。

儿女们回信了,他的心跳得厉害,像一个犯人等着判决。儿子倒是一片孝心:"爸爸,您年岁大了,一个人寂寞、孤独,上我们这儿来吧,有我们伺候。闷了,您去看看电影,您需要什么,我们都能满足您。您找个老伴,别人会笑话我们,说我们不是东西。爸爸上我们这儿来吧!"他叹口气,抓起女儿的来信。女儿是从小娇惯的,说话不讲情面:"爸爸,我想不到您竟提出这个要求,我都感到害臊。就那个李婶,'文革'中挂着破鞋游街的那个骚货,让我管她叫妈,丑死了。我明天就回去,找那个娘儿们算账!"孙头像被谁擂了一闷棍,晃了晃,跌倒在床上。

傍晚，小镇上的人看见孙头拎着个包裹，出了门。

李婶跑到孙头家，见门上挂一把锁，慌了神，跑到车站上，有人告诉她，孙头坐火车走了。她望望冷落、孤寂的小站，哭了。

几天后，孙头的儿女回到家，见状都慌了。酒店的二老孔交给他们一个纸条。这是孙头临上车交给他，让他转交给他们的。纸条上写着："我旅游去了……"这个省略号是什么意思，谁也搞不清楚。

又过了几天，李婶也不见了。有人说，看见李婶在夜间跟一个船家，顺水走了。

至今，他们都还没有回来，成为人们议论的又一个话题。此事被好事者写出来，成为小镇传奇。

# 看 泊 人
## ——小镇传奇之十

### 一

小镇北面是津唐运河，运河北面有一上千亩的草泊。泊中芦苇茂密，层层叠叠，微风吹过，有如浪花起伏，煞是好看。这草泊也是小镇和周围村庄的一份财富，更重要的它是小镇天然的绿色屏障，忠心地呵护着小镇人。过去这里都是低洼地，十年九涝。夏季水大了，便浩浩荡荡地流进草泊。此时的草泊就是一个巨大的水库，收容着四处流来的河水，不至于让河水漫溢到小镇和周边的村庄。但自从挖了津唐运河，可以排涝泄洪以后，小镇周围的水便少了许多，即使赶上涝年头，也不像以往沟满壕平，威胁着京山线铁路和小镇。小镇人从此高枕无忧。

有了草泊，自然就有了看泊人。这看泊的活计一般都是上了些岁数的人来干，年轻人自然舍不得离开老婆到这里独居，冷冷清清的没有人气，只能与鸟儿兔儿做伴。但孙成老汉却愿意守护草泊,他不愿意回到小镇,小镇的人也没人愿意来替换他,所以孙成老汉与泊几乎厮守了一辈子。

初冬,是收苇草的大好季节。此时地里的活快忙完了,小镇人和周围村庄的人就要来泊里收苇草了。这一天傍晚,日头快斜到天边了,被苍茫的雾霭掩住了半轮,像被狗咬去了半拉的烧饼。孙成老汉浑浊的双眼睨视着冬季的原野,他眼前是一望无际的草泊。苇草已经金黄,苇穗在风中摇曳,一团团苇絮在空中飘荡,落满了草泊,也落在孙成老汉的身上、眉毛、胡子上,钻进了鼻子眼儿。他接连打了几个喷嚏,愤愤地吐出几口唾沫。半空中盘旋着几只追逐野兔的苍鹰,不时地斜射下来,搅乱了孙成老汉的视线。眼下正是收割芦苇的季节,小镇的人们身穿厚如铜钱的口袋布粗衣,脚蹬靰鞡鞋,手持长镰宽锉,像一阵风似的喧嚣着卷入草泊中。

孙成老汉与草泊厮守了一辈子。他乐得其所,躲开了人世的纷争和运动的冲击,来到这难得的"世外桃源"生活。他无儿无女,只有一条黄狗与他为伴。他走出泊铺,迟缓地爬上草泊的大埝,整个草泊就尽收眼底了。这条大埝像护泊的围墙,高出苇泊丈余,平平展展,可走人行车。大埝在广袤的原野上画了一个圈儿,像一个巨大的句号,两侧是一溜挺拔的杨柳。树叶已经尽了,光秃秃的树杈上搭出许多老鸹窝,觅食的老鸹已经归巢,被人们的喧嚣惊吓得落下又飞起,呱呱地叫着,给冬日的黄昏增添了许多诗意。这大埝方圆数百里,何时修建的无人记得。孙成老汉从生下来就听父兄们给他讲大埝的故事。

孙成老汉是看泊人，与草泊厮守了一辈子。有家有口的人无人愿意干看泊这个活，青年人更甭说。他却乐得其所，躲开了人世的纷争和运动的冲击，来到这难得的"世外桃源"生活。他无儿无女，只有一条黄狗与他为伴原来这上千亩的草泊本无大埝。据说有一年,暴雨如注,沟满壕平,泊里一片汪洋。大水憋急了向四外泛滥,人们弃家逃跑,唯独小镇没有被水淹没。人们惊诧地发现镇北泊边上兀起了一道大埝,挡住了滚滚而来的大水,那埝原来竟是无数只王八叠垒起来的。水涨埝高,滴水不透。镇里老少千八百口,齐刷刷地跑在小镇北口,磕头如捣蒜,并蒸馒头烙饼往大埝上扔。大水困了七七四十九天方消尽,那些王八也消失得无影无踪。后来镇里立下了一个规矩:小镇人从此不准再吃王八,逢年过节,还要供拜,为了纪念这些救了小镇人的王八。后来小镇人由此得到了启示,沿上千亩的草泊圈上了拦泊大埝。

站在大埝上,孙成老汉浑浊的双眼亮了许多。东面的苇草已经割光了,冰上苇垛如山,人背车拉爬犁拖。干涸的苇道上,跑着几辆拉苇草的小"兔子"车,"突突"地叫唤着,吐着黑烟,消失在暮色中。西面的苇草如墙,平展展齐刷刷地兀立着,时而从泊中窜出几只野兔,引得人们一阵惊呼,有几个人撒腿就追,嘴里喊着:"兔子丢鞋了!"看到这一切,孙成老汉心中的愤懑又释放了一些。

他在草泊中生活了几十年,这里是他的乐园。待草泊里的苇草收尽后,他便要扛起一支老杆枪,带着大黄狗,串泊游玩,打些野物。茫茫的雪野,只他一个人,脚印与画成各种图案的兽迹串联在一起。有时他带上套扣,晚上在野兔出没的地方下套,早晨准会找回几只已经冻僵的野兔,剥皮扒膛,满满地炖上一锅,香味溢满草泊。要不,就在水深的地方凿冰捞鱼。泊里的鱼肥，熬一锅，吃不了冻上，慢慢地消化。可镇长昨日告诉他，草泊要改稻田，还要跟什么外国人合资建造纸厂，他一听便急了。这镇长是老镇长的儿子，虽然接了他父亲的班，却不像他父亲那样老实忠厚，而显得机灵鬼头儿。镇长知道孙成老汉是个绝户头，倔强死拧，无人敢惹，只好悻悻而退了。孙成老汉却愤怒得近似疯狂，搂着与自己亲密无间的大黄狗放声大骂，震得草泊起回音。

草泊上空已是满天星斗，周围的喧闹声止歇了，只有泊中偶尔传来几声野鸟的鸣叫，引得大黄狗反击几声，后来它也疲倦了，尾随着孙成老汉慢慢地踱回泊铺。

泊铺建在泊中的高坨上。这泊中也有凸处，看泊人就在这里搭铺垒灶，再垦些荒地，种些瓜蔬。泊铺低矮，顶上苫着厚厚的苇草，风雨不透。山墙用泊里的泥土垒成，尺把厚。泊铺里外两间，外间做饭放东西，里间睡人。孙成老汉进屋点亮一盏马灯。灯火摇曳，照得小屋幽幽的。黑黑的山墙上挂着一支老杆枪和一双靰鞡鞋，地上摆着一个板柜，漆皮早已脱落。孙成老汉掏出烟袋，点着了，吧嗒吧嗒地抽着，不一会儿，小屋便烟雾弥漫了。他抽完一袋烟，想松弛一下，躺在炕上，合眼伸腿，却无论如何不能入睡。肚子饿得直叫，他也没有心思吃饭。大黄狗颇懂人意，用头轻轻地蹭着他的脚心。他心烦，把狗呵斥出去。少顷，他爬起来，将马灯移放柜上，捻大了灯芯，灯光灼灼地照定一物。这是一尊泥捏的草狐，尺把高，活灵活现。他从柜中拿出一炷香，虔诚地点着，又弯腰撅腚地磕

· 77 ·

了个响头。这尊草狐是祖传的,是他宗族的"图腾"。它始终被供奉在泊铺里,由看泊人守护着。从他入泊那天起,它便成了他精神的寄托。寂寞了,看看,便心满意足了。因为从他记事那天起,最使他铭心刻骨的就是祖辈流传下来的草狐故事。

他的家庭的始祖是南海一带的渔人。一次出海打鱼,始祖的船被大海吞噬。他抱着一块船板死里逃生,在大海里漂流了几天几夜,后来被冲到岸上。他挣扎起来,再回首茫茫大海,家乡早已千里之外了。向前望去,很远的地方竟矗立着一眼望不到边的绿色城墙。他蹒跚着向前走去,滩涂上印上一串歪斜的脚印。近了,他才看清是一望无际没人高的芦苇,密得不透风儿,拥不动推不倒。他用手扒拉着挤进去。脚下的水忽深忽浅,鱼撞脚面,五颜六色的鸟儿噪叫着。他像入了迷津,瞎走乱撞着。忽然见前面亮了一些,苇草也显得矮小、稀疏,有一高坨凸现起来。他惊喜地叫着,奔上去。高坨有二亩大小,长着些花草。他躺在被太阳晒得暖烘烘的泥土上,浑身像散了架儿,竟昏昏睡去。

他也不知睡了多长时间,醒来时只见鲜绿苍茫的芦苇托着冉冉红日,照亮四野。大草泊像是一匹厚绒绒的绿毯,从天边铺展到脚边,掩住了天地,盖没了野物的踪影。鸟叫蛙鸣,清脆悦耳。高坨下有一水泊。水泊有一亩大小,竟不长一根苇草,清澈见底,鱼群忽东忽西忽急忽缓地窜游。他望望蓝天白云,有几只苍鹰在飞,周围鲜花盛开。他吸吮着沁人心脾的花的馨香,虽有些心旷神怡,却饥肠辘辘。因为几天缺食,早已饿得前心贴后心。他挣扎到水中,摸到几条尺把长的肥鱼,生吞活剥似的吃了,再掬一捧泊中的水,爽甜可口,有一种芦根的甜味。他想到在故土受渔霸欺凌,这里宛如世外桃源,便长叹了一声:"哪里黄土不埋人!"从此便在泊中住下来。他用泥土垒房,用苇草苫顶,造就一间小土屋。白天,他串泊去寻些野物,晚上便在泊铺中想心事。有时想到故乡的亲人,不禁潸然泪下。

一日,打猎归来,见泊中小屋袅袅地升起了炊烟。他惊诧万分,以为雷击起火,闯进屋中,见丝毫无损。奇怪的是屋中竟有了锅灶,锅里是香味扑鼻的食物。他以为是泊神显灵,赐他幸福,便跪在高坨之上,磕头作揖,但后来天天如此,他便心疑了。一天,他装作打猎,匿入芦苇中,忽见一丽人,宛如天仙,袅娜而至。进屋后,便生火做饭。他再也忍耐不住,蹑足潜踪,寻到女子背后,一把搂住。这女子并不挣扎,朝他嫣然一笑,身骨酥软,任他行事。他问女子从何处来,女子笑而不答。他求女子与他做伴,女子点头儿应允。夫妻二人,如胶似漆。令他痴迷的女子身上有一种苇草的馨香,每逢做爱,香味愈浓。

一年后,这女子生下一男孩,给夫妻添了许多乐趣,但只是这男孩眼珠发黄,似他母亲。有一天,他出泊来到滩涂,虽几年光景,大海又南移了许多。在海滩上,他邂逅了一个游方和尚,使他惊喜不已。二人谈得很投机,原来和尚是寻宝至此。和尚知他艳遇之后,双手合十,口念善哉,说道:"你妻乃是泊中千年草狐，修炼成人形，见你寂寞，陪伴于你，实属不易，但她野性未泯，待我开导于她，让她别处修炼，再别扰乱人世。"他听得呆了，后又听到要她离去，终是不舍，求和尚慈悲。和尚动容道："为你暂时之欢，要毁去她千年道行，以小失大，罪过罪过。"他又求道："孩子尚在襁褓之中，无人照拂，痛失母爱，岂不更是罪过？"和尚沉吟半晌，拿出一粒药丸给他："这是清心归正丸，叫她吃下，可以泯灭野性，与你厮守这具有天籁之美、博大清纯的草泊吧！"

他痴痴呆呆地回到小屋，女人似乎早已知晓一切，要过药丸吞下。他大恸，将妻儿搂在怀中。从此，他们以草泊为生，繁衍后代。到孙成老汉降生时，大海也早已离泊远去近百里了，泊周围已有了数十个村庄，但这美丽的传说却一代一代地流传下来。

想到这里，孙成老汉的眼睛湿润了，浑浊的泪水流出来。"先人啊，不肖子孙要毁去千百年的基业呀，要使草泊断根啊！"他痴痴呆呆地望着泥塑的草狐，乞求着。

草泊之夜，静谧无声，只有泊铺那点儿微弱的灯光伴着孙成老汉深深的叹息声。

## 二

天蒙蒙亮了。孙成老汉再也躺不住了。他从墙上摘下那双伴随他一生的靰鞡鞋。靰鞡鞋乌黑发亮，形如小船。抚摸着它，他眼里闪出亮色。他记得清楚：当雪花飘落在草泊中时，父亲用香油把硬邦邦的牛皮浸泡得酥软，用刀一割，滑溜乱颤。牛皮帮儿，牛皮底儿，牛皮结实的细梢串儿，如古代武士的履一般。父亲用老钳似的大手侍弄半晌，打磨收拾一下，便给他穿上了。从此，他跟着父亲下泊打草。从那一天起，他觉得自己真正成为泊里人了。

他结实实地穿上靰鞡鞋，走下泊铺，见早霞染得草泊一片绯红。一只矫健的苍鹰，平展着双翅，静静地旋在草泊上空，像卫士一般虔诚。风很寒冷，使孙成老汉的脑袋清醒了许多。他把视线投入泊的深处，小镇和四外八庄的打草人早已布满了草泊。顺着弯曲的泊埝，人们雁阵似的排开，一眼望不到边际。苇草一片片地倒下，粗犷悠长的喊叫声和豪放的哐哐打草声交汇、碰撞，荡击着孙成老汉的心扉。他按捺不住，挥舞着镰刀，也加入割苇草的人群中。

孙成老汉用镰刀把苇草搂在一起，捆成捆儿。人老了，动作慢了许多。他的须眉很快地结了白霜，宛如草泊中的一个白胡子仙翁。他干得很老练，累了，便拄着长镰凝视广袤的草泊。

"哟嗬，哟——嗬！"一个喑哑的嗓子唱起来：

  自古苇子泥里长，
  不用耕种不用锄耪，
  老天爷赐给咱铁秆庄稼，

小日子肥得流油淌。

哟——嗬嗬！

执锉的汉子像驴一样地吼叫，人们跟着应和，歌声错落起伏，引得草泊上空的苍鹰像箭一般，直冲蓝莹莹的天心，哐哐的打草声伴随着歌声在草泊中回荡，不绝于耳。

孙成老汉的心情亢奋起来。他甩掉了羊皮袄，动作也麻利了，身后齐刷刷地摞满了苇草捆，不大不小，规规矩矩，这是他的一手绝活儿。当年在草泊进行割苇草比赛，他曾拿过头奖，区长奖给他100斤小米。尽管这已经是40多年前的事了，却是他最引为自豪的一件事。忽然，他发现有些矮小的苇草被人用镰刀乱砍一通，心像戳了一刀。他气呼呼地喊道："这是谁干的活？"

"我！"一个年轻的汉子应声而出。长发盖耳，摇头晃脑。

"你怎么把草糟蹋了？"

"这苇草长得像茅草毛似的，要它做啥？还不如一把火烧了呢！"

他恼火了，用镰柄打去。年轻人轻快地闪到一边。

"糟蹋苇草就是糟蹋先人，苇草是咱苇泊人的命啊！"他教训着。

"命？啥叫命？这草泊明年就要变稻田了。大米敞开吃，大家进厂当工人，再用不着受这份苦累。老爷子你也回家养老去吧！"

听到这话，孙成老汉像泄了气的皮球，精神立刻委顿了。他无心争辩，慢慢地向泊中走去。

泊中到处堆满了苇草，人们驱动着大小车辆，消解着草泊硕大无朋的身躯。他慢慢地走上泊中的另一处高坨。坨上堆着大大小小的坟丘，这是看泊人最后的归宿。每年清明时，泊里人都要到这里祭奠，因为始祖的坟也在这里。而孙成老汉几乎每天来这里，填上几锹土，拔拔坟上的草。看泊人一辈子走不出泊，活着看泊，死了葬泊。他妻子芦花的坟也在这里。他踟蹰着，心情抑郁。这泊很快就不存在了，自己这把老骨头也不知葬在何处，这是哪世造得孽呀？他手抠着芦花坟头的土，泪水滴湿了胸襟。乏累了，他合上眼，斜靠在妻子的坟上。哐哐的打草声打着滚闯进耳来，心里却是一片死寂。忽然，他眼前生成一个梦幻般的剪影，一个灿烂的天地，仿佛又回到了几十年前的那个夏天。

这年夏天，泊里的苇草长疯了，掩住了入泊的路径。他手执长镰，要打出一条通往草泊深处的小径。天燥热，却被浩荡的浓绿销却了。鸟声清丽地流逸，水中的鱼儿不时地弄出响声，间或有星星点点的野花点缀在堤岸上。忽然，他听见前边有哗哗的水声。他知道，前边有一片很深的水泊，他经常在这里洗澡。

厚厚的苇草如巨大的屏障，他用镰刀拨开，一步一步地向水泊靠近。他觉得眼前一阵晕眩，惊呆了。只见水泊中有一个漂亮的姑娘正在洗澡，赤裸身体，晃得水中一片白光，两个硕硕的奶子在水面上飘荡。姑娘轻盈地游着,像一条欢快的鱼儿。他在泊中待久了,从未亲近女色,尤其是这么近地偷窥浴中的女人。他感到身上一阵燥热,竟挪不动脚步。突然,脚下窜过一只肥兔,他蓦地惊醒了,脸上一红,悄悄后移,让苇草掩住自己的视线。"哎呀!救命啊!"忽然水中那个赤裸的女人冲出来,见到他先是一惊,而后大叫一声,扑到他怀中。他惊诧了,不知为何?只见一条三尺多长的绿色毒蛇张牙吐芯地窜过来。他把女人掩在身后,双手握镰,与蛇周旋。那蛇高昂着头,吐着长长的毒芯,呲呲有声,小眼血红如豆,蓦地朝他扑来。他一闪身,用镰刃迎头挑去,蛇身一紧,卷在镰柄上。他使劲儿一抡,蛇身断为两截,飞在空中,打着旋儿落在草泊中。姑娘消除了恐惧,紧紧地抱住了他。他也动情地抱起姑娘丰腴的身子,轻轻地放在一片割倒的苇草上。

　　两个人静静地躺着,身下的苇草很柔软,一股儿清香沁人心脾。他拼命地嗅着,发现这股清香竟发自姑娘的身上,与泊中的香味那么契合。头上的白云在飘,一只苍鹰平展双翅宁静不动,轻风从他们赤裸的身上拂过,痒酥酥的,他陶醉了。他从小就听老人们讲草狐与先祖野合的故事,莫不是今天也是遇见了这样的事?他用手偷偷地摸姑娘的臀部,看看有没有尾巴。姑娘怕痒,嘻嘻地笑起来,像鸟叫一般清脆。

　　"你是哪里人?"

　　"杨家泊的。"

　　"你叫什么名字?"

"芦花。"

"怎么上这来啦？"

"今天我上泊铺看我爹，中午他睡着了。天太热，我便偷偷地跑出来洗澡。谁想碰上了毒蛇，被你救了。回去跟我爹说，嫁给你！"

就这样，在正月篓子灯节上，他娶回了芦花。芦花热情、爽朗，无拘无束，有一种天生的野性纯情，泊铺成了他们纵情欢乐的乐园。每天泊铺里都传出芦花银铃般的欢笑，引得其他村的看泊人羡慕不已。

又是一年冬季收割苇草的季节，芦花要分娩了。他要她回小镇生产，芦花不应。无奈，他只好从镇里请来接生婆。芦花撕心裂肺的叫声与哐哐的打草声融合在一起，给他生下一个大胖小子。他喜不自胜，在草狐像下烧香磕头。苇草打光后，泊里没了遮拦，寒风在冰上打着旋儿，下了三天三夜的棉花套子雪，泊铺被严严实实地扣在雪里，泊里的雪没人深。芦花又冷又饿，得了产后风。不久和孩子一起离开了人世。孙成痛不欲生，在泊铺中昏睡了几天几夜。他发誓再不娶女人。从此，泊铺再没有欢笑声，变得死一般沉寂了。

孙成每天都默默地在芦花母子的坟头待上几个钟头，而今天恐怕是他最后一次躺在芦花坟上了，因为苇草收光后就要迁坟了。他已经看得见推土机的巨大身影。这巨大的草泊很快就不存在了，鸟叫蛙鸣、蟹爬鱼游、芦花飘香的景观，他也只能在梦中去寻了。这草泊是一个宝泊啊！每年这里织的芦席畅销全国各地，因为这里苇子又高又直又柔软。到了端午节，用这里宽厚的苇叶包出的粽子又清香又甜润。尤其是到了盛夏，这里又清凉又湿润，是个天然的大空调，草泊就是这里巨大的"肺叶"呀！而现在人们却只看到眼前利益，不顾后患，要毁灭先人留给子孙吃不完用不尽的风水宝地，这让他义愤填膺、怒不可遏："这是造孽啊，以后要遭报应的！"他气得破口大骂，要找人说理，可谁理他呢？谁又能同情他呢？现在人们都图眼前利，谁又能看得长远、顾得上将来呢？他颓唐地收回了目光，只能愤愤地骂着，发泄着闷气。

## 三

当苇草收尽，大雪封泊时，孙成老汉病了，他不得不离开厮守了几十年的泊铺。人们把他抬到小拖车上，拉回镇里调治。车底垫了厚厚的苇草，软软的海绵似的。他没精神儿，懒得与人说话，目光呆滞地望着坦荡无垠的草泊。泊里十分红火，机器的轰鸣声、人们的喧闹声此起彼伏，搅得他心神不安。他索性合上眼，任小拖车在泊中颠簸。

小镇离草泊有几里路，不一会儿就到了家。侄子侄媳妇早就在家门口迎候着，张着双臂迎出来："叔哇，您可回来啦。落叶归根，人家出国留洋的还回乡呢。"侄媳妇快人快语。孙成老汉不吭声儿，让人猜不透他在想啥。未了，他沉着脸说："你们孝心，我心领了，但我受苦受罪惯了，跟你们住不到一块儿。你们把你爹娘撇下的那两间土房收拾一下,我就住在那儿。"任凭侄子侄媳妇磨破了嘴皮子,也没改变孙成老汉的心思。

孙成老汉搬进土屋后,关上院门,很少出来。偶尔屋外的阳光充足了,他蹲在墙根下晒晒太阳。他有时觉得憋得慌,闻得空气里有一股土腥子味道,肺也十分不好受,时不时地尘土飞扬,落他一身土,有人管这叫沙尘暴。每当看到这些,他愈加憋闷,再也闻不到那清新甜润的草泊空气了。他听说还要在开垦草泊的土地上建造纸厂,这更要污染土地、污染河水啊,遭罪的日子在后头呢。他一打听,原来是邻村一个投机倒把,外号叫大花子的人蹲了几年大狱,放出来后在外做买卖赚了钱,回来后用钱打点关系要在草泊办厂,听说县里特别支持,还给他挂了县政协委员头衔。这年头这些有前科的人都活了,过去祸害国家,现在祸害家乡了,这愈叫他愤愤不平。

走出门来,他似乎已经看得见推土机的巨大身影,那尺把厚的苇须被翻了出来。他又听说镇长正和县里来的人商量规划。他想抗拒垦泊铲草根,可一个看泊的孤老头又能做得了什么呢?他无力地收回了目光。

转眼儿到了年根儿,正月里镇里要开篓子灯会。篓子灯是镇里人家独有的传统节目,已经流传几百年了。每年正月,人们编成又大又密实的篓子,篓子外面用油彩涂上各种傀儡的面孔,然后由人顶在头顶上,摇摆起舞。这是泊里人家用做欢庆丰年、预盼吉祥的一种独特方式。据说这个"篓子灯舞",还拿了国际金奖。

今年县里格外重视，派来县文化馆的人作专门指导，组织编排。正月里还要去县城汇演，省电视台还要派人来拍电视。镇长喜不自禁，可有一件事让他头疼，因为这次篓子灯节要用一个特大号的篓子，由四个人顶着舞。这是个绝活儿，一般人干不了。他访了镇里长者，都摇头说不会。最后他得知，只有孙成老汉才会干这活儿，但他知道若他去求孙成老汉，准会被撅出来。后来他将孙成老汉的侄媳妇叫到镇办公室，商量了好半天，孙成老汉的侄媳妇才笑嘻嘻地走了。

晚上，孙成老汉正躺在炕上琢磨事儿，侄媳妇进来了，他赶紧坐起来。侄媳妇问候了一阵说："叔，今天县里来人要组织篓子灯会，省里还要拍电视，说是要宣传苇乡风情，挖掘民间传统节目。"

"是吗？"孙成老汉眼睛有了亮色。

"县里人说啦，咱这儿苇泊是块宝地呀，物产丰富，民俗乡风淳厚，他们要专门组织人到苇泊写书。县领导指示，篓子灯会要开得热闹、红火，让咱亮出各种绝活儿。他们听说您会编特大号的篓子，还要拜访您，您看成吗？"侄媳妇能说会道，说话带词。

"成！只要能给镇里增光，给祖上扬名就成。不要他们拜访我，咱泊里人讨厌虚套。"孙成老汉似乎来了兴致，"这篓子个越大越不好编。因为个儿大不挺儿，顶在头上就塌腔了。只有我编出来的才硬挺，不塌不陷，舞得起来。为了让省里人能知道咱苇乡人的拿手绝活儿,这活儿我干了。"

孙成老汉说得很坚决,侄媳妇儿也高兴。

"叔,您都需要什么?"

"给我挑几捆最高的苇子,弄两坛子酒,一坛子醋。再给我贴锅玉米饼子,从泊里捞点儿鱼熬上。记住,在我编篓子的时候,你千万不要进来,因为干这活儿最忌讳女人看。"侄媳妇点点头儿出去了,按他的吩咐准备好了一切。

孙成老汉很虔诚,洗手净面。他先从苇草中挑出许多笔直、硕长的苇草,然后从中捡出一根砸开一头,从根部一撸到底,苇子便破开了。然后,他把两坛子酒和一坛子醋倒在大桶里,搅匀,又咬破中指滴下几滴血,待血慢慢溶化后,便泼洒在破开的苇眉子上。这样,苇眉子便鲜亮滑润了。待他把多根苇草这样操作后,便在院子里扫出一块空地,在上面编起来。院子里很静,阳光也好,偶尔有几只麻雀落下,在他身边跳跃。他甩掉棉衣,挥舞着手臂编织着。苇眉子修长柔软,在他怀里跳跃着,不一会儿便平展展地编出了一片儿,如天上的一片云托着他的身子。他感到很惬意,有点儿飘飘欲仙的感觉。他痴迷地入了境界。侄媳妇有时在院外窥视他一眼,便得意地走了。

他足足编了三天,一只像粮仓一般的篓子编成了。小镇人拥满了小院,称赞不已。孙成老汉也很得意,这是他一生的杰作,恐怕他以后再也无能为力了。

篓子灯节定在正月初五的晚上。人们早已急不可待,拜年的亲戚们也都蜂拥而至。随着激越的唢呐声,篓子灯表演开始

· 89 ·

了。走在前面的是一群孩子,他们每个人头顶上有一个用芦苇编成的小篓子,双手扶持,随着乐曲左右摇摆。篓子里边放一支大蜡,照得篓子通体发亮。篓子外边是用油彩画的胖头娃娃,憨态可掬,赢得人们齐声喝彩。随着而来的是大篓子灯,由一群彪悍的青年人舞耍,篓子上画的是二十八宿和牛头马面。他们舞得刚健有力,威武雄壮。其中有几个小伙子竟一连串地翻了几个跟头而灯却不灭,引起一片喝彩声。紧接着是一队由两个人顶着的篓子灯,这些人动作协调,宛若一人,篓子外边画的是鱼鳖虾蟹,画得活灵活现。舞者做各种姿态:舞蟹者横行无忌,舞鳖者伸头缩脑,舞虾者弓腿弯腰,舞大鱼者一冲一窜,形象传神,美不胜收。

围观的人们齐声喝彩,指手画脚。早有几个好事者忍耐不住,也加入了舞灯的行列。孙成老汉也站在小院的高处看着,他忘情地流下了泪水,很多年没有看到这么热闹的场面了。他仿佛又回到当年带头舞灯的情景,手脚也随着鼓点舞动起来。

忽然,人们沸腾了,一个由四个人顶着的特大号篓子灯出现了。这篓子编得细密硬挺,由四个大汉顶着,灯火雪亮,映得一片通明。那篓子上面画的是一个硕大的草狐,栩栩如生。人们又霎时沉寂下来,因为这是草泊人的祖先啊!有些上了年纪的人竟趴在地上磕头。大小篓子灯也围拢过来,伏在草狐灯的周围,众星捧月一般。孙成老汉老泪纵横,望着那硕大的草狐痴痴呆呆。

"这是谁编得这么大的篓子啊?"

紧接着是一队由两个人顶着的篓子灯，这些人动作协调，宛若一人，篓子外边画的是鱼鳖虾蟹，画得活灵活现。舞者做各种姿态：舞蟹者横行无忌，舞鳖者伸头缩脑，舞虾者弓腿弯腰，舞大鱼者一冲一窜，形象传神，美不胜收

"有谁呢,孙老爷子。""想不到他还有这么一手绝活儿。"

"有钱能使鬼推磨,为编这个篓子,他让他侄媳妇向镇长要了1000元钱呢。"

"可人家大花子却拿了几万元钱赞助这个篓子灯节,你没看见赞助单位的第一个人就是大花子?"

"可孙老爷子对大花子还不服不忿呢。"

忽大忽小的议论声传进孙成老汉的耳朵里。他脑袋炸了,像被谁狠狠地擂了一棍子,眼前金花乱冒,重重地栽在地上,鼻子和口溢出血来。等篓子灯节结束后,人们发现他时,他的身子已经僵硬了。

小镇人用最隆重的仪式埋葬了他,但却没有把他葬在他应该去的地方——看泊人的坟茔,因为那坟茔已经不存在了。侄子用那1000元钱给他买了骨灰盒和老衣,又抱罐打幡,如丧考妣,招来一片赞扬声。镇长在镇东的公墓中给他安排了归宿,这是他在世的时候极不愿去的地方,他是执意要埋在草泊中的。无奈,开春后人们就要放水插秧了。

草泊的风光在人们的心目中只能是一个梦了,一切都已成为过去。

# 说 书 人
## ——小镇传奇之十一

　　小镇自通了铁路,有了车站,人员剧增,便立刻热闹繁华起来。原来小镇只在煤河北岸,店铺商家鳞次栉比,均沿北岸而建。自从在煤河南岸建了火车站以后,随即又在南岸建了铁路工房、货站、工区和脚行下处,也相继建了一些车站职工和家属的住房,而后又陆陆续续地来了一些人家落户,在煤河南岸建房。于是南岸面积也逐渐扩大开来,慢慢地小镇就成为一座典型的北方的闹市和集镇。
　　小镇人多了,生活需求也多了,所以街面上除过去开的几家饭馆之外,又多了茶馆和说书馆。其实这茶馆和说书馆是可以互相利用的。因为喝茶的人可以听评书和鼓书,而说书馆又可以招揽茶客。小镇说书馆的主人原在北平某大学读书,后来因为日本鬼子侵华,使得偌大的北平城容不下一张书桌而回到小镇。他爹本是清朝的一个秀才,家道比较殷实,原在河头任职。清王朝没了以后,他爹便携一家人来到小镇。那么,在小镇干些什么呢?于是便开了这家说书馆。他从北平回来后,悉心经营着说书馆。那些流落各地民间的一些说评书的和说鼓书的人都来此说书，就是一些有些名气的说书人也从唐山小山和河头说书馆来此说书。每天晚上，那些扛脚行的装卸工、歇班的铁路工人、车船店脚牙、干五行八作的人都来听书，馆内的人总是满满的。因为店主热情好客，从不慢待说书人，酬金不菲，很受说书人的青睐。据说在唐山小山说评书的袁阔成和唱乐亭大鼓的靳文然也光临过这个说书馆，给说书馆增色不少。

这说书馆的主人是学中文的大学生，唐诗宋词、明清小说都在肚子里装着，说话也是一套一套的，满口都是词，其仪表也是风度翩翩，在小镇也算是一个开明人士，他与小镇各色人等相处甚好。同时他还会编写和创作说书的段子，现写现用，很是应景，颇受听众的欢迎。今天我们说的小镇传奇并不在他的身上，而是在他的儿子身上。他儿子是中华人民共和国成立第二年生的，即1950年生，因此他给儿子起名叫"建国"。因为他自己没有成才，所以他便把全部精力和希望都放在了儿子的身上，教儿子从小学文化，背诗词，练书法。他儿子也随他，聪慧过人，唐诗宋词从小背得滚瓜溜油，哪朝哪代的帝王将相也知晓很多。所以，他儿子被小镇人称为"神童"，叹为奇人，这以后"神童"也就成为小镇人对他儿子的称呼。他儿子此后的人生经历也颇有一些传奇性。那么，我们这篇小说也姑且把他儿子称为"神童"。

那时刚刚解放不久，还没有公私合营，小镇商家照常营业，所以说书馆依然存在。"神童"不但从父亲那里学了中国的经典文化，也从说书人那里学了通俗文化。"神童"有过目不忘的极强的记忆力，听一遍鼓书也能记个大概究竟，所以，他能够把大段的鼓词背下来。他从小爱看书，当上到小学三年级的时候，便把他的爷爷，那个清朝秀才所存的线装书看了一个遍，对其中唱本的唱词也记住不少。说评书唱大鼓的来，他有时竟能跟着小声哼哼，并知道唱大鼓哪里唱错了。有一次，有一个唱乐亭大鼓的唱《长坂坡》。当唱到"说一回糜氏夫人托孤的事，长坂坡，使坏了将军赵子龙。刘玄德投奔江陵藏锋养锐，不提防当阳路上遇追兵。战重围，刀枪林内君臣失散，踏荒郊，喊杀声里世子飘零。糜氏夫人怀揣阿斗，身随秋夜泪洒西风，被箭伤，从半夜昏厥于荒草地，只有那吸呼气一丝儿未断好不伤情"时，"神童"突然喊道："你唱错了，不是'喊杀声里世子飘零'，是'喊杀声里世子飘蓬'。"他父亲训斥道："你懂什么，好好听！"散场后，他父亲回家一看唱本，果然如儿子所说，是"喊杀声里世子飘蓬"，也不由得暗自吃惊，觉得儿子是个可造之才。第二天白天，那个唱大鼓的人来致歉，承认自己唱错了，但他还是有些不服，因为说书唱影的唱错一句两句是常有的事，一般人也不追究。他问"神童"，你还记得《长坂坡》的其他唱段吗？还是就会这几句。"神童"张口就来："糜夫人把哭啼婴儿狠心放下，转香躯身投枯井魂断幽冥。烈贤人既然取义归天去，葬蛾眉箫箫洛水冷冷西风，声价儿良玉精金言行并美，浩气儿青天白日忠义双明。"这是《长坂坡》的最后几句，说着说着，他竟唱了起来："赵子龙推倒土墙把井口盖上,抱阿斗闯重围与刘备相逢。这将军一片痴心只有主,侠肝义胆能入宫,闲笔墨小窗泪洒托孤事,写将来千古须眉愧玉容。"他唱得句句含情,凄凉悲壮。唱大鼓的人听罢,竟鼓起掌来,大声说道:"你果然真是个神童啊!更是一个唱乐亭大鼓的好料啊!""那我拜你为师吧!""神童"说着就要下拜。唱大鼓的说:"你还小啊!等长大了再说吧!""神童"说:"那你等我长大啊!""神童"虽然没有如愿,但这个唱大鼓每次来镇里表演,都耐心耐意地传授给他几个小段。

那时,乐亭大鼓在冀东一带广为流传,成为有名的"冀东三枝花"之一。它除了喜闻乐见的艺术形式,就是演出也是简便宜行,很适合在农村演出。它的演出以流动为主,艺人或两人、或三四人一伙,多在秋冬农闲季节,在各个村庄的街头、大镇的广场,或有钱的人家演唱。并引得周围村庄的人们赶来听书。一般每村演唱三五天或十天半月,然后再到其他地方演唱。有时唱大鼓的艺人们还在庙会上和集日上摆摊演出。有的人家为老人祝寿、小孩满月,乃至红白喜事,也请唱大鼓的到家中去唱。在一些镇里或县城,也有专门演唱乐亭大鼓的书馆。唱乐亭大鼓要求字正、腔圆、韵足、味浓,气氛真实、色彩鲜明、气口得当、鼓板合宜。那乐亭大鼓的唱腔自成体系,独具一格,固定的唱腔是九腔十八调,有的抒情,有的激昂,有的悲沉,有的诙谐。真可谓"一腔一调道出人间百态,一鼓一板唱尽人间兴衰"。

儿时,"神童"经常一个人拿起碗筷一边敲一边唱,很是有模有样。他在小镇中学上初中时,"文革"开始,学校便停课,他只得辍学回家。那时小镇成立了毛泽东思想文艺宣传队,"神童"也是成员之一,主唱乐亭大鼓。那时候的节目政治色彩很浓,"神童"唱的节目主要有《读毛主席的书》《送女上大学》等,这些节目大都是从京东大鼓移植而来的。逢演出,只见他穿一身没有领章、帽徽的绿军服,健步上场,先是对着观众深施一礼,然后右手潇洒自如地舞动鼓槌,左手手指夹住两块梨花板相互撞击,一阵"咚咚"作响。他唱道:"毛主席的书我最爱读,千遍那个万遍呀下功夫,深刻的道理我细心领会,只觉得心眼里头热乎乎。哎,好像那旱地里下了一场及时雨呀,小苗儿挂满了露水珠呀。毛主席的雨露滋润了我呀,我干起了革命劲头儿足……"他演唱得虽有些稚嫩,却声情并茂、情真意切、赏心悦目。唱罢,全场掌声、喝彩声不断,观众齐声喊好。

"文革"期间,没有学上了,但"神童"并不安心在小镇劳动,而是一心一意地想学唱乐亭大鼓。他是镇里的文艺骨干,县里有文艺培训班,为下边培训文艺骨干,镇里派他去学习。他父亲哪里会同意?当即遭到痛斥和反对:"这说书唱影的过去是下九流,一个书香门第的人家的孩子去学唱?这有辱门风,把你这所谓的神童也糟蹋了。"但"神童"不听他爹这一套,自有他的道理:"说什么书香门第,全是封资修那一套儿。我要做毛泽东思想的接班人,不做孔老二的孝子贤孙!"

他父亲勃然大怒，脱下鞋底子要揍他，但他还是毅然决然地去了县里。在那里他受到了乐亭大鼓的名家靳派亲传弟子的赏识和传授，技艺大有长进，并学会了许多新书目，如《烈火金钢》《野火春风斗古城》《苦菜花》《回民支队》《平原枪声》《桐柏英雄》等作品。

再说那天晚上，他学成回到小镇作汇报演出。只见他一袭灰色长衫，意气风发、神采飞扬。演出的地点在五道桥下面，观众全部是小镇人，老的白发苍苍，小的被母亲抱在怀里。他上得场来，先是对着观众们深鞠一躬，高声说道："小镇的父老乡亲们，我去县培训班学成归来，今天在这里给你们作汇报演出。我学艺不精、才疏学浅，有不到之处，希望大家原谅！"然后他左手取了梨花板，夹在指头缝里，便叮叮当当地敲起来，与弦子的声音相互应和；右手持鼓槌，有节奏地敲打，咚咚作响，那鼓声、梨花板的声音交织震动观众的心弦。琴师也把大三弦拨弄得疾缓有致，抑扬顿挫，入耳动听。前奏作罢，全场掌声、喝彩声立刻如煤河水般地涌起。待到他开唱时，观众们霎时寂静无声。他先是缓慢地唱了几句："陈桥兵变炎宋兴，南唐北宋起战争。赵匡胤兵发寿州地，就与南唐大交锋。两军阵前打了一仗，南唐败阵北宋赢。不料想中了南唐的空城计，只困得里无粮草外无救兵。有一位东床驸马高怀德，匹马单枪苦战争。寡不敌众难取胜，失机败阵退回城。"声音起初不甚大，待唱了数十句之后，便渐渐地急促起来，如万马奔腾、刀枪碰撞，把观众的心提起来，后来声音也越唱越

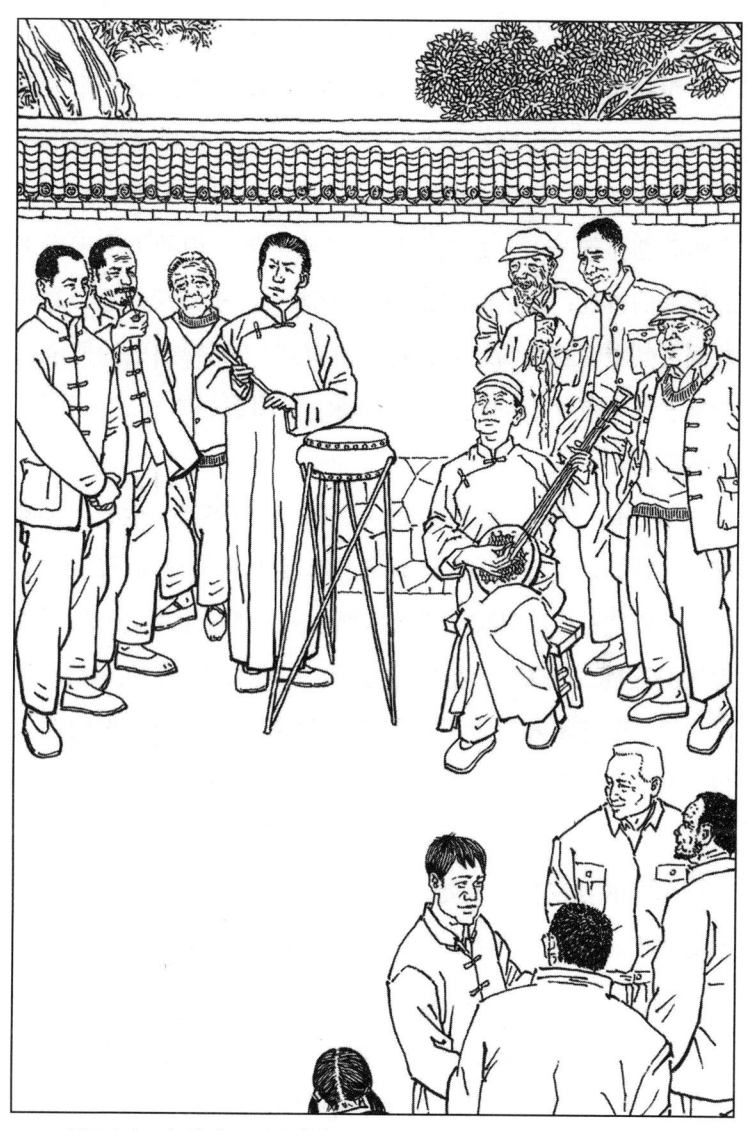

那天晚上，他学成回到小镇作汇报演出。只见他一袭灰色长衫，意气风发、神采飞扬。演出的地点五道桥下面，观众全部是小镇人

高,声声震动着观众的心:"他二人并不搭话战一处,大展奇才各显其能。四只膀臂空中舞,八个兽蹄地下蹬,这一个大刀似闪电,那一个长枪好似水中的蛟龙,真乃是棋逢对手难藏性,将遇良才各用功。刘金定刀劈不离天灵盖,高君保枪扎不离两膀和前胸……"这真有如《老残游记》中的王小玉说书的妙处的再现:"字字清脆,声声宛转,……或缓或急,忽高忽低;其中转腔换调之处,百变不穷。""那弹弦子的亦全用轮指,忽大忽小,同他那声音相和。"唱罢,叫好之声不断,轰然雷动。

"神童"初演取得了成功,小镇人赞不绝口,他父亲也不好再说什么,干什么不是吃饭啊!从此不再干预儿子的演唱。因为他技艺精湛,县文艺宣传队调他去,他成了一名专职乐亭大鼓的演员。入队后,他虚心好学,积极上进,取人之长,补己之短,使艺术水平上了一层楼。他掌握了乐亭大鼓的四大口、八大句、紧流水等持板鼓及花鼓板等技艺,在丰南一带很有名气。

那时的县宣传队是走"五七"大学办学的路子,平时不但要演出,还要学政治,学军事,学文化,又得从事生产,还要自给自足,自己养活自己。他们除年节期间专场演出外,一般要下乡演出。这下乡演出一般是两个人带着县里开的介绍信走村串巷,走到哪里唱到哪里住到哪里,并收一些费用。这些费用主要用于宣传队的自筹自支和演员的开支。与"神童"一起的琴师是一个半盲人,看东西影影绰绰,模糊不清。起初他也是在小镇演唱乐亭大鼓,后与"神童"一起到了县里。这个盲人比"神童"年长,没有家室,"神童"对其很是照顾,两个人演出不但珠联璧合,在情感上也亲如兄弟。那时,下乡演出非常辛苦,全靠两条腿走路,还要挨村去询问,有时会遭到冷遇,吃不上住不上,很是遭罪。有时赶路晚了,找不到房子,就只好住农村看场的房子里或机井房中,遇上阴天下雨,苦不堪言,但他们都有为艺术献身的执着精神而无怨无悔。一天,他们在路上遇上大雨,浇了一个落汤鸡。此时前不着村后不着店,只好踩着泥泞赶路。天黑时分,才跟跟跄跄地赶到一个叫四间房的村子。村民们见了,甚是惊讶,赶紧把他们领到大队部,找来干净衣裳给他们换上。大队书记让老婆给他们做了一盆热面汤驱寒。二人感激涕零,说道:"天下还是好人多呀!"这大队书记也爱听大鼓书,当即安排他们在大队部住下,说等第二天雨过天晴后,再安排说大鼓书。第二天晚上,大队部操场上灯火通明,亮如白昼,有几百人来听。他们为了感谢,也买了力气,先说了一个小段,然后开说《闹天宫》。"神童"唱得声情并茂,手舞足蹈,淋漓尽致地表现出了孙悟空的大闹天宫的氛围。他开始唱道:"小小的毛猴胆量高,武艺高强逞英豪,他曾拜师父那位菩提子,勤修苦练把艺学,七十二变是全都学会,滴溜溜一个跟头不见了,闹龙宫得来一件无价宝,拔来了老龙王的那个定海针一条,这件物要大就大要小就能够小,是那孙大圣的金箍棒随身永带着。"然后唱孙悟空在三月三王母娘娘蟠桃会时偷吃仙桃,大闹玉皇的灵霄殿，随后回花果山自封齐天大圣，与众神仙决战，尤其是在唱到二郎神与孙悟空斗法，变了一个小寡妇时，把小寡妇哀婉的情态表现得惟妙惟肖："头戴着白身穿着孝，三尺麻绳系在她的腰，左手拿着那千张纸，右手拿着一个浆水瓢，……哭了一声天啊叫了一声地，哭一声丈母娘的姑爷、婆婆的儿子、大姨子的妹夫、小姨子的姐夫、大伯子的兄弟、小叔子的哥哥，我那个没出五服的堂叔伯女婿你怎么死了……"众人听到这里，再看说书人故作凄楚的面容，模仿小女子的姿态，形象传神，都逗得前仰后合。最后"神童"唱到结尾"噌噌噌一溜跟头冲出天曹，齐天大圣他把天宫闹，美猴王的智谋高，这一段神话故事永远地流传着"时，大家齐声叫好，欢呼声不断。此时，明月高悬，月光皎洁，天空如水洗一般，人们听着孙悟空闹天宫的故事，不禁心旷神怡，沉浸在艺术的境界中。他们本来打算唱一晚就走，可这里足足留了他们半个多月，好吃好喝好招待。"神童"又唱了《烈火金钢》这部现代英雄小说。村民们大呼过瘾，临别时专门派车把他们送到下一个村子，并提前给他们联系好了演出事宜。他们此次在外演出，收入颇丰，成为各个演出小组最好的一个。"神童"在介绍演出经验时，无限感慨地说："只要我们坚持为人民演出，与人民共欢乐的演出方向，人民群众就一定欢迎我们！"

在演出中，"神童"始终坚持"二为"方向，自编自演好多脍炙人口的段子，深受群众喜爱，并屡获大奖，声名鹊起。但他始终不自诩，不装大，坚持下乡为老百姓演出。他深知，乐亭大鼓这种冀东民间艺术形式承载了多少人绵绵不断的"乡愁",延续了多少底蕴深厚的老呔文化啊!他出身于书香世家,文化底蕴厚实,生活积累丰富,于是不断对老剧目进行加工修改,剔除糟粕,取其精华,使观众百看不厌、百听不烦。他同时还紧跟形式创作新曲目,编写后,就随即上台演唱,富有新意。如有一次,他听说了小镇中学的一个教师破冰在煤河里救了两个滑冰落水的孩子,自己险些丧命时,立即创作了《煤河新风》在小镇演出。他充满激情地唱道:"煤河流水哗啦啦,精神文明开新花,教师救人不顾身,百里长河传佳话。榜样领路我跟随,要为四化添砖瓦……"

时光如水,日月如梭,一晃几十年过去了。"神童"老了,也不经常下乡演出了,但却把乐亭大鼓带进了校园,他的孙子也成了学员,并很有资质。有一次,孙子摸着他的胡子说:"爷爷,他们都叫您神童,应该把神童的称号给我啊!""那我叫什么呢?""您应该叫神爷啊!"说罢,祖孙俩乐得抱在一起。

# 小镇会计

## ——小镇传奇之十二

要说小镇的传奇人物,小镇的会计也是个数得着的人。

小镇从东到西沿煤河而建,街道有一里多长。街道南面这排房舍在煤河岸边,北面这排的房舍就更多了一些。解放后,工委、公社、小医院、派出所和初、高中都建在这一排,与邻村的唐坊村几乎连在一起。

小镇会计的家独门独院,在道南,开了院门就是清凌凌的河水,一溪河水碧波荡漾,鱼虾嬉戏,鸟儿啼啾。煤河南面就是小站的月台,月台边有一排涂了白漆的栏杆,阻止了等车的旅客下到河边。间隔一杯茶的工夫,就有一列火车通过,震动得河水起了层层涟漪,扩散开去,不一会儿不等涟漪退去,一拨涟漪又起,煞是好看。

要说小镇会计的家可是桃花源般的风景,但小镇会计降生到小镇时却险些被扔到煤河里。他父亲在小镇给一家大买卖当账房先生,收入不菲,日子过得很是滋润。他妈怀胎十月,这一天夜间腹中疼痛,觉得临产了。他爸赶紧找来接生婆,等接生婆到来时，羊水已经破了，婴儿已经露出了一只脚。接生婆吓坏了，连说不好。因为婴儿脱离母体都是先露头，先露脚往往是难产。更为奇怪的是，这一只脚出来后，任接生婆怎么拽，那一只脚却死活不出来。他妈疼得呜哇乱叫，死去活来。接生婆忙唤他爸进来，问道：是保大人还是保孩子？他爸急了，这还用问？保大人啊！孩子没了还可以生，大人没有了不就什么都完了吗？接生婆一听这话，不知从哪里来的力气，使劲儿一拽，把婴儿连脚带头拽了出来。他妈却大叫一声，背过气去。等接生婆把婴儿洗净身子一看，傻眼了，原来这孩子天生的畸形。他的一只脚的脚背朝下，脚心朝上。这怎么办？他爸沉吟了一会儿说，这孩子活着也是废物，扔煤河里去吧！他妈缓过气儿来，听见了这话死活不干，这毕竟是她身上的一块肉啊！接生婆说，这个缺德的事我来干吧！说着找个小被儿裹了裹便抱回了家。

到了第二天，他奶奶颠着小脚拄着拐棍来了，说是要看看隔辈人。谁知让儿子给扔去了。老太太怒不可遏，用拐棍在儿子的头上狠狠地打了一个包。谁扔的？接生婆。扔哪了？不知道。赶紧给我找去？母命不可违。他爸找到了接生婆，接生婆递给他孩子。他爸赶紧回家交给老太太。他奶奶说，小猫小狗还拉扯呢！何况是个人呢？他妈一见孩子也破涕为笑，对接生婆感激不尽，后来等孩子长大后，认接生婆为干妈。

他奶奶对他父母说，等这个孩子掐了奶，由我拉扯，不用你们管，我怕你们把我孙子害巴喽！不敢不敢！他爸唯唯诺诺。他奶奶果不食言,等他断奶后,果然与老太太吃住在一起。老太太抚养尽心尽力,在孙子身上也舍得花钱。他一天天长大,因为一条腿瘸,他只好拄着拐棍。这可好!祖孙俩一出门,一个人一条拐棍,一个左边一个右边,引得小镇人围观,成为一景。

他奶奶知道,孙子身体不行,就得学点儿本事。他五六岁的光景,奶奶便让他上了私塾,学习临帖,遍临楷、行、草、隶古帖,他尤喜二王、颜真卿、赵孟頫、文徵明、怀素等名家书法。不过一年,他便临得有模有样,颇有筋骨。老师啧啧称赞,说自己从来没有教过这样好的学生。老师有时摸摸他的头说,如果你腿脚方便,就可以访名山走大川,看遍天下碑文名帖,可惜了!他不以为然地对老师说,我腿脚不便但脑袋灵便,天生我材必有用,我也可以创造我人生的价值。老师非常认同。因为他的字写得好,所以每年春节找他写春联的人很多。

他奶奶看到孙子的聪慧,非常高兴。上完私塾后,她又决定把他送到河头的官办学校去学习算术,以便将来可以像他父亲那样当个账房先生。别看他腿脚不行,但脑袋确实灵光,可以说绝顶聪明。看来造物主是公平的,给了此便不给彼。学成回来,他便顶替他父亲当了账房先生。他父亲当账房先生时每天忙得不可开交,到了他当账房先生时却是轻轻松松。经理很是纳闷,可是把账本拿来一看,笔笔清楚,丝毫不差,他才放了心。

他大了，要成家了。这么一个残疾人谁乐意跟他过日子，但傻子有傻福，他也自然有人为妻。原来，他的婚事早就定下了。那一年，有一家人闯关东路过小镇。这一家人一路行来，受尽苦难，此时走到小镇早已是疲惫不堪，蓬头垢面，饥肠辘辘，说话有气无力。他奶奶恰巧看见，便把一家人领到家中，让他们吃了一顿饱饭。她看到有个十来岁的小女孩患了感冒，一个劲地咳嗽，跟着大人去东北已是不行。这女孩的父亲便对老太太说，救人一命胜造七级浮屠。您是佛心，救救这个孩子吧！放在您身边，点烟倒水还是可以的。老太太想到了自己的孙子，虽说伶俐过人，但终是有残疾，好人家的闺女肯定没有人愿意跟着。于是她对女孩的父亲说，要不这样吧？让她给我孙子当个童养媳吧！就是我那孙子有点儿残疾……女孩的父亲巴不得有人要，赶紧说，没有关系，跟着你们能够吃饱肚子就行。老太太听罢，与儿子儿媳商量一下，拿出20块大洋钱给了女孩的父亲。一家人在小镇洒泪而别。

别看他有残疾，老婆却不嫌，反倒是崇拜。这个女人身强力壮，给他生了3个儿子，3个闺女，个个结实。别看他有文化，可给儿子闺女起的名字土得掉渣。3个儿子分别叫大狗子、二狗子、三狗子，3个闺女分别叫大胖丫、二胖丫、三胖丫。他自有他的理由，说名字起得贱，好活！

解放后，小镇先是公私合营，后来一切归公。他自然也当不了账房先生了。这一年，人民公社成立，小镇敲锣打鼓，鞭炮齐鸣，热烈庆贺。小镇班子配齐后，有的职务却不好安排，比如说，小镇会计。于是，小镇领导经过商定，决定公开招聘。因为小镇能人多，想当会计的人也有几个。这几个人过去都是账房先生。

于是镇长便找了几个评委，在小镇办公室开始选贤才。正是通过这场比赛，他才有了小镇会计的名号。此次应聘者有4个人，其中有一个号称"神算子"，一个号称"袖吞金"，还有一个喝过洋墨水，被人称为"假洋鬼子"。四人面前各有一把算盘，但小镇会计则要了两把算盘。报数的人由慢及快，后如爆豆一般，他们每个人都忙个不停，算子噼里啪啦地响个不停。报数的声音一停，一看最后的得数，都准确无误。其他三人打的都是一把算盘，而唯独他打的是两把算盘，这自然胜了一筹，显然胜数已定。但"袖吞金"不服，要求不用算盘计算。于是那两个人就退出了考试，只剩下了他与"袖吞金"。两个人屏住呼吸，听报数的人报账。"袖吞金"把手退进衣袖，掐着手指头算，小镇会计是心算。这次难度大，报的数字也大，念了足有十分钟。最后一看总数，他对了，而"袖吞金"败下阵来。从此，他当上了小镇会计。他不仅算盘打得好，而且记忆力超群。那一年，"四清"运动开始，小镇的干部们都因有事上了"楼"，而唯独他查不出问题。"四清"工作队队长不信，从总部找来一个查账的专家，查来查去也没有查出他有什么问题。专家不服，心想败在我手下的人无其带数，我就不信查不出问题。他与工作队长把小镇会计叫到工作队队部，一笔一笔地问，一项一项地查。只见小镇会计对答如流，笔笔清楚，毫无破绽。最后，这个专家哑口无言。后来，"四清"工作队要推举他当廉洁干部的代表，在小镇给大队、生产队的干部讲讲体会。他上得台来，只说了这么一句话："做人凭良心，做事凭能力。"话语不多，却是他肺腑之言。

　　小镇会计与小镇的治保主任一样，从解放后一直干到了地震。地震过后，小镇损失严重，他的另一条腿也被砸坏了，只好拄着两个拐棍一瘸一拐地走路。此时他担心的不是自己的身体，而是小镇的账本，他叫上几个年轻人，从废墟里扒出账本，收拾保存好，一直悬着的心才落地。这时上海医疗队来到小镇，建了个临时救护站。小镇会计拄着两个拐棍，踉踉跄跄地去了救护站。上海医疗队的小护士见了，赶紧把他扶到病床上，给他治疗包扎那条被砸伤的原来的好腿。在包扎好后，再来看他的另一条腿，只见脚心朝上，脚背朝下，不由得大吃一惊，赶紧使劲儿掰，想给复位。他们哪里知道，这是他从娘胎里带来的病腿。一个人掰不动，又来一个人还是掰不动。众人大惊失色，说唐山的地震太厉害了，怎么掰也掰不过来啊！听到此处，小镇会计哈哈大笑，别掰了！我这是胎里带来的。几十年了，你们怎么掰得动？众人听罢哈哈大笑，有几个护士笑弯了腰，险些岔过气去，说道，大爷您真逗，唐山人真幽默！

## 丑爷轶事

### ——小镇传奇之十三

丑爷在小镇绝对是一个人物，无人敢惹，无人敢说。他住在镇边，独门独院，窝在河湾里，清亮亮的河水从门前流过，沿河的垂柳像少女的长发，遮住了河岸。门前有棵桃树，花开得虽热闹，但结不出像样的桃子来。丑爷每天清早在河边遛弯，吸口被桃花酿就的新鲜空气，像喝了"五粮液"那么畅快。丑爷平日拿两个鲜亮的铁球，在手心里来回磨蹭，响声不绝。丑爷爱赶时髦，去一趟保定府，花一张百元大票买回两铁球，说是美国总统里根来中国，值钱的东西没要，却把保定府出的铁球带华盛顿去了。这玩意儿叫健身球，每日在手里磨蹭，能舒筋活血，益寿延年。在农村，买两铁球能换一袋子大米，拿钱砸鸭子脑袋，只有丑爷干这事。丑爷爱穿肥裆裤，束一条布带，会三拳两脚，最大的嗜好是一天喝八杯浓得发涩烫嗓子眼的龙井茶。每逢集日，丑爷便佩戴红袖章在街上走几趟，守护着街道的治安。看哪个地痞参刺，在姑娘堆里找便宜；或卖家缺斤少两，欺行霸市，丑爷都要一马当先地去管。

在这条街上,谁敢惹丑爷?镇长见他都要主动搭讪呢。

丑爷没后人,绝户。老伴原来带来一个儿子,后来参军,以身殉职,从此,丑爷成了烈属。就凭这个牌号,丑爷到哪儿不是爷?丑爷这些年心气顺,好事总跟着他。有一次,丑爷在镇口桥头站着,看河里漂着的船。忽然,有一列客车由北京开来因前方有事在小镇的车站临时停车,人们拥出车厢,在月台乘凉。丑爷闲来无事,在月台上溜达。忽然,有人拍拍丑爷的肩膀,丑爷看看,是刚下车的一个军人,腆着肚子,身边站着一个小兵。"你是不是丑老兄?""你是孙大炮!"丑爷抱住来人,又嘬又啃,唏嘘流涕。原来这是丑爷当兵时的一个弟兄,随军南下,当了大官,几十年杳无音信,鬼使神差,在这撞见了。丑爷一定要他到家里坐坐,但军官因公务在身,只得匆匆话别。谈话中,这位军人知道丑爷复员回家把残废证丢了,弟兄们海角天涯,无法寻觅,丑爷也没把这件事放在心上。旧事重提,这位军人鼎力相助,没过几天,便寄证明和几百元钱。后来县长都知道此事,有一次下乡竟把车停在丑爷门口,唠了半天。从此,国家每月给丑爷钱,比有几个儿子还得济呢。

丑爷的历史并不清白,岁数大的人都清楚,他娘的外号叫"大脚",他爹的外号叫"炮上灰"。结婚那天,正赶上发大水,坐不得轿,只好骑一头大马,于是新娘子便把一双穿了红鞋的大脚露在外面。人们常说三寸金莲。新娘子的脚足有六寸长,吓得人们直咂舌:"好一双大脚!"从此他娘便留下"大脚"的绰号。他爹是街上有名的混混儿,游手好闲,到处借

·111·

债。傍年根儿，债主上门，丑爷的爹没钱，被债主骂个狗血喷头。他娘火上浇油："怪不得人家叫你炮上灰，干打雷不下雨，他这么逼你，就死他家去！"炮上灰被老婆一激，当即吃了大烟，闯到债主家，躺在炕上咽了气。"大脚"撒泼打滚，要债主以命相抵。最后事情经官，被判债主登门要债，逼死人命，必全部赔偿死者的一切损失，给了"大脚"500元大洋。债主从此破产，"大脚"也携钱远走高飞，抛下丑爷无人管了。从此，丑爷沦落为街头小混混儿。

那年水大，冲垮了桥。丑爷已长大成人，他找来一只破船，修修补补，在煤河摆渡过往行人，船到河心才要钱，谁敢不给。有一天擦黑儿，丑爷正要收船，忽听岸上有人叫他，朦胧中见是一女子，模样挺俏，胸脯鼓胀，胳膊上挽一包袱，是回娘家的小媳妇。"要过河呀？"丑爷瞧她胆怯的样子，摇摇头。小媳妇看看黑了的天，央求着，恨不得磕头作揖。丑爷无奈，只好摆渡，船到河心停住了。小媳妇以为要钱，递过来，却被丑爷推开。"那你要什么呢？"小媳妇有些发毛。"我要你！"说着丑爷一把揽过，压在舱底，任小船在水上转。小媳妇作声不得，吃了哑巴亏，上岸后，抽抽咽咽地走了，丑爷占了便宜，很是得意。突然，丑爷发现小媳妇丢的包袱，弃了船，飞也似的追去。

日伪时期，鬼子在小镇上安了据点，修了炮楼，丑爷的活动受到限制，整天泡在茶馆里聊天，无所事事。日本鬼子投降以后，国民党来小镇抓壮丁，先是被镇长用钱拦住，但上边催得紧,只得摊派。镇长是北大法律系的毕业生,回家继承祖业,面皮白净,穿西服,会说洋话。于是镇长把全镇的青壮年聚到一屋,让众人坐到炕上,高声说道:"乡亲们,上边给镇里派下任务,只好把大家请来,商量此事,看谁去?"无人应声。少顷,镇长又道,"敝人有个笨法,我派人把炕烧热,谁嫌炕热屁股动了,谁就去,怎么样?"众人不语。"不吱声就是同意。"镇长吩咐人烧炕。不一会儿,炕如火烫,但众人都咬紧牙关,屁股烫疼了,也纹丝不动。镇长稳坐太师椅,看定众人。忽然,丑爷身子一晃,镇长当场拍板。丑爷摸摸发烫的屁股,骂道:"都快烫成猴屁股了!"镇长请来镇里的长辈,摆下一桌酒席,给丑爷送行。镇长给丑爷敬酒:"你为全镇人赴汤蹈火,敝人送10块现大洋,聊表心意。"说着让人送过大洋,丑爷接过,掉了几滴眼泪,端起酒碗,一饮而尽。

丑爷当兵没有一个月,就随军起义参加了解放军,后来南下,一块弹片打断了肋骨,又回到镇上。回到家,丑爷光棍儿一人,空空荡荡,厮守着新分的三间瓦房。这时已经解放,镇长没变,因为他是开明人士,救过地下党,仍然让他管理小镇。镇长来给他提亲,女方是个寡妇,来小镇讨饭的。讨饭讨到镇长家里,镇长问明了女人的情况,不禁发了恻隐之心,想给丑爷撮合。这个女人圆盘大脸,长得不丑,只是带个崽儿。镇长让他去相相,丑爷摇摇头:"是女的就行,还相什么?"丑爷没有看就同意了。镇长自己拿钱派人收拾房子,给他操办婚事。洞房花烛夜,丑爷揭开蒙头布,一看,原来是坐船的那个小媳妇。她死了男人后，生活没有着落，竟讨饭至此。真是阴差阳错，前世的姻缘。丑爷有些发愣，像掉了魂儿。小媳妇拉过他，脱光了身子依偎在他的怀里。后来女人的孩子入伍当兵，在开山打洞时被炸死了。女人悲伤过度，郁郁寡欢，过了没有几年也死了。丑爷不以为意，觉得一个人过更习惯，不愿受人约束。

丑爷光棍儿一人，在镇里说一不二。有一年，买肉排队，丑爷也不能例外。那一天，丑爷穿上军衣，佩戴上当兵时得的奖章，走到卖肉的跟前说："割一斤肉！"卖肉的抬了抬头说："到后边排队去！"丑爷勃然大怒："卖给你爸你就卖，卖给你爷你就不卖。你爸比你爷就亲了！"上去要打。众人相劝，卖肉的赶紧割了一块肉，也没有称就丢给了他。

三月里，桃花开，丑爷要盖新房。镇里人好笑，这没儿没女，快入土的人了，操持啥？钱多烧的。丑爷请了建筑队，丑爷与包工头相好。他递给工头一张图纸，包工头瞧瞧，愣住了。丑爷攥住包工头的手说："老弟，看在几十年的交情上，帮我这个忙。"包工头点头应允。头天打出地基，竟是四四方方的格子，很多人纳闷，不知丑爷盖的什么房舍。第二天，竖起门窗、房架，格局与常人住房甚是不同，众人惊诧，议论纷纷。第三天，只见那房前出梢，后出檐，顶上起脊，众人悟不出道理。丑爷捧定茶壶，不言不语。最后一天，房子落成，丑爷又请人描漆涂粉，人围了一圈儿，忽然一人大叫："这怎么和烈士陵园的厅堂一样？"众人大惊，却见丑爷微合双目，甚是庄重。小镇沸腾了，不知丑爷卖的什么药？镇长听说了，慌忙赶来："丑爷，您老糊涂，盖什么庙哇？这不是搞迷信活动吗？把房子拆了，工钱镇里出。"丑爷没吭声，把镇长请进屋，不知丑爷向镇长怎样交代，只见镇长出来时表情严肃。

第二天，镇里下了通知，召集镇里的老年人到丑爷的房前开会。镇长请丑爷坐在前边，高声说道："丑爷盖了新房，像庙像寺，为什么盖成这样呢？还是让丑爷跟乡亲们说清楚吧。"

丑爷颤巍巍地站起，全没了往日的诙谐，说话有些颤抖："老少爷儿们，这些年我没干什么好事，亏得乡亲们看得起我，如今黄土埋脖颈儿，自认愧对乡里。我盖这房子干什么呢？你们看看！"他用手指指镇外的高矮不一的坟头。"我们这里的土地金贵，将来我们这些人把地都占了，后辈儿孙会骂我们的，我想死后我们的骨灰就在这儿。"他指指高大的房厅，"每人竖个牌位，让后人看着我们，好坏自有公论。这事我带头！"他拿出两个盒子，打开一个，是雕刻精致的黑漆骨灰盒，上面嵌着丑爷的照片。另一个里面装满人民币。"这是我一辈子的积蓄，以后谁先走（死）了，用这些钱花销，如果走我头里，我给他守灵。"丑爷有些发喘，"爷儿们，求您们再赏我一回脸，我给您们跪下了。"说着，丑爷撩衣跪倒，老泪纵横，镇长慌忙搀起他。一时间，全场肃然。镇里的几个长辈走出人群，齐声说道："丑哥为镇里耗尽心血，是我等之表率，我们也得为后辈儿孙积点儿德。我们死后一定要火葬，把骨灰放这里。"

第二天，镇长派人送来一块匾，颂扬丑爷的惊人之举。丑爷接过，笑笑，丢在河里，好像没有这回事似的。此事又成为小镇传奇。

## 干妈义事

——小镇传奇之十四

小镇被煤河分成南北两片,一桥连通。这座桥叫五道桥,其实它有个官名,叫"咏唐",还是晚清重臣李鸿章给命名的。小站建于1885年,这是清政府为了运送开滦煤从唐山起始往西修建的中国第一条准轨铁路。唐山往西的第一站是胥各庄站,下一站就是小镇的火车站——唐坊站。为什么起名"唐坊站"呢?原来为了运送开滦煤,清政府先是开凿了煤河运输开滦煤,后来经唐廷枢申请李鸿章批准又修建了这条铁路。是时,小镇聚集了九省十八县的人,河道中舟楫通行,铁路上火车飞奔,镇上店铺鳞次栉比,亭台楼阁林立,有些外国人也招摇过市,成就了小站一时的辉煌,留下了许多奇闻异事,成为人们饭后茶余的谈资。俱往矣,这都已经成为"城南旧事",而解放后小镇的传奇亦是不断。今天谈一谈小镇上的一个颇有传奇性的人物——干妈。

为什么她叫干妈?这是因为从打解放后,她就是小镇的妇联主任,颇有威望。她没有开过怀,生个一男半女,却认了一大堆干儿子、干闺女。认得多了，小镇的人，无论男女老幼，索性统称她为"干妈"。但这干妈可不是随便认的，每个人认她作干妈都有一段曲折的故事。下面说说几件认她为干妈的故事。

起初，干妈来到小镇很有传奇性。据说1949年那年发大水，煤河里的水几乎漫溢了小镇的街道，店铺与居家终日里用锅碗瓢盆往外淘水，苦不堪言。这一年，干妈嫁到小镇，因为发水，便坐不得花轿，只好让她未婚男人与一同伴撑船娶她回小镇。小船在河里西行20余里去了小镇西面的大田庄，即干妈的娘家。干妈男人家在小镇上开买卖，家道殷实，给了干妈家许多礼金才娶回了她。但结婚前，干妈与男方没有见过面。小船顺流而去，干妈男人坐船头，船夫撑船，不多时来到大田庄。船快到她家临下船之时，干妈男人却将自己新郎的服装给船夫穿上，央求船夫代替他去干妈家领回干妈，自己守船。为什么干妈男人不亲自去迎娶呢？这是因为干妈男人长得不好看。船夫是他的侄辈，无奈只好从命。干妈见来人年轻英俊、能说会道，误以为是自己的男人，高高兴兴地随他上了船。回来时，自然是干妈男人撑船，而船夫坐在了船头。干妈男人将篙子一撑便离了岸向小镇划去。干妈坐在船上，喜不自胜。船夫与干妈眉来眼去，故作亲密状。船夫虽是晚辈，但与干妈男人岁数相差无几，常在一起耍闹开玩笑，也因为结婚当日无大小的习俗，自然也就无拘无束，没大没小。干妈男人见状虽火冒三丈，却又奈何不得，只好瞅着他俩放肆。干妈见这个撑船的横眉立目，心想这人好讨厌，便转过屁股不再看他，专注地看着煤河两岸的风光。天上白云飘，河中船儿摇，岸上草木翠，空中鸟儿叫。干妈见状，再看看"自己漂亮的男人"，于是情不自禁，春心如河水一样荡漾，不由得哼哼起小曲来。他的男人心想："你就臭美吧，看晚上我怎么收拾你！"

洞房花烛，真相大白。干妈见与自己成亲的竟是那个船夫，但也无可奈何。好在时隔不久，小镇解放了，干妈也翻身当家做主人，在家里强硬起来。男人也只得唯唯诺诺，没了丈夫气概，任其所为。干妈精明强干，敢说敢干，胜过须眉，在妇女堆里首屈一指。她常常对那些被丈夫欺负的妇女更是抱有同情怜悯之心，为之打抱不平。

小镇西头有一胡姓男人，外号叫胡闹。此人输赌耍闹，游手好闲，什么活计都让老婆干，对老婆却如奴役一般，轻则骂，重则打，谁也不敢管，谁管与谁耍横玩命。虽说解放了，不许家暴，打骂妇女，但小镇的干部对他的行为却无可奈何，只好睁一只眼闭一只眼。好鞋谁踹臭狗屎啊？这一天，胡闹玩钱输了，憋了一肚子火，回到家拿老婆撒气。老婆顶撞几句，他就揪着老婆的头发打，还要拿菜刀砍老婆。老婆吓得撒腿跑上街道，向干妈家中跑去，胡闹紧追不舍，看热闹的跟了一大溜儿。干妈正在烧火做饭，忽听得院外一阵女人声嘶力竭的呼救声，见胡闹的女人披头散发地跑进院子，后面跟着持刀的胡闹。干妈起身，让胡闹女人躲在自己身后。她用身子堵住胡闹，大声呵斥："把刀放下！"胡闹兴起，心想还真有敢管自

·119·

己的人，这不是老虎嘴上拔须——找死吗？"我自己的老婆，任我骑任我打。""这是新社会了，打人犯法！""打人犯法？我连你一块儿砍了！"说罢竟凶神恶煞般向干妈迎面砍来，干妈并不退却，只觉得耳边生风，脑门发凉，竟是被胡闹砍下了一片脑门的皮，瞬时鲜血顺着面颊流淌。俗话说，穷的怕横的，横的怕不要命的。干妈抄起烧火棍朝着胡闹的脑袋狠狠打去。只听得"妈呀"一声，胡闹抱头倒地不起，一摸脑袋早起了几个大包。干妈大义凛然："以后你要是再敢动武，我打折你的腿，老婆给你当牛做马，你还拿她撒气败火。走，带到区公所去，依法治罪！判你几年，去劳教！"胡闹一听傻了，也顾不得头疼，跪在地上给干妈磕头："你老人家大人大量，不要跟我一般见识，我以后再也不敢了！""好！签字画押。"有人找来笔墨，让胡闹写下保证书，从此再不打骂老婆云云，让胡闹签字。胡闹不识字，就像阿Q一样在自己的名字上画了一个圆圈了事。从此，小镇以胡闹为首的几个混混儿，见了干妈如老鼠见猫，再不敢孛刺。经过这件事以后，胡闹再不敢打骂老婆。老婆自然对干妈感激涕零，于是便认她为干妈。

干妈是古道热肠，有一颗仁慈之心，如古人所说"老吾老以及人之老，幼吾幼以及人之幼"。话说到了1958年，小镇成立人民公社，建了食堂和幼儿园。从此小镇家家户户再不必动火引灶，只需到点上班到点下班，然后到食堂吃饭。那时桥南有一知青，桥北有一知青，双双回到小镇参加社会主义建设。他们回到小镇后，因为有文化便都安排在食堂工作，一个是管理员，一个是会计。日久见真情，两人擦出了爱情的火花。这自由恋爱本是好事，但却犯了禁忌。因为女方的姑姑与男方已经出了五服的叔伯大哥是夫妻。他们若结婚，岂不乱了辈分？男方还好说，而女方的家长死活不依，其父还是小镇供销社主任。怎么办？他们想到了干妈，于是二人去苦求。干妈早已听说此事，只是关系复杂，不便插手，见二人找来，看看他们，再想想自己的婚姻，不禁落下几滴眼泪，决心促成此事。问题出在女方的父亲，这是关键人物，于是便亲自登门找女方父亲，但他死活不应。他在小镇被人高看一眼，此事若成，岂不脸面扫地！他发下狠话，宁可不要闺女也要脸面。闺女以泪水洗面，恨不得扎煤河死去。于是男方整天守护，唯恐出事。干妈看在眼里急在心上，愁眉不展。忽一日，脸露喜色。这天傍晚收工回来，她在食堂吃了几口饭，便匆忙往西南方向的付家庄而去。这付家庄是个大庄，因过去有干瘪和尚庙而远近闻名。此时县委书记在此处蹲点，干妈奔他而去。干妈怎么认识县委书记的呢？说来话长。解放前，县委书记是活跃在铁道线上的区副小队长，率人扒铁道、抢物资、打击敌人。

干妈娘家过去曾是区小队的堡垒户，干妈嫁到小镇后，与他见过几次面。因为干妈泼辣能干，被评为劳动模范。那时县委书记还是小镇所在地的区委书记，在五道桥桥头召开的表彰大会上，区委书记亲自把大红花给她戴在胸前。多年来，他们一直有联系，但干妈却无论有什么事情都没有找过他。这次为了两个年轻人的婚事，她不得不去找他一次。付家庄离小镇

干妈亲自登门找女方父亲，但他死活不应。他在小镇被人高看一眼，此事若成，岂不脸面扫地！他发下狠话，宁可不要闺女也要脸面。闺女以泪水洗面，恨不得扎煤河死去

12里,干妈扑腾了两个多小时才找到县委书记。此时,县委书记正在给村干部开会,散会已是9点多钟,县委书记见到干妈颇为吃惊,心想她这么晚来一定是有什么急事。"大妹子,啥事这么急,黑灯瞎火地赶来?""人命关天的事情。"于是干妈把此事一说。"我能干什么呢?""您与女方的父亲当年都干过区小队,您是队长,只有您能够说服他。""好吧!我给他写封信。"等县委书记写完信后,干妈不顾天黑,急匆匆地赶回小镇。第二天一早便敲开了女方家的门。女方的父亲一见干妈便没好脸色,拦在门口不让进屋。干妈说:"我一大早来了,总得让进屋吧,当官的还不打送礼的呢!"干妈进屋后从怀中掏出一封信递给他。女方父亲打开一看,脸霎时变了颜色。看罢,靠在椅背上长吁短叹,把信给了干妈,顺口说了一句:"我算服了你啦!"干妈接过信一看,内容不长,上面写着:"吾弟,见信如面。我听说了大侄女婚姻一事,觉得你做的甚是不妥。想想当年我们闹革命,不就是为了让后辈儿孙过上好日子吗?如今闺女长大成人,响应党的号召回乡参加建设,这是多么令人欣慰啊!如今她自由恋爱,找到心上人,这又是多么令人高兴啊!你怎么能从中作梗,这与当年刘巧儿的父亲有什么区别?我们是国家干部,要打破陈规陋习,千万不要成了他们婚姻的绊脚石,让他们抱憾终生!等大侄女结婚那天我去小镇喝喜酒!"女方的父亲再不好说什么,只得应允。婚后,这对年轻人认她为干妈。

到了20世纪80年代初,国家实行计划生育,号召只生一个好。干妈是妇联主任，搞计划生育工作首当其冲。那时小镇上的妇女如果生了男孩便不再要。如果头胎是女孩还可以再生一个。若想再生，政策不允许。于是有人为了生男孩就偷偷地躲到了亲戚家，但大多数都被追了回来，然后送到县里，强行打胎。一日，镇里追回一个已经怀胎8个月的大肚子妇女，关到小镇的大队办公室，派人看管，准备第二天送县处理。干妈为此找了镇里的大小干部们要求不要打掉这个女人肚子里的孩子，但无济于事。干妈看着哭得死去活来的孕妇，主动承担了看护任务。夜间，小镇里的大队部冷冷清清，只有女人的哽咽和男人的叹息。间或传来一阵火车的长鸣声，小屋随着火车通过而微微颤动，女人的肩膀也随之起伏。干妈长叹一声："好一个苦命的孩子！"过了子夜，小镇安静了。干妈对这对夫妻说："你们赶紧去火车站，赶上两点西去的票车。如果有人问起，你们就说去天津看病！走得越远越好！"她脱下大衣和围巾，给女人裹巴严实了。夫妻俩惊愕了："我们走了，您怎么办？""不要管我了，保住肚子里孩子的命要紧！"二人给干妈磕头，感激涕零。第二天，大队干部和赤脚医生要送怀孕妇女去县医院，可人没有了，便问干妈怎么回事。干妈从容地解释道："昨天夜里冷，我回家取件衣服，回来人就不见了。"但不管怎么说，干妈自然脱不了干系，于是她的妇联主任职务被撤，并给予党内严重警告处分。对此，干妈没有分辩，愿意接受惩罚。

几年后，计划生育政策有些宽松好转。这对夫妻带着大胖儿子回到小镇,他们先去了干妈家。女人拉过儿子说:"赶紧给你奶奶磕头,没有你奶奶,哪里有你呀?"说罢三人长伏在地。这对夫妻为了谢恩,认了干妈。干妈大笑道:"这下子好啦,儿子孙子都有了!"

后来,小镇成立养老院,晚年的干妈住进养老院。忽一日,无疾而终。得知这个消息,干儿子、干闺女们齐刷刷地赶到养老院,用最隆重的仪式发丧了她。一副挽联这样写道:"你的妈我的妈大家的妈,干的妈亲的妈谁都叫妈。"可以这样说,干妈是小镇儿女最多的人。

## 剃 头 匠

——小镇传奇之十五

小镇有个剃头匠，姓张，因为个儿细高，人们不叫他大号，都叫他张老挑。张老挑也是小镇上有名的人物。一个剃头的，为什么有名？这一是他摸遍了小镇上所有男人的脑袋，二是他手艺精湛。他可以闭着眼睛，给顾客剃光头，而且不会留下任何破绽，不破一丝脑袋皮。因为技艺超群，所以顾客盈门，有时得排队剃头。他的剃头店（后改为理发店）常有两个人在那里长坐，而其他人剃完头就得走。一个是镇长，对他有救命之恩；一个是丑爷，对他有帮扶之情。

张老挑个子细高挑，像个高粱秆儿。他给顾客剃头，须弯大腰才行。他脸上有麻子，星星点点，一笑满脸开花。他长得白净，因为脸上缺乏血色，乍一看，挺瘆人的。小镇的人给他起了一个绰号"纸张人"。他娶了个一米五多的矮胖女人为妻，这个女人圆圆的，像个皮球，皮肤泛光。小镇人也给她起了一个绰号"高三尺"，意即只有三尺高。夫妻站在一起，差了半截儿，只有对比没有谐调。这个女人生出的孩子随妈，个儿都矬。因此在家中，张老挑显得鹤立鸡群。

张老挑是怎么来到小镇的呢？他老家在河南，抗日战争期间，蒋介石为阻止日军西进，采取"以水代兵"的办法，下令扒开黄河南岸的花园口渡口，造成了黄河下游的大规模水灾，也造成上百万民众直接死亡或间接因饥荒而死，这就是有名的"花园口决堤"。张老挑一家7口人，父母和两个姐姐、两个哥哥，结果不是被淹死就是被饿死，只有他挣扎着逃出了黄泛区，沿着铁道线一路北上，沿村乞讨。这一天，他来到小镇，已是有气无力，却在五道桥口遇见了镇长。镇长见他蓬头垢面，瘦骨嶙峋，甚为惊讶。他有气无力地诉说了原委。镇长立刻唤人从桥头的面馆给他端来一碗面和两个馒头。他顾不得面热，顷刻间一碗面汤下肚，两个馒头一口一个，噎得他直翻白眼。吃罢，他才喘出一口气来。镇长问他去哪里，他摇摇头。又问他会什么手艺？他说，会剃头。镇长说，你要没有去处就留在这里吧。张老挑听罢，磕头作揖，大声谢恩。"把你安排在哪里呢？"镇长琢磨了一下，于是唤来丑爷。那时丑爷还是个孩子，爹死娘出门，正好缺个做伴的，镇长想让张老挑住在他家。丑爷虽然年纪小，但对人也有恻隐之心，便毫不犹豫地答应了。镇长给张老挑找来身干净衣服，让他在煤河洗净了身子穿上，也立刻像个人样了。随后，镇长让人在桥头下面一块众人唠嗑的地方，支了一个白布棚，并给张老挑买了一套剃头的工具，亲手在小木板上写了"剃头棚"三个字挂上。在开张之时，还放了一挂鞭。张老挑为了表示谢意，头三天剃头半价。小镇人立刻蜂拥而至。张老挑不厌其烦，不顾劳累，耐心耐意地给顾客剃头，加之手艺好，获得了小镇人的好感。

张老挑为了答谢镇长，有一天在桥头餐馆请了小镇上有头有脸的人。因为镇长去了，其他人也不好拒绝。席间有人问起张老挑个人之事。张老挑说："要不是镇长，我都活不了，怎敢娶妻？"其中在座的有个老者，家中有一个又矮又胖又丑的嫁不出去的老姑娘，便动了心思，托镇长做媒。镇长心想，娶个镇里的姑娘也算对张老挑有个照应，便对张老挑说了此事。张老挑又给镇长磕头，连连称谢说："您是我的再造父母，又救我又帮我成家。"镇长说："不要这么讲，我比你大不了几岁。以后你就称我大哥吧，辈分上也对。"结婚这天，镇长主持婚礼，张老挑因为没家没业，算是倒插门。张老挑有了钱，也经常帮扶丑爷，二人过从甚密。

又过了一段时间，张老挑有了些积蓄，便买了桥北面的一间空房做了剃头棚，并置办了比较时兴的理发工具，再不是只用一把剃头刀作为工具。镇长又给写了一个"理发店"的牌匾，挂在门楣上。那时小镇的店铺比较多，但理发店只有一个，加之张老挑手艺好，价格便宜，所以小店的人总是满满的。

张老挑好干净，穿得一尘不染，理发店也收拾得很整洁，即使不理发看一眼也舒心。过去说，剃头的挑子一头热，就是过去串乡走户的剃头匠所挑的挑子，一头放温水，一头放工具。那盆水等用过几人，早已成为泥汤子。而张老挑的理发店，给顾客洗头擦脸，一个人一盆水。如果遇见头发脏的人就用两盆水，从不厌倦，为小镇人所称道。他却说："我的命我的家都是小镇人给的，我做这点儿事情算得了什么呢？"

且说小镇刚刚解放不久，这一天来了一个人，到理发店剃头修面。此人穿得邋遢，面皮肮脏，头发沾着草屑，进得店来便往理发的椅子上一靠，让张老挑洗头洗脸、剃头净面。张老挑和和气气，不急不躁，先是打来一盆温水给来人洗头。这个脏！好像是扎灶坑里了，洗了一盆脏水，又洗了一盆才算洗干净。然后张老挑又换了一盆热水，把白毛巾在热水里泡后，敷在来人的脸面上等须发柔软后再用剃刀刮净。随即，张老挑一手按着来人的脑袋，一手执刀，像刮萝卜似的，齐刷刷地刮下来。待到刮来人的头顶时，发现来人脑袋的中间有一道沟。"这是枪伤！"张老挑吸了一口冷气，不清楚来人的来历。他把剃头刀侧着，斜楞着，小心翼翼地刮净这道沟里的头发。然后给来人的脸上抹上肥皂沫，又换了一把剃头刀，刮来人的胡须和脸上的黑毛。此人的毛须硬挺，有如钢丝，但在张老挑的刀下不一会儿便剃了个净眼毛光，使得来人脑袋明光铮亮。来人从理发椅子上挺起身，大声说道："舒服，痛快！真是名不虚传！"张老挑满脸赔笑："谢谢夸奖！谢谢夸奖！"来人对张老挑说："你真是好手艺，剃头的人每次给我剃头，都要在头上给我留一道伤口，你却没有给我一点儿伤痛，谢谢你！"少顷，又对张老挑说，"你去叫你们镇长来！"张老挑一听此言，更是丈二和尚摸不着头脑，只得叫另外一个等待理发的人去招

张老挑好干净,穿得一尘不染,理发店也收拾得很整洁,即使不理发看一眼也舒心

呼镇长。不一会儿，镇长来了，一见来人，大呼道："县长，您怎么来了，来了怎么不提前打个招呼？"县长大笑："我这叫微服私访！听你说你们镇上的剃头师傅手艺多么好，人多么好，我倒要见识见识。果然名不虚传。我这头自被国民党的子弹留下一道沟以后，每次剃头都要出血，而这次未见血迹。另外，为了考验剃头师傅，我特地一个礼拜没有洗头，并顶风步行，刮了一头的土末子。这不，足足洗了两盆泥汤子，师傅一点儿没有嫌弃，耐心耐意地给我洗完，真是全心全意为人民服务啊！"说罢，县长和镇长一起大笑起来。县长兴致未尽，挥笔在意见本上写道："小店之情，小镇之风，手艺精良，服务热情。"县商业局长听说了，便组织全县理发店的人到这里参观学习。从此，张老挑名声大噪，传遍全县，成为名人。

张老挑生有两儿一女。他本想让自己的儿子接自己的班。他提及此事，两个儿子脑袋晃得像个拨浪鼓，说有本事的人不干伺候人的活，您老侍候一辈子人了，还没有伺候够？让儿子再接着干侍候人的活，不嫌丢人？！他向老婆诉说，那女人是因为长相不济才屈就张老挑，她非常护犊子，儿子不愿意，她一百个支持儿子。张老挑想到自己逐渐变老，怎么也不能让理发店的牌子摘了。这一天心情郁闷，喝了些酒，竟哭了起来。女儿见了，问了究竟，大声说道："爸，你甭伤心，我学！"张老挑一听，喜忧参半，喜的是自己有了接班人，忧的是哪有女孩子学理发的？女儿说："您老脑筋，我去县城，看见理发店有女的当理发师的。再说，现在有许多妇女都到理发店剪

· 131 ·

头，这样我们店里就又多了一项生意呢。"张老挑听罢，甚是高兴，一仰脖，把半瓶酒喝了。胖女人听说老闺女学理发，死活不干，但女儿向来不惧她、不服她，她也无可奈何，只好暗气暗憋。

女儿去县城理发店学了半年手艺，又带回了男朋友。张老挑见状大喜，把手艺尽心传授给女儿的男朋友。女儿婚后不久，他把理发店交给女儿女婿打理，这对小夫妻又扩大了店面，改名叫"五道桥发廊"。发廊里除了顾客做的椅子外，还留有三把椅子，专门留给张老挑、镇长和丑爷坐。镇长见罢，大声说道："真是煤河一浪高一浪，一代更比一代强！"张老挑听罢哈哈大笑，开心不已，不禁泪洒衣襟。

# 赌鬼傻二

## ——小镇传奇之十六

世上并没有鬼。其实，死鬼没有，活鬼不少。如酒鬼、色鬼、赌鬼、烟鬼、馋鬼、懒鬼，等等，不一而足。吃喝嫖赌抽，为一些人所不齿，但入迷者甚多。那成迷成瘾者，谓之鬼。

傻二在小镇是个地地道道的赌鬼。

这赌鬼又分为三类：

一种是"光棍儿"。这种人久经赌场，谙熟此道。那赌具一旦经手，便过目不忘，玩钱岂有不赢之理。这种人都是耍大钱的，一般不在家门口玩，大都下外庄玩钱，总是串乡走县。俗话说：兔子不吃窝边草，他们一是怕招惹麻烦，二是不赢熟人的钱。

一种是"混混儿"。这种人是滚刀肉，玩钱不装钱，干拿蛤蟆赢老蚄，趁赢不趁输，赢了高兴，输了玩命。俗话说，好人怕恶鬼，这种人谁惹得起？但一般这种人只是赢个吃喝，赢不了大钱。

一种是"土鳖"。这种人玩钱只是输钱不赢钱，而且是越输越玩，只输得赤裸裸、光条条，甚至是倾家荡产，妻离子散。但即使如此，也九死而不悔。

赌鬼傻二就是个土鳖，也算得上小镇的一个传奇人物。

傻二好耍钱妇孺皆知。他赌了一辈子的钱，没有赢过一分钱，是有名的土鳖脑袋光棍心，臭棋篓子白送铜。每年辛辛苦苦，口抠肚攒挣点儿钱，却把钱都送进了赌钱场。为这件事两口子砸锅摔碗，老婆寻死上吊，都无济于事。傻二自有一理：钱是自己挣的，不是偷来摸来的。自古玩钱不犯法，再说钱多是祸，吃了喝了香香嘴臭臭屁股而已，玩钱赚个过瘾。

解放前，傻二的爹有几亩地，在小镇临街还开了个杂货铺。他娘是个大脚，干活却是外行，唯一的本事就是玩钱。傻二一落草儿，他娘就背着他去了赌钱场。饿了他抓住娘的奶子就吃，困了就在娘的怀里睡。他娘玩钱的功夫很到家，可以在赌场不吃不喝玩一天一夜。因此傻二从小接受的就是赌钱的技法，他刚一懂事就知道每张牌有几个点。

十岁那年，他爹托人送他到小镇的一个瘸子开的私塾那里读书识字。傻二进学堂，像小驴套上夹板。板凳上一坐憋得眼珠子发蓝。学生们拿着毛笔临摹，他把手伸进怀里摸牌九的点儿。老师在前边念："赵钱孙李，周吴郑王。"他在后边嘎巴嘴："天九王，小皇上，天地老哥四。"老师扯着耳朵把他怀里的牌扬了一地，用板子把他的手打得像发面馒头。

傻二哭了，然后到茅房解手，解完后跑出来，躲在墙根看着。

瘸腿老师下课后到茅房解手,他腿瘸蹲不下,让学生在地上撅了个橛子,他手把着拉屎。谁知他解下裤带,搭在脖子上,刚一够着橛子蹲下,但不知被谁松动了,"扑通"一声便掉进了茅坑,学生们费了好大劲才把他捞上来。他弄了一身屎尿,臭不可闻,结果一调查是傻二所为。从此,傻二便再没有进学堂。

大年三十,小镇出门的人都回家团聚吃个团圆饭,而傻二一家依然不团聚,各自在外玩钱。除夕夜吃饺子,他娘嫌一个一个地包费事,就把面擀成两个面片,在锅底放上一个,把馅倒上,上面再扣上一个皮,包成一个大饺子,谁饿了谁切一块。

傻二大了,晓得男女之事,没有花一分钱,便娶了个水葱般的媳妇儿,两个奶子鼓翘翘,走起路来风摆柳。好汉娶不着好妻,赖汉娶花枝,这是他娘一夜之间赢来的。原来小镇有个窝囊废,也好玩钱。有一次输多了,只好押上闺女,结果被傻二的妈赢来给傻二当了媳妇。媳妇勤快,炕上炕下都是一把好手,放下耙子就是扫帚。傻二却好吃懒做,横草棍不摸,吃凉不管酸。婚后另起锅灶,夫妻倒也恩爱,日子过得也有些滋味,但傻二玩钱的嗜好有增无减,偷着摸着去赌钱场,老婆没有办法,便把他的胳膊枕在自己的头下边,但老婆的柔情抗不住赌瘾。傻二趁老婆熟睡之际,便偷偷抽出胳膊去了赌钱场,一夜之间便把那几亩地输去了。

第二天，老婆正在地里干活，傻二走到地头对老婆喊："别干了！"

"咋啦？"老婆问。

"输去了。"闻听此言，老婆号啕大哭。

"你再哭，我把你也输去！"傻二骂道。

就这样的人，与他怎能生活？

傻二父母去世后，傻二更是没说没管，几年间，就把家产输了个净眼毛光。

塞翁失马，焉知非福。第二年土改，傻二地无一垄，得了个贫农成分。在赌钱场傻二没有赢过，但在人生的这个赌场他却赢了。他分得了田地，分了房子。这吃的用的花的一夜之间又全都有了，他很是惬意。但他赌钱却不是很随便了，不但老婆管，政府也管，他只得偷偷摸摸地去玩儿。

俗话说，不怕勤不怕懒就怕没长眼（没眼光），傻二过日子根本是有今天没有明天。没有几年的光景，家里又被傻二输光了。傻二没钱，手痒痒。这一天听得街上有人喊："有破烂儿的卖！"他起身趸摸，拎了几双破鞋出去。这值几个钱？于是他把锅拎出去了。老婆下地回来，只见一个空荡荡的灶膛，不禁大放悲声。傻二吓得跑到姐姐家避风，无奈姐姐只得给他买了新锅。

没几天，人民公社成立。万物归公，天下大同，那些靠勤俭致富人家的东西又归了公，而傻二又得到了生活的一切。小镇有了食堂，小镇的人都去吃食堂。傻二衣来伸手饭来张口，仨饱一个倒,过年过节还分红分东西,啥也不缺,啥也不愁。他高兴地呼喊:"毛主席万岁,人民公社就是好!"但没有几年,赶上三年困难时期,食堂解散了,小镇的人都饿得眼睛发蓝腿发软。傻二虽然也是饿得前心贴后心了,但狗改不了吃屎,依然不忘玩钱。

"四人帮"捣乱那会儿,日子依然紧巴,但发愁受憋全是傻二老婆一个人的事情,傻二的心思全放在赌钱场里。偷着摸着踅摸几个钱,玩两把就输去了,他向别人借,没人理他。

"想干拿蛤蟆赢老蚧,没门!"他遭到众人的讥讽。

傻二没皮没脸,自当没有听见。玩不了就看别人玩,有时支支嘴,遭别人臭骂。

老婆自认命苦,孩子们也交不起学费,就早早拾柴捞草干农活了。但傻二没有一点儿内疚,自有他的人生道理:"玩也穷,不玩也穷,带着走资本主义道路的帽子更不合算,还不如这样!"

正月里没有事情,傻二整天泡在赌钱场。突然有一天老婆风风火火地来找他,说是孩子肚子疼,在炕上打滚。过年吃点儿油性东西,喝点儿凉水就犯病了。傻二两口子找辆小推车,急着赶着去了公社小医院。医生一诊断,是急性肠炎,得住院。

傻二一听,愁得直嘬牙花子:"过年都没钱,哪里还有钱治病?"

"给你钥匙,有二十元钱在箱子底下我那双新鞋里藏着呢？这是年前去姥姥家，他大舅给咱们过年的钱，我一直没敢拿出来，寻思正月里请客用，你快去取吧。"

傻二一溜小跑回家，取出钱来。刚出家门便碰上赌友。

"傻二哥，玩两把去！"

"没钱！"

"你手里拿着啥呢？"

"这是给孩子治病的钱！"

"你心眼怎么这么死，说不定还赢些钱呢，治病买药不更富裕吗？"

傻二中了邪似的进了赌钱场。

小屋里塞满了人，烟雾缭绕，众人脑袋挤在一起，大眼瞪小眼，一翻一瞪眼。傻二挤个缝，把脑袋探进去，看看局势，见推家子正输钱，眼看该输光了。他趁火打劫，掏出十元钱放在天门上："孤定！"

推家子把骰子一扔："六！"

傻二把牌抓在手里，"啪"地一撸，两手拢在眼前，大叫一声："粗！"眼前一亮，"地杠！"又把另外两张牌一撸，"天杠！"他两眼眯成一条线，等着赢钱。可谁知推家子大喝一声："搂钱！"

"慢着！"傻二一把抓住推家子的手，"啥牌？"

"两对堆，头对金瓶，后对大人。"

"天杠地杠架不住对撞！"傻二无可奈何地叹了口气。

"下一轮！"推家子此次赢了个全通，士气大振。

"豁出去了!"傻二手心出汗,眼睛冒火,又掏出十元钱,放在天门上。

一看牌子,傻二傻了,脖子后边直冒凉气,两手直颤颤,脸上的汗唰地流了下来,脑袋像被打了一闷棍。他仿佛看见孩子在医院病床上打滚,老婆两眼淌泪。他双手紧紧地攥住钱,不忍撒手,那是孩子救命的钱啊!

"抓赌的来了!"不知是谁像诈尸般地鬼叫了一声,屋里炸了窝。

"哗啦!"几条枪从窗户外捅了进来:"不准动!"

大家吓傻了。傻二在慌乱中,趁机把手中的钱塞进了裤裆,蹲在地上。

"起来!"抓赌的人踢了他一脚。

他站起身,钱一下出溜到脚下。因为傻二家穷,他只穿了一条光杆棉裤,里边也没穿个内裤,他一脚把钱踩在脚下。

抓赌的人一脚踢了他个仰八叉,把钱抓在手里,骂道:"跟我使这个鬼画符,走!"

赌钱的全被送到公社去了。

傻二老婆在医院左等也不来,右等也不来,一夜没眨眼皮。孩子输上了液,好多了。可傻二到现在也没见踪影。她提心吊胆,怕发生意外。天没有亮,就在医院外边望着。隐隐约约地看见有几人在扫大街。

"傻二,扫这边!"有人大声吆喝。

"啊!"老婆这才明白了,原来傻二被抓赌了。

自此之后，老婆一个钱毛也不让傻二摸着。

难熬的冬三月，于是小镇里三五成群地有人赌钱。傻二憋不住了，向老婆要钱。

"手痒痒了上墙上蹭蹭去！"老婆讥讽道。

"你给不给？"

"不给！"老婆斩钉截铁。

"不给，我就死去！"

"你死了，我更清净！"

"好！你别后悔！"傻二一咬牙，钻进了西厢屋，插上门，顶上镐。

老婆一见傻二玩真的了，没命地喊："不好啦！快救人啊，傻二上吊了！"

人们围了上来，没踹开门，几个小伙子破窗而入。

不一会儿便笑得前仰后合地出来了。人们进屋一看，原来傻二用绳子吊着后脑勺子。

"真不嫌丢人！"老婆狠狠地给了他一巴掌。

"啥叫丢人？不偷不抢不搞破鞋，谁管得着？这年头，越穷越光荣，谁富谁倒霉！"傻二自有他的道理。

改革开放后，人们都奔富了，家家都富裕了，唯有傻二还是穷得叮当响。

"傻二，你好几个孩子，应该好好过日子了！"

"用不着你劝。我虽叫傻二，但我不傻，吃的咸盐也比你多几年。只要是共产党领导，你就不用发财。解放后这么多年，你见谁发财了。谁富谁倒霉。'万元户'不知给谁攒钱呢？你好好攒钱吧，到时分给你二哥一份。"傻二讥讽着，打着哈哈扬长而去。

有时他想找几个赌友过过瘾，也没人愿意搭理他。他很失落，这是从来没有的感觉。人们这是咋的啦？他很是奇怪。

此时，傻二活得很郁闷，孩子们因为穷，搞对象也很困难，也都挤对他。不久傻二得了绝症，弥留之际，家人围在床前。他已神志迷离，不能言语，双手在空中抓摸，众人不解。老婆从柜里拿出一副油光发亮的赌具，塞在他的手里。傻二紧紧地抱在怀里，长长地叹了口气，又在众人面前伸出一个手指头。众人不解。大家以为他还有一件事没有办完，或是还有一个亲人没有来。

大家猜测半天，终是不对题。最后，还是傻二老婆伏下身子对他说："傻二，你的心思我知道，等以后平分了富裕人的钱给你送去，让你在那边有钱花，有钱赌。你放心去吧。"

听到此处，傻二微微一笑，双眼紧闭，与世长辞。

# 白毛和黑毛
## ——小镇传奇之十七

白毛和黑毛是指小镇上的两个老妇人,她们共事一夫。她们的丈夫是镇里唯一留过洋去过日本的人。她们的存在曾是小镇的一景,她们死后也成为人们的谈资。因为在小镇上只有他们一家是一夫二妻,且没有一儿一女。这也与众不同,有些传奇色彩。

为什么称她们为白毛和黑毛,这是因为她们头发的缘故。大婆为白头发,小婆为黑头发。她们的丈夫排行在四,人们称他四少爷。小镇有东头和西头两家财主,西头财主靠做买卖,东头财主靠种地。西头财主吃香的喝辣的,穿得溜光水滑,而东头财主吃的是长工的剩饭,穿得是粗布麻衫。西头财主使奴唤婢,而东头财主使唤的是一群儿媳妇们。西头财主吃饭喝好酒,饭后喝上等的茶,饭菜喷喷香。东头财主炒菜用大铜钱蘸油,喝酒就煎豆腐片还得放在桌子底下,怕被人看见。所以长工们都愿意给西头财主扛活,而不愿意给东头财主扛活打工。但不管怎样,解放后土地一平分,也都扯平了,但房子他们依然住着。小时候,我曾多次去过小镇西头财主的深宅大院。高门楼,长院落,有三层正房和十几间厢房,院里的地面均是青石板铺路,青砖墁地,墙角长满了青苔,一进去感到很瘆人。后院有棵枣树,长得高高的,一般人爬不上去。所以尽管树上长了许多大枣,也没有人摘得下来。因为四少爷是我叔伯弟弟的干老(爹),我有时陪他去过,但我很快便出来了,因为浑身起鸡皮疙瘩。我不清楚,为什么解放后没有将这些房子平分了,还是让这些财主们住。

为什么一个男人娶两个老婆?我那时虽小,却也感到奇怪。后来听大人们讲,我逐渐知道了原因。

她们的丈夫本是我们小镇喝墨汁最多的人。东头财主不像西头财主,是个土财主,不让孩子们上学读书识字,却让男孩子早早便下地干活,顶个长工使用;让女孩子干家务活,当使唤丫头。而西头财主懂得文化的重要性,舍得在孩子的身上下本钱,早早让四少爷到唐山读书,一则在唐山有大买卖,可以有人照顾他;二则唐山有铁道学院这样像样的大学,以便他将来在唐山铁道学院上大学深造。

先说四少爷如何娶得白毛,这里边有一段故事。听小镇老人们讲,有一年夏天拔麦子,西头老财主的拜把兄弟带着自己的女儿来看他。恰巧看见老财主在地头看着长工们拔麦子,两个人便在这里邂逅了。拜把兄弟的闺女年方二八,高高大大。老财主一边打着寒暄,一边吆喝着长工们抓紧干活。这个闺女看得手痒,也是在家干活干惯了,于是便把绣花鞋一甩,露出了缠足不彻底的二大脚，到麦地里便拔了起来，一会儿便超过了长工到了地头，脸不变色心不跳。她望着众扛活，露出一丝窃笑。众人看呆了，老财主也大声叫好，便私下跟拜把兄弟说："闺女找主了没有？"

"还没有。"

"那就给我家老四当媳妇吧！"

拜把兄弟是个穷人，他曾经救过老财主一命。那一年年根儿，老财主要账回来，遇上了打杠子的（劫道的），险些丢命。恰巧拜把兄弟遇上，舍命救他，于是二人捻土为香，结拜金兰。老财主也是想报答结拜兄弟，恰恰看上了这么能干的姑娘，满心喜欢。拜把兄弟自然也是求之不得，于是一拍即合。

定下婚事后，老财主把四少爷从唐山叫回来，告知此事。四少爷是一百个不愿意，他正值青春年少，风流倜傥，但父母之命，怎敢违背？在新婚大喜之夜，四少爷没有动白毛一下，据说白毛一生都是处女，没有破过身子。新婚没有几天，四少爷便去日本留学，一去便是几年。

再说四少爷如何娶得黑毛。黑毛原是唐山妓院的一个妓女，她原本是个弃婴，始终不知道自己的父母是谁，后来被老鸨收养，逐渐养大，直至接客。四少爷从日本回来后，在唐山做买卖。有时寂寞难挨，便去妓院消遣。那一天，见黑毛黑发如云，体态丰腴，一双大眼汪着水，对他体贴温顺。二人日久生情，四少爷便给她赎了身。老财主坚决不同意，留洋的少爷娶个妓女，好说不好听。怎奈四少爷意志坚决，老财主也是无奈，只好遂了儿子的愿。娶得门来，黑毛倒也贤惠，对白毛也是毕恭毕敬，不久两人情同姐妹，共事一夫，从未闹过什么矛盾。

这四少爷有两房太太伺候着，日子过得舒心乐意，就是两个女人都不开怀，没有生下一男半女。这固然有原因，白毛与四少爷从未同过床，黑毛自然不能生育。不孝有三无后为大，但四少爷是个新潮人物，并不在乎此事。

四少爷绝顶聪明，据说他会"袖吞金"，即他从来算账不用算子，只是把手退进衣袖（过去人们爱穿长袍，衣袖较长），几个手指一掰扯，便准确无误地算了出来。还有一件事，令全镇人难以忘记。日本鬼子在唐坊火车站修建了炮楼，常在小镇里面掠夺骚扰，一次竟掠去了一些马匹，说是供皇军"扫荡"用。正值春耕大忙，没有了大牲口，怎么种地？于是四少爷进了炮楼，见了日本鬼子的曹长，用一口流利的日语，说得曹长一个劲儿地喊"吆西"，结果大牲畜一个毛也没少，便给送了回来。小镇人十分感激，对他倍加尊敬。

四少爷饱读诗书，但两个妇人却没有接受半点儿熏陶。在我的印象中，她们是典型的农村妇女，白毛大字不识，黑毛略知一些，也懂得一些琴棋书画。在"文革"中，我小学毕业后，在小镇参加劳动时，就经常听四少爷给我们讲古诗词，他可以说是我的文学启蒙老师。到了"文革"时期，四少爷已经不吃香了，跟社员们一起干活，在我的记忆中他似乎没有挨过批斗。他长得像一根竹竿，细细长长，浑身白汪汪的，没有

· 145 ·

一丝血色。他挑起粪筐，双手拄着扁担，走起路来，摇摇晃晃，步履蹒跚，像僵尸一样走动，而其他社员大步流星，粪筐装得满满的。休息时，他给我讲起了张继的《枫桥夜泊》："月落乌啼霜满天，江枫渔火对愁眠。姑苏城外寒山寺，夜半钟声到客船。"四少爷讲得有声有色，但我年纪太小，听不懂其中的意味。他说为了体验《枫桥夜泊》的意境，竟花了两块大洋，雇了一条小船，夜半时分，摇到江心，听寒山寺传来的悠扬的钟声。于是，张继那首著名唐诗《枫桥夜泊》"夜半钟声到客船"的美妙意境令我神往已久。直到1986年，我去复旦大学读书时为此去了寒山寺，才了结了这个心愿。

我上小学后，正赶上"四清""文革"，那时开批斗会成风，一有风吹草动，便以"四类分子"为活靶，但四少爷似乎很少挨批斗。那时的白毛已是佝佝偻偻，黑毛也很臃肿，一点儿看不出当年的绰约风姿。她们与我们是一个生产队，我母亲对她们十分照顾，并经常保护黑毛。解放后，黑毛还有几分姿色，虽然她是苦出身，但因家道败落，只有低头不语的份儿。一些村里搞邪门歪道的人总想占便宜。据说，有一次镇里的一个痞子，与母亲她们一起在地里摘豆角。起初各干各的，但不一会儿这个男人便凑了过来，说是帮忙，摘了豆角便往黑毛腰间系的棉花兜子里塞，顺便摸一下黑毛的裆处，黑毛脸红竟不敢作声。这被在一旁摘豆角的母亲见了，对他大声呵斥，此人灰溜溜地躲开了。为此，黑毛很是感激，总是愿意与母亲一起干活。

黑毛在"文革"遭了劫难,这并不是镇里人干的事,而是小镇中学的学生们听说镇里有个妓女,便兴师动众地抄了黑毛的家。他们把当年黑毛在妓院里的照片、化妆所用的一些用具给翻了出来。我是个孩子也跟着去看热闹,这时我才看见了当年的黑毛是多么漂亮。她有个喷香水的瓶子,一喷还有香水,那味儿呛鼻子。我不清楚为什么这么多年她还留着这个玩意儿,大概是为了怀旧吧。

黑毛和四少爷死于大地震。那时我已离家去县里工作,震后才回到家。地震时,黑毛和四少爷当场就被砸死了,而白毛幸免于难。看来命运是那么捉弄人,四少爷一辈子没有与白毛有过夫妻之实,死也没有与她一起死。从此,白毛便疯疯癫癫,说是黑毛和四少爷夜里总是来找她。她神经受了刺激,没有半年便死去了。我叔伯弟弟给她打幡抱罐,因为白毛生前对我的叔伯弟弟最好,从小就照顾他,拿他当亲儿子看待。于是弟弟认了干亲,白毛是他干妈,四少爷是他干老。他也经常在白毛家吃住。我叔伯弟弟也没有忘恩,先是埋葬了黑毛和四少爷,后又把白毛和他们合葬在一处,总算让他们享受到了干儿子的孝心。我听说后,对他们三人的不幸深表同情,又着实对叔伯弟弟赞扬了几句。

# 算命先生

## ——小镇传奇之十八

在小镇上，五行八作干什么的都有，如剃头的张老挑、焊洋铁壶的张侉子、吹糖人的苏傻子、拉洋片的李小六、卖紫心萝卜的赵四……他们是小镇上的活跃人物，给小镇的人们带来许多欢乐。当然，小镇上的人耍手艺的是少数，还是以干农活的为多。但小镇还有一个人，不单是靠干农活吃饭的，那就是算命先生——肖老二。肖老二是小镇一个传奇人物，人送雅号"算命先生"，诨号"二流子"。因为他眼斜，看人愣眉愣眼，所以镇里人又叫他"斜老愣"。

肖老二是小镇的一个奇人，长得奇特，经历奇特，一生充满了传奇的味道。先说长得奇特。他瘦高个儿，身子细长细长的，有点儿佝偻，像个刀螂。上身精瘦，光着膀子，可见一根根的肋骨，像块硬挺挺的搓板。他瘦长脸，像块鞋拔子，加之斜眼，一说话就眨巴眼，脸上都是动作。据说他生下来睁开眼，就一个眼大一个眼小，烁烁闪光，很是有神。下巴长着几根老鼠须，长长的，似乎从未刮过。他胳膊细长，可过膝盖，手指像竹节，指甲里藏着污垢，平日没事，总是爱用长指甲抠鼻涕嘎巴，邋遢得很。再说经历奇特。他虽然长相不济，但聪明绝顶。他父亲给他找过几个教书先生，都说从来没有见过这么灵透的孩子。他的楷书娟秀，珠算打得倍儿溜，还会掐着手指头算账，据说两把算盘也没有他掐着手指头算账快。解放初期，他却逃离了小镇，去东北当了盲流。直到十几年后才回到小镇。至于他在东北干了什么，众说纷纭。有人说他去深山老林去挖人参，有人说他给人拉了帮套（"拉帮套"原意指在拉车马的外面再增加一匹拉套的马。寓意指在过去由于丈夫患重病，不能生活，在征得丈夫同意后，另外寻找一名心地善良的男人担负全家生活，现今这种习俗早已绝迹），等等，这就构成了他的传奇人生。

至于他为什么逃离小镇？据说是因为婚变。解放前，他家比较富裕，土改划成分时是富农。他虽然眼斜，却说了个漂亮的媳妇。这个媳妇是小镇一朵花，腰肢柔软，扭扭捏捏，走起路来似风摆柳，引得年轻人眼馋垂涎。这是他的父亲花重金给他从陡沽一个贫家买来的媳妇。婚后，他尝到了结婚的甜美，可媳妇却看不上他，但花了夫家的钱，她不敢夸刺。解放了，小镇来了土改工作队，分了他家的土地，店铺也姓公，一家人为此垂头丧气。那时公布了婚姻法，讲究婚姻自主，有刘巧儿和杨香草为榜样，媳妇于是与他离婚。眼看漂亮的媳妇跟了他人，于是他便变得有些神神道道，后来一气之下去了关东，此后，便音信皆无。

等他再回到小镇时，已是三年困难时期过后，此时的他已是人到中年了。对他的历史他讳莫如深，从来不说，别人也无法从他的嘴里讨到实底儿。回来后，父母已没，哥嫂自是不管。他住进了他离家时的旧房，平日也懒得收拾，住得像猪圈。他一个人也懒得做饭，逢吃饭之时便拿着个大碗和一双筷子去挨家要饭。乡里乡亲，加之小镇人心好，总是把他的饭碗盛满，走不过两家就已经吃饱了。还有些人家把他叫进屋去，一起同吃。他为了答谢人家，便问了人家的生辰八字，掐着又细又长又黝黑的手指给人家算命。小镇有些人信命，都说他算得准。这里有一件事为证。且说这一天他来到桥南关仁山家，赶上饭刚刚熟。关仁山母亲待人和善，便把他叫进屋，给他盛了满满的一碗饭，还有盖尖的饭菜，让他吃。待他吃饱以后，看见虎头虎脑的关仁山，问过关仁山的生辰八字，掐指一算，对关仁山的母亲说："这孩子有出息，将来是吃笔墨饭的。"关仁山长大后，果然文采出众，后来成了河北省作家协会主席，是小镇屈指可数的名人，看来肖老二的话不虚。同时他还会说快板，有时要饭时，兜里揣着一副竹板，碰到哪家结婚便去唱喜歌，要上几块钱，用作零花。

我与他相交，是高中毕业后，我回到小镇参加劳动，与他是一个生产队，尤其是我当了生产队和大队干部以后，对他很是照顾，他对我也甚是感激。有一次我俩在一起，我悄悄地问他："这么多年，您在东北都干了什么？"他这才告诉我，他到东北漂泊的经过。原来他离家后，从东北长白山附近的一个

"算命先生"看见虎头虎脑的关仁山,问过关仁山的生辰八字,掐指一算,对关仁山的母亲说:"这孩子有出息,将来是吃笔墨饭的。"

· 151 ·

小站下车，莽莽撞撞地走进林子，走进后便蒙了，竟辨别不了方向，因几天不吃不喝而晕倒在地。醒来时，竟发现在一个看林子的窝铺里，他见看林子的老人正在支起的木架上煮菌汤。原来是老人救了他。老人问了他来东北的经过后，长叹一声："我也是从关里逃荒而来，生活无着，才来这里看林子。这里平时很少见到人，你来了说明咱们爷俩有缘，要没有去处，你就暂时在我这里住下。"他此时举目无亲，生活无着，难得有人收留。平日里，他帮着老人在开出的荒地上料理庄稼。日子长了，老人发现他人很聪明，也很老实，加之有些异相，便将自己过去赖以为生的相面占卜之术和一本算卦的古书传授给他。这样，他也借此打发无聊的日子。时间久了，他耐不住寂寞，总想到外面的世界走走，看看东三省的奇风异俗，大千世界。怎奈临行之时，老人却中风了，偏瘫在床。他只得放下这个念想，耐心耐意地伺候老人，直到老人离世。林区总部念他对老人的孝心，想让他顶替老人看守林区，并给一份微薄的薪金。此时他来林区已经五年，早已寂寞难耐。他谢过林区领导的好意，在老人的坟头磕了几个响头。他想想老人对自己的救护之恩，不禁流下几滴泪水。此后他便离开了老林，开始周游东北，靠着老人传授的相面算卦的技艺混生活，就这样一直漂泊了十几年。他走遍了东三省，感觉也厌倦了，加之思乡之情与日俱增，就回家了。

我问他："你相面算卦准吗？""信则灵，不信则不灵。""瞎子算命两头堵。""其实也不全这样。要想算得准，一是看面相。人有的时候，生命信息在脸上。大富大贵之人与穷酸窘迫之人的面相不一样。二是看心理。算命的人应该是个心理学家，要善于察言观色，投石问路，如中医诊脉一样。三是好话多说，赖话少说。一般找人算命的人，都是遇见了为难着窄的事情。你要帮助他解心宽，去掉心魔，帮他从困境中解脱出来，这岂不是一件好事。佛家讲，救人一命胜造七级浮屠嘛。"听了这番话，我对他有了几分尊敬。

果然，过了没有多久，他办了一件令我感动的事情。小镇有一个寡妇，寡居多年，膝下有一男孩。因与丈夫关系太好，丈夫死后一直不愿改嫁，发誓要为丈夫撑起这个门户，把孩子抚养成人，但却因劳累过度，疾病缠身，加之日子窘迫，逐渐失去对生活的信心。因她有些信命，还是想找算命先生算算苦日子何时熬到头，否则就把孩子给公婆，离开人世，随丈夫而去。寡妇找到了他。他见她泪水涟涟，凄楚哀绝，霎时猜透了寡妇的心思，但他还是嘴里念念有词，像模像样地给她掐指测算。最后双手合十，徐徐说道："此卦为否极泰来，说明你的苦日子即将到头，好日子不远，孩子将来也会大有出息，回家好好调养身体，切勿再生杂念。"寡妇听了，收回了绝世的念头。晚上，他偷偷地找到我，告诉此事，并说："虽然我帮她收了心，但她家困难未解。我这里有50元钱，你交给她吧。"我被感动了："这钱不是小数，你当时怎么没有给她？""寡妇门前是非多。再说我给她，她也不会要。你就说是你给的。""我怎么能沾名钓誉？""别说用不着的，救人要紧！"我只好按照他所说的去办，几年后寡妇才知道原委。她的孩子后来考上大学，落户北京，把她接去，享受天伦之乐。

1977年恢复高考，我在小镇中学参加了考试，结果初选过关。当年的初选率为考生的百分之五，但因我填的志愿过高而没有被录取，我有些郁郁寡欢。他见了我，先是劝解一番，然后又掐着手指给我算卦，最后大声说道："好了，不要灰心，继续努力，明年一定会考上大学的。"我虽然不信命，但听了他的话，还是对来年的高考充满希望，第二年果然被他言中，我被师范大学录取。临行之时，我与他告别。他很是高兴，向我祝贺。我感谢他对我的鼓励。他反倒感谢我多年来对他的尊重，不像别人那样歧视他。我说："人无高低贵贱之分，只有善恶美丑之别。你虽然长相卑微一些，但你的心是高贵的。"他高兴极了："谢谢你对我的高看。"我有些犹豫地说："你年纪大了，以后一个人生活终是困难……""这你不用担心，我早给自己算了，别看我没有儿女，将来我会比有儿女的生活得好！""但愿！但愿！"我将信将疑。果然没有过几年，小镇建了养老院，鳏寡孤独的老人都被接去，有吃有喝，有人照顾，他自然也被接到了养老院。

放假回家，我去看他，见他满面红光，也胖了许多。他见了我，很是高兴。我打趣地说："你算命一辈子，不见得给别人算准了，倒是给自己算准了。"听罢，他哈哈大笑："那是，那是，大家都叫我算命先生嘛！"

# 治保主任
## ——小镇传奇之十九

您要问，在小镇上谁当干部的时间最长？不是镇长，也不是妇联主任，而是治保主任。这治保主任从解放到他去世一直就是这个官，没有人替换，也没人敢替换。为什么这样？这是因为，他解放前入党，干地下工作，资格老，对革命有功。除此，还有一个重要原因，他没有结过婚，光棍儿一条。一条光棍儿，不怕什么，也不忌讳什么。街头混混儿耍横玩命，输赌耍闹，他也挺身而出，仗义执言。这些人见他如老鼠见猫，不敢爹刺。要说治保主任这个官，是个得罪人、费力不讨好的官，小镇没有人愿意干，也很难干好。可自从他当上治保主任这个官，就雷打不动、坚如磐石，坐定了这个位子，没有人敢说替换他。

小镇自建了铁路以后，便招来了九省十八县的人，五行八作，车船店脚牙，样样俱全，使得小镇繁盛一时，可与河头（胥各庄）媲美。小镇的人杂姓，几乎百家姓上的人占了五分之一，都是外来户。治保主任的老家在衡水。那时他爹在车站卖票、管货物，便带着一家人从老家来到小镇安家落户。治保主任哥儿四个，也都在小镇谋生，吃两条线（铁路）。唯独治保主任不安分，偷偷地加入了地下党，负责给区小队传送情报。那时小镇煤河边上有一个日本人的炮楼，住着一班人，用以保护车站，但却在一夜之间便被区小队给掏了个空，炮楼里的日本鬼子被消灭，这在铁道线上引起了极大震动。这就是治保主任送的信儿。那天是个日本人的什么节日，炮楼里的日本人喝得酩酊大醉，一塌糊涂。治保主任知道后，便给区小队报了信儿。区小队队长李保本带人端了炮楼，但他们并没有炸掉炮楼，怕动静太大。所以那个炮楼迄今还在，已经成了煤河的一道风景和历史遗存。

因为治保主任对革命有功。解放后他一直当治保主任，但却一直鳏居，未能讨上个女人。虽然有人给他提过亲，但皆因知道他脾气暴躁都没有人敢跟着他。要说他的脾气有多大，有一件事足以说明。有一次，他喝高了，回家来被门槛子绊了一跤。他立刻抡起斧子，把门槛子砍了。此事被小镇人传为笑谈。因为他好生气，以致在肚脐眼上面生了一个气包，一生气便鼓起来。他虽然没有家，却以小镇为家，是个傅显忠式的好干部。他虽然脾气大，但敢于坚持原则，维护集体利益，大家都信任和依赖他。他因为没有文化，所以讲话常常闹笑话，令人啼笑皆非。有一次，他传达上级精神，说到植树造林的好处，便作了这样的解释："植树造林有什么好处呢？我给大家打个比方，就是白天点灯可以不见灯（应该是夜间点灯不见灯)。"大家哄堂大笑。见众人笑弯了腰,他急眼了:"不准笑,谁笑谁负责任!"还有一次因为镇里百姓没有煤烧,便去铁路边筛煤渣,破坏了路基,铁路治安员要兴师问罪。他立即召开社员大会,怒气冲冲地说:"以后谁也不许去铁路筛煤渣,铁路派出所的人急了,现在派出了一支解放军带着两条民兵追下来了!"(应该说一个解放军战士带着两个民兵追下来了。)还有一年秋后,小镇河沟里的苇草尚未收罢,不等上面通知,有的社员便私自拾草了。于是有个女社员找他反映情况。他又站在五道桥的桥头高台上高喊:"没有大队的命令,谁也不准去拾草,二队的妇女都反槽了(反槽指牲畜发情)。"众人听罢,哭笑不得,弄得反映情况的妇女红着脸跑了。

治保主任虽然耿介爽直、大公无私,但也讲人情,颇有善良之心。在三年困难时期,小镇人饿得大眼瞪小眼,个个耷拉着脑袋。治保主任也饿得走路打晃儿。却说这一天,有一列火车上拉的是活猪,在煤河"王八湾"的甩弯处,有一节车皮的猪便挣脱开来,跳下火车,四处跑散。小镇人听说了,纷纷出去逮猪。待逮回几头之后,人们便偷偷杀猪煮肉,不等煮熟,便你割一块我切一条拿回家。有的人干脆吃起了半生不熟的肉。那时人们饿极了,哪里顾得许多?有人将此事告知了治保主任,希望他去制止。他听罢,一改往日的急躁,而是关上了门,慨叹不已。后来铁路公安听说此事,便找到有关部门协助追查此事,一方面把跑散的猪追回来,一方面要对杀猪的人追责。他们也找到了治保主任,让他去问责。他听后勃然大怒:"人都要饿死了,肉都吃到肚子里了,变成大粪了,你要屎啊!吃就吃了,追个屁啊!"来人知道他资格老,不敢惹他,于是小镇平安无事。有人为了感谢他,偷偷地把一块肉送给他。他却把来人轰出门外,把肉扔到煤河里。

"文革"起来后,老镇长因为解放前干过伪事,被小镇中学的红卫兵知道了,便围了老镇长的家,把他拖出家门。还在他的脖子上挂上牌子,戴上高帽,批斗游街。并交给镇长一面锣,一边游街一边让他喊:"我是黑五类,罪该万死!死有余辜,遗臭万年!"小镇的人哪里见过这个阵势!虽然对镇长都非常尊敬,却没有一个人敢上前吱声。治保主任却毫不畏惧,撸胳膊挽袖子叉着腰,大义凛然地站在小镇的街道中心,挡住了红卫兵的去路。"你是什么人?"治保主任说:"我是你爷爷!"红卫兵的头头见状,气势汹汹闯过来,几个骨干紧随其后,还有一个用扎枪抵住了治保主任的胸膛。治保主任怒喝道:"当年老子把脑袋掖在裤腰带上,身上还有日本鬼子的枪眼,你再给老子扎一个!"那个小子也是个愣头青,一下子扎进了治保主任的胸脯,鲜血立刻流出来。治保主任一把抓住枪头,顺势一夺,反抢过去,打得红卫兵抱头四散。小镇人见状,也齐刷刷地围拢过来,包围了红卫兵。那个头头见势不妙,立刻带人落荒而逃。老镇长把锣扔在地上,甩掉了纸糊的帽子、牌子,向治保主任半跪下去,老泪横流,颤抖着声音说:"谢谢!谢谢啊!"治保主任扶起老镇长,大声说道:"老哥,你受委屈了!解放前我跑敌情的时候,你也保护过我啊!

我这是还你的情啊!"说罢,两个人的手紧紧地握在一起。

治保主任的脾气出了名,有一件事竟轰动了全县。

那是1975年的事了,当时县里大力推行"两杂"(杂交玉米和杂交高粱),谁不执行就撤职罢官,这招儿可真够厉害的。可治保主任不信这个邪,愣是号召大家因地制宜,带着社员在麦茬地里种稳产高产的"百日熟"玉米。社员们为此都捏着一把汗,怕出事。治保主任却说:"路不平有人铲,事不公有人管,对生产不利的事,咱不能跟着瞎干,就是出了漏子,我顶着!谁还能开除咱们的人籍?"

事也凑巧,他们正说着话,偏赶上靠造反上去的县革委副主任王飞坐着吉普车路过这里,见他们种的不是"杂交",便跳下车来就喝问:"你们种的什么?"

"百日熟。"治保主任慢条斯理地回答。

"谁叫你们种的?"

"共产党!"

"你……你敢污蔑党?"王飞气得肚皮都要炸了。

治保主任反问道:"王主任,共产党最讲实事求是。你说,种地是不是得因地制宜?你问问大伙,按我们这块地的地性,是种杂交打粮食多,还是种'百日熟'打粮食多?"

"当然是杂交高产了!"王飞摇头,拿出当年两派辩论的架子,对这位貌不惊人的老头儿不屑一顾。

"可这块地就是种'百日熟'比杂交能多拿产量。"

治保主任又问:"王副主任,你说是杂交好吃,还是'百

· 159 ·

日熟'好吃。"

"这……杂交好吃。"

"那为啥上回你来小镇时,派饭给你做杂交高粱米饭你不吃呢?"

"这……"王飞语塞。

"哈哈……"治保主任的一番问话,引起社员的哄堂大笑。

"好,走着瞧!"王飞气急败坏地爬上汽车溜了。

这下可捅了大娄子。回到县里,王飞要把治保主任撤职,但当年当过区委书记的县委书记替治保主任说了句话,才保住了治保主任的官职。但王飞不服不忿,组织人把刚刚种下的"百日熟"玉米全毁了,种上了杂交高粱,并以治保主任破坏学大寨为名通报全县。小镇的人们听说这件事后,都气愤不过,便联名写信告状。可王飞正官运亨通,奈何他不得。治保主任知道后,说了句"人作孽,不可活"!果不其然,"文革"结束后,王飞成了三种人,被开除党籍撤了职。

后来,治保主任老了,因为没儿没女,被送进了养老院。因为他解放前参加革命,国家有照顾,在那里生活有人伺候,比自己单过日子好得多,时不时地还有人专门来看他。他很知足,也很快乐。后来他半身不遂,不久便死去了,但小镇的人们却没有忘记他,还时常念叨他的事情。

## 打兔子的人

### ——小镇传奇之二十

在小镇干什么的都有，吹糖人的、拉洋片的、变戏法魔术的、占卜算卦的、卖花椒大料五香面的，等等。这些都是街头小摊，主要是靠耍嘴皮子，但也有靠技艺的，如打铁的、干木匠活的、剃头理发的、饭馆炒菜做饭的。还有一些，如打鱼的、打兔子的，等等。人生在世，干什么活儿的都有，靠什么生活的都有。今天我就来说说小镇上一个靠打兔子生活的人。

这个人有些传奇故事。他矮个儿，长得很敦实，像个农村轧场的碌碡，两只大眼凸出来，骨碌乱转，乍一看，怪吓人的。大家给他起了一个绰号："大眼儿"。他老家在山东烟台，那一年他随父母闯关东，本来应该走水路，却因没有钱而走了陆路。一家人风餐露宿、踉踉跄跄地来到了小镇东约十里地的一个地方。这个地方叫泰来号，在煤河北岸，方圆几十里的荒场和苇沟，没有人开发，且土质黝黑肥沃。此时，他爹累得不行，气喘吁吁，一屁股坐在一个土台上，瞭望四周，只见鸟儿乱飞，兔儿乱跑，说道："哪里黄土不埋人，就在这落地吧！"

于是断了去关外的念头儿。他父亲带着"大眼儿"筑土为屋，房顶苫草。一家人安顿以后，又开了一块地，种些玉米高粱以作食用，用煤河的水做饭喝水。有了吃的还要有花的，河沟里有鱼，可以捕鱼卖钱；但煤河边的鱼不值钱。这个地方野兔多，打了兔子则可以给小镇的饭馆。起初"大眼儿"没有工具，就下套儿、下夹子或用棒子打兔子，有时候用土坷垃竟也能打着，足见兔子之多。兔子三瓣嘴，最祸害庄稼。这个地方兔满为患，因此那几亩地也打不了什么庄稼，全喂了兔子了，所以他和父亲只能靠打兔子卖钱过日子。后来他买了火枪，就省劲儿多了，枪砂一打一大片，有时一枪可以打俩。多时，一天可以打几十只兔子，日子还算勉强过得去。

小镇刚一解放，这个地方要开荒。镇长找到这里，动员他们搬到小镇，并给他们安排了住处，于是他们搬到小镇上。此时的"大眼儿"已经长大成人，可以挑家过日子了。起初他干不惯地里的活，还是靠打兔子生活。后来土改时，镇里分给他家二亩地，于是他父亲种庄稼，他依旧打兔子。小镇有一家饭馆，专门做兔肉，什么酱兔肉、熏兔肉、大锅炖兔肉。因为兔子肉土腥味儿，只有这些做法才能够去掉土腥味儿。他打了兔子就送给饭馆。因为他厚道踏实，招人喜欢，于是饭馆老板便把女儿给了他。从此以后，老婆和丈人在饭馆加工制作兔肉，他便更起劲儿地打兔子。于是这个饭馆的兔肉就成了小镇的招牌菜。

小镇周围兔子多，有时还常常跑进小镇中，尤其是到了冬天,地里没有吃的了,兔子就开始进镇了,或躲在各家柴草垛里,尤其是扎在高粱玉米秸垛里。因为里面有没有收净的玉米棒和高粱穗,兔子吃了可以解饿。有的兔子甚至躲进各家放粮食或家具的冷屋子里。人们在搬柴做饭时,常常会冷不丁地从柴草中和冷屋里窜出一只兔子来。人们管这叫兔子进镇。兔子见人,惊恐万状,狼狈逃窜。人们一边追一边高喊:"兔子丢鞋了!"

小镇周边兔子多得成群。在小镇北面一里多地有个村子叫南刘堼。丰南一带建村于高处的村子多以"堼"为名,如刘家堼、薛家堼、北刘堼、南刘堼等。因为南刘堼周边田野里兔子多,人们都习惯叫这个村子周边一带的地理位置叫"兔子堼"。堼指高出地面的土岗。兔子常常喜欢在土岗上卧伏和晒太阳,所以这一带野兔成群结队地出没,较之其他地方的野兔多了许多。

"大眼儿"打兔子有多种办法。他不用过去人们常用鹰抓兔的办法,那太古老了。就是抓兔子的人胳膊上架鹰,肩背褡裢。当发现兔子腾跃着惊跑起来时,那鹰便会腾空而起,在空中追击,看准方位俯冲,啄瞎兔子的双眼,鸹碎兔子的脑壳。当然有时兔子也很厉害,俗话说的"兔蹬鹰",这是兔子与鹰拼死搏斗的一种方法。兔子在逃窜过程中,会突然翻过身来,四腿朝上,在鹰俯冲的一刹那,用两只后腿倾尽全力蹬鹰的脑袋,有时会蹬死鹰。俗话说,兔子急了还咬人呢,它是不会乖乖地束手就擒的。有时也有这种情况:即鹰腾飞后,在空中盘旋，并不去追兔子，而是扬长而去，再不回来，这就是人们所说的"放鹰"。当然"放鹰"这个词用在别处，也有了另一层意思，如果说一个女人婚后不正经，跟人跑了，也可叫"放鹰"。还有，从外地来一个男人和一个女人，称兄妹，将其妹妹嫁与他人。一年半载后，妹妹便席卷钱财而去，再不回来，这可叫"放鹰"，而管那男人叫"放鹰的"。

"大眼儿"最常用的办法是用火枪打，当他把兔子轰起来，几只或十几只一起跑时，他便一枪轰出去，即可打倒两只或四五只。那么打兔子的人怎么轰兔子呢？待庄稼收尽时，田野一片空旷，只要放声呐喊，兔子便立即三五只地飞窜。"大眼儿"一旦发现目标，便瞄准放枪。枪砂击出后，可笼罩一片，兔子断难跑掉。那么在庄稼茂盛之时，怎么打兔子呢？"大眼儿"自有他的办法。夏秋之际，天气炎热，兔子白天躲在庄稼地里不敢出来。待傍晚时分，天气凉爽，没了燥热，人们也早已收工回家，兔子便从地里跑到大道上，来回奔跑撒欢。这时"大眼儿"便扛枪上路，瞄准在路上奔跑的兔子打去，常常可以收获十几只。兔子趋光，好奔光亮，夜间如果有机动车过路，它并不躲避，被灯光照定后，死死不动。这时即使不动枪，也可被人擒住。"大眼儿"从小镇在开滦上班的矿工那里要了一盏有照明灯的安全帽和蓄电池。晚上他戴上帽子，把蓄电池背在身上上路，在大道上用矿工灯照兔子。那时的兔子成群，一拨一拨的。于是，"大眼儿"收获颇丰，每天夜里回来都是肩背手拎。白天，媳妇和老丈人收拾他打来的兔

"大眼儿"是打兔子的高手,他最常用的办法是用枪打,当他把兔子轰起来,几只或十几只一起跑时,他便一枪轰出去,即可打倒两只或四五只

子，剥皮掏膛，洗净后或熏或酱或炖，饭馆溢满香味，招引食客，过路的人也深吸几口气。一时间，饭馆食客盈门。有一次，一个食客吃了一只熏兔，喝了一瓶二锅头。吃完喝罢，他便在小镇的大街上手舞足蹈起来，随即便放了一溜儿屁。他一边放，一边对看热闹的人说："我吃了一只兔子，你们没有吃着，我给你们放个兔子屁吧！"一扭屁股，又接连放出十几个屁来。人们见罢，乐得前仰后合，都说这是放屁的吉尼斯世界纪录。

因为"大眼儿"是打兔子的高手，而兔子则是祸害庄稼的祸首。兔子极能糟蹋庄稼，人们对它们并无好感，往往是"兔子过街——人人喊打"。兔子深知自己的处境，常常把自己藏得极隐蔽。兔子的藏身地点常常为"长卧短，短卧边，不长不短在中间"。意即一条苇沟或一块条田如果较长，兔子会藏在短处；较短，它会卧在边上；如果不长不短，它会藏在中间。兔子耳朵长听觉极灵敏，也极镇静，只有当人们走近它时，它才会逃窜，否则不动。在除"四害"那年头，因为"大眼儿"打兔子多，镇长曾手书"除害高手"送给他。

这枪打兔子虽然打得多，但也有个短处，就是兔子肉中的枪砂不好抠巴。于是"大眼儿"就常常改用其他的办法来逮兔子。他常用的一种方法，叫套兔子。原来这兔子也有自己的领地，与老虎狮子等大型动物一样，所以它常常在自己的领地里活动。于是"大眼儿"找准兔子的藏身地点，在兔子经过活动的坨边或地头下套。那套用铁丝做成，做好后把它缠在一截木棍或大钉子上。用时把套张开，把木棍或大钉子揳进兔子必经之路上。兔子经过就会套住，待它再跑起来时，那套子便会收紧套住它的脑袋或腰部。"大眼儿"下套一般是在天黑之时。此时万籁俱寂，明月升起，兔子躲了一天，晚上便在坨边人们干活时踩出的道上来回奔跑，以锻炼身体，尤其是秋凉或冬寒之时，兔子借活动可以驱寒，于是钻进套了还有所不知，待往前一蹿，便收紧了，想要挣脱已是不可能。第二天，"大眼儿"早早起来去收套住的兔子，常常是满载而归。

"大眼儿"还善用的一个方法是雪后找兔子。在大雪过后，兔子出来觅食之时，会在雪地上留下清晰的脚印，便可以寻踪找去。那兔子也非常聪明，在它窝的附近它会把脚印弄乱，然后腾空而起，跃起几丈，扎在窝中，下边留一气眼。凡是发现在兔子脚印凌乱而周边又有很宽阔的地方没有脚印时，那兔子窝一定会在附近。虽然狡兔三窟，但只要发现兔子的脚印，找到气眼，一般是一逮一个准，即使它跑，雪地松散，它也没有人跑得快。这时的兔子最肥，皮毛也好，是打兔子的黄金季节。

"大眼儿"用以上两种办法逮住的兔子最完整，最受食客的青睐，皮毛也好，没有破绽。在改革开放初期，"大眼儿"便在工商局登记注册，把饭馆制作的兔肉叫作"五道桥熏兔"，成为畅销货。尽管在"大眼儿"的枪下死的兔子无数，但他绝不打怀孕的母兔，他也有恻隐之心和怜悯之情。有一次他看见两个兔子在野地里撒欢儿，正在瞄准之时，忽然发现有一只兔子肚子鼓鼓的,一看便知是个怀孕的母兔。他叹了口气,便放下了枪,此时那两个兔子早已没有了踪影。还有一次,他看见草丛的隐蔽处有一个兔子窝,里边有刚睁开眼的一窝小兔子。他知道此时,那一公一母的大兔子一定在周边窥视。他朝四周看看,果然有两只大兔子在探头探脑,此时若一枪打过去,一定会一枪打俩。他没有理会,而是朝天放了一枪,惊得那两只兔子飞也似的跑了。

且说这一天中午时分,镇长陪从台湾来的表弟到饭馆用餐,指定要吃家乡的菜肴,于是镇长把他表弟带到此处。这次吃的是一水的兔子身上的,酱的兔子的心肝肺、兔肉,还有一锅炖的兔肉、猪肉和粉条。他表弟吃得高兴,喝得痛快,赞赏道:"真是酒香不怕巷子深,家乡菜比得过大饭店的美味佳肴。"待结账时,"大眼儿"死活不肯收钱,但镇长哪里答应?后来他表弟回到台湾,还把"五道桥熏兔"带到台湾去了。

前些年,"大眼儿"收起了枪,因为此时野兔已经成为保护动物,政府不让打了,田野里再也听不见打兔子的枪声了,他感到非常寂寞。"五道桥熏兔"的食材也早已变成了家兔。有时他觉得憋得慌,便到田野里溜达,还时不时地看见兔子。此时他觉得兔子很亲近,像多年的老朋友。他朝兔子招招手,那兔子跑远了,他还在张望。有一天,他孙子和小伙伴从野外掏来还没有睁眼的两只兔崽儿,说是要一个人养一只。他拦住他们说:"这野兔这么小养不活,爷爷给你们养吧!"待一个月后,他把这两只兔崽儿养得会跑了,于是便拎着笼子,来到了小镇外的野地里,打开笼子门把兔子放了。待那两只兔子出笼后,好像与他挺有感情似的,竟没有跑,而是与他亲昵。他眼睛有些潮湿,推开它们说:"走吧,找你们的爸爸妈妈去吧!"这时两只兔子这才一蹦一跳地跑了,待进入草丛深处,忽而停住脚步,向他张望,然后才恋恋不舍地没了踪影。看到此景,"大眼儿"流下了眼泪。

# 小镇铁匠
## ——小镇传奇之二十一

小镇有个铁匠铺,人们称打铁的哥俩为王大、王二。在小镇初建之时,他们的父亲推着独轮车从山东离家闯关东,哥俩各坐在小车一边。行至小镇,他父亲见此处土肥物美,风俗淳厚,顿生留意,于是便滞留在小镇。因为他父亲有会打铁的手艺,便建了一个铁匠铺,人们便叫他父亲"王铁匠"。他为人憨厚,手艺高超,以打农具见长,尤其是所打的镰刀形如弯月、明如朗星、锋利无比,割草收麦,迎刃而解。用者得心应手,赞不绝口。一时间,艺惊四方,农忙季节,买者络绎不绝,西至宁河的芦台镇,东到河头镇的人们都来购买,大家交口称赞。王铁匠却十分谦虚地说:"手艺不精,糊弄着使去吧!"于是大家送给他一个绰号"王糊弄"。王铁匠把这独门手艺传给了他的两个儿子,他死后,儿子们依旧靠打铁吃饭。

这王大、王二相貌异相:一个是满脸疙瘩,一个是满脸麻子,哥俩的脸凹凸有致,对比分明。还有,王大头发几乎掉光了,像个秃瓢;而王二却满头浓发。人们见了也是诧异:这真是天地造化，一母所生，怎么差别这么大呢？哥俩每天在铁匠铺叮叮当当地打铁，人们经常围观，铁匠铺也成了小镇的一景。他们父亲在世时，便在小镇的西头一块荒地上盖起了三间房。等哥俩长大了，便又盖了三间房和一个门楼，围起了院墙。铁匠铺在门楼的外边，毗邻小镇的街道，外村人赶集上店过往都要往铁匠铺看上几眼。逢到农忙时节，铁匠铺更忙个不停，到了夜间炉火更旺，映照着小镇的夜空。那时人们吃罢晚饭，没有什么事，就都齐刷刷地围着铁匠铺看哥俩打铁。这哥俩搭配和谐，在铁具还未成型时，老二拉风箱，老大握住铁钳子夹着铁片。当老大把烧红的铁片从炉中用铁钳子夹出来后，便用小锤指引着老二用大锤使劲儿砸，等退热以后再塞到火里烧，少顷又再拿出，老大一边敲打，老二便时不时地用大锤回应几下，经过反复锻造，刀具便成型了。此时，老大便把成型的刀具放到水里淬火。这是刀具钢口好坏的关键，刀具入水早了钢口脆，易断刃；晚了则刀具不快，易卷刃。

这打刀具忙与不忙也分节气。每年打春后，人们要漫地。那时刚刚解冻，土地还没有撞浆。这时候就需要漫头遍地了。于是过完春节不久，铁匠铺就开张了，人们纷纷把休闲了一冬的锄头拿出来，让铁匠铺的哥俩"伸锄"。所谓"伸锄"，就是将去年使用的锄头伸长。锄头使用了大半年，锄刃钝了、锄头短小了，这就需要加宽抻长。于是铁匠师傅便在锄刃旁再接上一条铁，经过煅烧后，反复敲打，打出刃来，于是旧锄就加大加宽了，样子也焕然一新了。锄头是农民一年中使用最长时

当老大把烧红的铁片从炉中用铁钳子夹出来后,便用小锤指引着老二用大锤使劲儿砸,等退热以后再塞到火里烧,少顷又再拿出,老大一边敲打,老二便时不时地用大锤回应几下,经过反复锻造,刀具便成型了

间的工具。从春到秋，直到秋收挂锄的时候。每年到了夏季，人们就开始购买镰刀。这镰刀有大有小。小镰刀用于割草、割麦子；大镰刀叫钐镰，有尺把长，人们用时双手握住镰柄挥动，用来割草。这里镰刀可与唐山开平的镰刀媲美，那时开平刀具与唐山的麻糖、棋子烧饼一样，都是唐山的特产，名闻遐迩。据说王大、王二的父亲与开平刀王是一师之徒。有人曾拿刀与开平刀比试过，确实不相上下。此刀具可吹毛断发，名不虚传。到农闲时候，他们就打菜刀。他们的产品名声在外，成为小镇的一个品牌。镇长给起了一个名字，叫"五道桥刀具"，并在工商部门注册挂号。

且说有一天，开平有一好事者，听说小镇的镰刀比得过开平镰刀，不服不忿，便从开平拎着几把镰刀来到小镇要与王家的镰刀比个高低。小镇的人们听说了，都来观瞧，看看究竟孰高孰低。看热闹的人把铁匠铺围了个里三层外三层。于是有人找来一根十分坚硬的硬木，用开平镰刀和小镇镰刀分别砍去，各自都把硬木削去一块，不分上下；第二个回合，两把镰刀比拼，有人把两把镰刀的刃碰在一起，结果一声脆响，两把镰刀各掉了一块刃，依然不分高低。开平来人不服，说道："我们开平的镰刀虽说不能削铁如泥，但可以当作剃头刀用。"众人惊愕，这个头谁敢来试，谁敢来剃？开平来人说，我愿意用脑袋一试，看看我们开平刀的锋芒如何？那么，谁来剃头呢？此时早已有人请来了剃头的张老挑。这张老挑一手执镰刀，一手按住开平来人的脑袋，一刀下去便剃下一缕头发。众人见罢，齐声喝彩。张老挑又拿起小镇的镰刀，一刀下去却剃下一片头发。小镇人一阵欢呼："好哇！"开平来人倒也爽快，大声说道："服了！回去以后我们一定再精加工，以后再来比拼！"大家也为他的大度而鼓掌点赞。其实他哪里知道，王家哥俩在父亲传授工艺的基础上，潜心研究，悟出锻造和淬火的新方法，使得传统打镰刀的工艺焕发新机。后来，这哥俩还亲自到开平送经取经，两地互相学习，取长补短，使得制刀工艺更上一层楼。

王家兄弟手艺精湛，平日乐于助人，后来公私合营，他们便加入了唐坊修造站，铁匠铺也搬了过去，后来他们转为国家的正式工人。从此以后，他们就不固定在小镇打铁，而是经常下乡去打铁。平日里，他们哥俩吃穿很不讲究，打铁时围一块围裙，平日穿一身工作服，下乡打铁时吃饭也是凑凑合合，不是煮面条就是贴玉米饼子，要不就是做疙瘩汤。他们最喜欢喝啤酒，有时哥俩对吹，一顿喝一箱子啤酒的时候也是有的。我还听说他们这样的一个笑话。有一次，他们去沿海附近的村庄打铁，便买了些麻蚶子吃。麻蚶子是海货，放在锅里煮时，一开锅张嘴就可以捞出来吃，若是煮得火大了，就会把麻蚶子煮得就像皮筋，放在嘴里嚼不动扯不断。这哥俩不知道，把麻蚶子煮得像皮筋，吃不得。这哥俩愤愤不平地说，我们打铁的火可以把铁融化了，怎么煮不熟麻蚶子呢？他们回来与镇长一说，逗得镇长差一点儿背过气去，说："你们真是山东侉子，这么多年来，怎么煮麻蚶子都不知道？今天晚上我请你们吃麻蚂蚱子，看看我是怎么煮的。"三个人哈哈大笑，在小镇的饭馆撮了一顿，下酒的菜就是煮麻蚱子。镇长是看他们连日辛苦，下乡为农民打刀具，支援三夏，劳苦功高。

王家兄弟干活不惜气力，有求必应。有一年夏季收麦，割麦子用的镰刀吃紧。镇长与修造站站长找到哥俩，让他们抓紧打200把镰刀，以满足全镇人的割麦子使用。这王家兄弟满口应允，毫不推辞，夜以继日，一周便打了出来，悉数交镇长。镇长对他们大加赞扬。他们有些受宠若惊，舌头却笨得像棉裤腰，也不会说什么，只是重复一句话："应该的，应该的！"

后来，哥俩年纪见老，修造站站长便让他们带了几个徒弟，以免这门技术失传，他们的儿子也在其中。他们的儿子和师兄弟们决心打破传统工艺，经过反复试验，把原来的16道工序减少到10道工序，仅此一项，每年就可以节省许多度电（打铁由起初的拉风箱改为电吹风），材料节省三分之一，效率提高三分之一，成本大为减少，产品数量大为提升。这王大、王二甚是高兴，对徒弟们也刮目相看。不久，唐坊修造站便把五道桥刀具申报了河北省非遗产品，后获得批准。

镇长知道了，也甚是高兴。为了庆贺，他便在五道桥饭店宴请王大、王二和他的徒弟们，赞扬他们精益求精，为小镇争了光。此时王大、王二喝得满面红光，舌头根子发短。于是哥俩一个人拉住镇长的一只手，笨嘴拙舌地说："镇长，我们是外来户，感谢小镇老少爷们对我们多年来的帮助和扶持。今后我们一定让五道桥刀具走出唐坊，走向河北！"徒弟们听罢，齐声说道："不，我们一要让五道桥刀具走向全国！"

镇长听罢，哈哈大笑，朗声说道："这真是青出于蓝而胜于蓝，一代更比一代强！"并借着酒兴赋诗一首：

煤河河水浪打浪，
徒弟更比师傅强。
精益求精打刀具。
齐心协力争荣光。
非遗产品誉河北，
敢在全国争锋芒！

大家听罢，哈哈大笑，与奔流的河水声融合在一起。

# 赤脚医生

## ——小镇传奇之二十二

小镇有一个医生，大家习惯叫他"赤脚医生"。赤脚医生是20世纪60至70年代"文革"中对农村医生的称谓。那个时候，每个村子都有一名赤脚医生。赤脚医生是指有文化的农村青年经过短期医训班培训后，负责给本村人看病治疗，但他们依然是农业户口，由大队给一定的工分补贴的"半农半医"的医疗人员。有了赤脚医生以后，村里人有个头疼脑热、小病小灾就再不用出村。应该说，赤脚医生为解决农村缺医少药的问题做出了积极的贡献，因此很受老百姓的欢迎。当时有一部电影叫《春苗》，说的就是赤脚医生的故事，影片插曲中唱道："身背红药箱，阶级情谊长，千家万户留脚印，药箱伴着泥土香……"这个歌曲现在很多上了岁数的人都会唱。

小镇的这个赤脚医生与他人不同，原本他就是医学院毕业的医生。他和他的哥哥都是本科毕业的医生。毕业后，哥哥留在省城，他分配到一个边远山区城市的医院工作。在三年困难时期，他饿得跑回家。此时，老父亲给他说了门亲，娶了一个能说会道、泼辣能干、相貌俊秀的女子。经过了新婚蜜月的他尝到了爱情的甜美，干脆丢下工作不回去了，老父亲也没有办法。他回村劳动比不得行医，对农活一窍不通，干啥啥不行，只得跟着妇女一起干活，薅苗拔草，挣妇女一样的工分。一个大老爷们儿跟着一群老娘们儿干活，成了农村的一道风景，即使他与妇女一起干活，也往往是落在妇女后面。这一是因为他活计不行，二是因为妇女们说话糙拉，经常胡扯六拉，从不忌口。他听不得，就只好远远落在后面。因此，他经常受到妇女们的讥笑。因为他讲卫生，不喝生水，干活下地都自带一瓶热水。那时在农村干活，渴了就喝沟里的水，没有人带水，而且还是白开水。虽然，别人看不起"赤脚医生"，但妻子对他百般呵护，十分照顾。因为她和丈夫一起干活，她干到地头，就帮着丈夫干。有她在，其他妇女也不敢说三道四。

小镇的人真正叫他"赤脚医生"，还是在1968年。小镇是公社、工委所在地，为了解决各村医疗落后问题，县里派医生在小镇工委大院办了一个医训班，每个村去一个人接受培训。镇长于是派了"赤脚医生"去，对此有人有意见。因为县里要求有初高中文化的年轻人去，而他那个时候已经是两个孩子的父亲了。镇长没听这些话，就让他去了。镇长自有他的理由：这一是"赤脚医生"本来就是医生，二来他干活不济，顶不上个人儿，老是遭别人讥讽，这样也可以改变一下他的命运。"赤脚医生"对镇长千恩万谢，去了医训班。县里派来的培训医生一见他，大吃一惊，因为论学历、资历、经历，他们都比不上他。这哪里是参加培训,而是培训别人来了。医训班的负责人立刻向县医院领导说了此事。医院领导很是重视,让他当了培训老师。他很是感谢,加之在农村的几年磨难,早已消去了趾高气扬的脾气,而格外珍惜这个机会。他讲课有理论有实践,有的放矢,循循善诱,大家听得解渴,培训医生们也很是服气。

半年过后,他回村当起了"赤脚医生",不管白天黑夜、风里雨里,他都有叫必到,而且手到病除,于是小镇的人很是尊敬他。他不仅管打针吃药,一般小手术也可以做。如他的老父亲有小肠疝气的毛病,很是痛苦。有一次,在省二院工作的哥哥回家,哥俩就在屋中消了毒,对老父亲进行手术。三天后老父亲下床,七天后出屋晒太阳。这在小镇成为人们的谈资。

还有一件事更是蹊跷。小镇有个电力站,站长个子高大魁梧,胖胖的。这一天他得了急性阑尾炎,疼痛难忍,立刻在小镇的工委医院做了手术,因为他肚子里肥油多,打开肚子后,医生竟找不到阑尾,只得向县医院告急求救。小镇离县城30里地,一时半会儿医生也到不了。此时站长疼得嗷嗷叫,怎么办?他们不约而同地想到了"赤脚医生",向他求助。人命关天,"赤脚医生"立刻到来,不一会儿便做完了手术。站长和医生一个劲儿道谢,不然的话,站长饱受痛苦不说,还是一个医疗事故。这件事在小镇疯传,"赤脚医生"声名大振,很快就被县卫生局知道了,一纸调令,让他到工委医院任职,并接上了工作关系,改吃商品粮。但大家还是习惯叫他"赤脚医生",因为叫惯了,顺嘴。在工委医院,他很快成为主治大夫,凡是做手术都是主刀。

这"赤脚医生"是个全活,给人治病也给牲畜治病,给男人看病也看妇科的病,会西医也会中医。大家改叫他"全科医生",即哪一科都行。他的事迹还曾经上了《河北日报》,轰动一时。

按小镇的辈分,我管"赤脚医生"叫二哥,有上一辈的交情。当年,我的爷爷在长春开染坊,小镇人闯关东都奔爷爷去。爷爷扶危济困,对乡亲们非常照顾。当年"赤脚医生"的父亲去长春找爷爷。爷爷周济他,使他安家落户,娶妻生子。他为了答谢,认了爷爷为干爹。但爷爷过世早,奶奶扶棺回乡,把爷爷安葬在故土。那一年解放军围困长春,他们一家回到小镇。他父亲在爷爷的坟上号啕大哭,如丧考妣。父一辈子一辈的交情,使我们两家感情甚笃。那一年,按铁路规定,哥哥可以接父亲的班。父亲原来在车站扛脚行,后在小镇车站当扳道工,就是《红灯记》里李玉和干的活儿。就在准备接班之时,哥哥突然得了急性肾炎。男人得这病不好治,仗着父亲在铁路工作,带着哥哥从唐山铁路医院到天津铁路医院又到北京铁路医院,也没有看好病,最后只好回到家中,父亲为此愁苦不迭。"赤脚医生"知道了这件事,来到我家。他看看浑身浮肿的哥哥,再看看愁眉不展的父母,便给哥哥诊脉。他一边摸脉一边对父亲说:"不要着急,吃几服中药会好的。"少顷开了一个中药单,让父亲去县城抓药。父亲将信将疑,心想,大医院看不好的病,小医院能够看好?谁知哥哥吃了几服药后,浮肿消退,病好如初,很快接了父亲的班。为此,父亲很是感谢。"赤脚医生"说:"您见外了,如果当初没有大爷(即我爷爷),哪里有我们今天?"父亲听罢,慨叹不已。

地震后,我从柏各庄曾家湾回到小镇,此时的小镇已经是房倒屋塌,一片废墟。"赤脚医生"死里逃生,但腿也砸伤了。他顾不得自己,拄着棍子用各种办法给骨断筋折、头破血流的伤者治病,成了小镇的救星。此时,我同族的一个二嫂却要生孩子,这时去哪里找人接生?二哥找到"赤脚医生",求他帮忙。"赤脚医生"也很是无奈,没有办法,只得自己动手,于是便准备了接生的用具,没有酒精就用火烤。二哥找块帆布围了个棚子,二嫂一家人在棚子外急得搓手跺脚,只听得里面哇的一声,传来婴儿的哭声。不一会儿,"赤脚医生"满头大汗地出来,乐着对二哥说:"生了一个带棒的!"二哥感动得差点儿给他跪下,攥住他的手说:"你给起个名字吧!""你儿子是地震生的,就叫震生吧!""好!名字起得好!我还有个请求!""什么请求?""赤脚医生"有些不解。"让你当我儿子的干爹!""赤脚医生"哈哈大笑:"好哇!我也得了一个儿子啊!"说罢,大家都笑起来。

## 吃 货

——小镇传奇之二十三

　　小镇大舞台，各色人等样样俱全。干什么的都有，什么样的人都有。有能干的，有能说的，有能喝的……今天我们说一个能吃的人。这个人怎么能吃？说出来，几乎没有几个人相信。他曾经一顿吃3斤米饭，一碗方子肉。所以小镇的人给他起了一个绰号："吃货"。这个人身高足有一米九，肩宽体阔，一个枪子都打不倒。俗话说：身大力不亏，有这个饭量就得有这个盛饭量的肚囊。他吃得多，也能干，但在粮食定量那会儿，他肯定是吃不饱肚子的。好在他媳妇吃得少，有口饭就能行。媳妇长得细溜儿，身材薄薄的，一阵风都能刮倒。人们也给她起了一个绰号："夹纸片子"。"吃货"能够看上她，全在她的个头儿。这个女人近一米八，就是太单细。"吃货"的妈却没有看上，一个劲儿地不愿意。认为"夹纸片子"就是个秧子，干不得重活儿，生出崽来恐怕也是葱秧子，挺不起来。怎奈这两个人是王八瞅绿豆——对眼了。两个人同意，爹妈怎么管得了？进得门来，"夹纸片子"对"吃货"百般体贴，百依百顺，小鸟依人一般。有饭先可着他吃，宁可自己饿着。"吃货"虽然肚子经常吃不饱，但日子过得遂心乐意。

"吃货"一家人是在20世纪30年代落户小镇的。这个小镇没有坐地户，全是外来人，是有了煤河码头和小站之后才聚集在一起而成为小镇的。"吃货"的老家在山西洪洞县，就是《苏三起解》那个县。自苏三的故事被冯梦龙写成《玉堂春落难逢夫》，收入《警世通言》流传至今，又编为《苏三起解》《玉堂春》等戏曲广为传播。"吃货"也算得上出自有名的地方，与苏三是同乡。他每逢与人谈论起来，也颇有几分得意。那一年山西大旱，颗粒无收，他们举家逃难。父亲挑着一副箩筐，他和哥哥坐在里面，母亲颠着小脚紧紧跟随，一路奔波来到小镇。他父亲见小镇水美草丰，舟楫通行，火车鸣叫，不禁赞道："好一个养人的地方！"于是就在小镇落了脚。靠什么生活呢？他父亲便在车站货场和煤河码头扛起了脚行。随后他父亲在脚行下处找了一个破屋，收拾收拾便住了下来。等"吃货"长大了，也时不时地在车站货场扛脚行。

说到"吃货"能吃，那是远近闻名。据说，每年大年初一，媳妇用八印锅蒸饺子，上边一屉，下边一屉，他可以把上边一屉吃了，还要瞅着下边那屉。有一年，他天津的表妹来到小镇看望他父母，吃的是捞面。天津人做捞面是拿手。他表妹一边切，一边下锅煮面，一边捞面，愣是供不上"吃货"吃，这把表妹吓得目瞪口呆。还有一年春天，他在村里的建筑队当建筑工。在完工之时，房主人要管建筑队的人们一顿饭，以作

· 183 ·

犒劳和答谢。那一顿他竟吃了六碗大米饭,桌子上的一碗片肉、一碗方肉别人没有吃上几块,都到他的嘴里了。到最后,东家只好把饭嘎嘎给他铲来盛上。大家看他的吃相和饭量,都惊呆了。从此,他便落下一个"吃货"的绰号。

"吃货"这个绰号名不虚传、货真价实,那是经过实践检验的,没有人不服。在小镇上车站扛脚行的人们时常有两件乐事:一个是比力气,一个是比吃东西。这一天,扛脚行的人们装完了几节车皮后,在等待装下一节车皮的时候,有人开始起腻,说道:"我买一斤点心,如果谁不喝水吃了,我白送给他。如果吃不了,他还我二斤,谁敢?""我敢!""吃货"应声而答。这个人从五道桥供销社买来一斤干得掉渣的点心。大伙围了上来,要看"吃货"怎么吃。只见"吃货"一手一块往嘴里填,不一会儿就吃完了,还把点心渣滓舔净了,并且一口水不喝。众人齐声叫好。

有一年外出挖河,早起伙房大师傅给每个人10个刀切馒头,每个足有三两多,可以足足码一扁担。一般人是早饭吃4个,午饭吃6个,但吃货却把这10个馒头都吃了,说带着嫌费事。那么,他中午吃什么呢?到了中午,伙房大师傅便挑着两个大水筲去工地,一个水筲装窝头,另一个水筲装菜汤。吃货只得看着别人吃馒头,自己吃窝头喝菜汤。

话说在三年困难时期,在那个饥荒年头儿,人们饿得有气无力,走路打晃儿。青壮劳力如果想吃饱肚子,那只有外出挖海河或挖附近的河道。自毛主席提出"一定要根治海河"的号召后,"吃货"年年出去挖河。这样不但自己吃饱肚子,也可以把粮食留给家人。再说这一年,因为小镇被称为"九河下梢",河网密布,水量充沛,几乎年年发生涝灾,所以河北省政府决定挖一条从天津到唐山的运河,以便泄洪。于是在1959年11月津唐运河开挖,参加挖河的民工成千上万,河工们虽然很累,却能勉强吃饱肚子,否则干不了活儿啊!但听说也连累带饿死过人。这条运河在小镇北约2公里的地方,小镇和附近的村庄自然去了许多人挖河,"吃货"也去了。河工们吃住在工地,但因为有的河工离家近,也可以晚上回趟家。

河工们虽然很累,但因为年轻人多,好玩心强,有时也凑凑热闹。这一天,有人提出:如果有人把两筐土从河底挑到河堤上,他把晚饭的4个窝头给他。众人听罢,面有难色,此时"吃货"找来两条扁担,挑起装满泥土的两个大筐,一步一个脚印地往河堤上艰难攀登。"这足有500多斤啊!"有人失声惊叫。河底的泥沉沉,比不得地面的土,但"吃货"不怵,足足有十几分钟才到了河堤上,便一下子倒地。众人拥上河堤,扶起"吃货",掌声响起。下了班,"吃货"吃完饭,把这4个窝头和这两天攒下的几个窝头装在一个粗布书包里,急匆匆地向小镇走去。此时天已经黑了,没有月光。他忽然被绊了一下,打了个趔趄,险些跌倒。他定睛一看,原来路上倒着一个人。他爹着胆子摸摸这个"路倒"的鼻孔,还有气?那个年头,经常有人饿得跌倒,甚至断气。人们称这样的人为"路倒"。他扶起这个人,不一会儿,这个人长出一口气,发出了微弱的声音:"你让我死了就行了,扶我揍啥?""见死不救,我还是人吗?""吃货"知道这个人就是饿的,没有什么大病。一问果然如此。这个人因为家中无粮断炊,去离小镇 30 里远的西河镇的亲戚家借粮,但亲戚家与他家一样也是揭不开锅,他只好返回,结果因又累又饿而晕过去。"吃货"听说后,把那个盛窝头的布袋塞给路人说:"这是我挖河攒的几个窝头,你拿回家吧?""那你怎么办?""我家还没有断顿呢!"路人千恩万谢,跪伏在地,磕了几个响头,然后跟跟跄跄地走了。

"吃货"回到家,向媳妇说了此事,媳妇称赞他做得对:"救人一命胜造七级浮屠,你这是积德行善啊!""吃货"连连摇头:"你不要给我戴高帽,我就知道见死不救,缺德带冒烟,生儿子没有屁股眼子。"媳妇听罢,狠狠地给了他一拳头,戏谑道:"你这个缺德鬼!""吃货"激动地一把搂住媳妇,亲热起来。

# 吝 啬 鬼
## ——小镇传奇之二十四

20世纪小镇上各色人等齐全，五行八作、车船店脚牙、地富反坏右，什么样的人都有。改革开放以后，这些人在小镇上早就没有了痕迹，就说那所谓的地富反坏右和牛鬼蛇神吧，现在哪里还有？大家的身份都一样了。但有些人迄今还在被小镇人说道，且口口相传，这不又被好事者写进书中，成为小镇传奇。

小镇上除了正常人，还有被称为"神""鬼"的两种人。如小镇的医生被称为神医、小镇的会计被称为神算子，如此等等，不一而足。除此，还有被称为"鬼"的，如好耍钱被称为赌鬼，饭量大的被称为饿死鬼，好色被称为色鬼，吝啬的被称为吝啬鬼。今天，我就给大家说说小镇的一个出了名的"吝啬鬼"。这"吝啬鬼"过日子仔细、抠门、吝啬，用小镇人的话说就是"逮住蛤蟆攥出尿来""拉屎捡豆吃"。我们读过书的人，大多对书中的吝啬鬼印象深刻，经常成为谈资。如在欧洲文学中，莎士比亚《威尼斯商人》中的夏洛克、莫里哀《悭吝人》中的阿巴贡、巴尔扎克《欧也妮·葛朗台》中的葛朗台、果戈理《死魂灵》中的泼留希金。在中国文学中，庄子《外物》中的监河侯、吴敬梓《儒林外史》中的严监生、钱锺书《围城》中的李梅亭等，但这些都是文学中的形象，属于虚构人物。今天我来给大家说说现实中的人物，其吝啬程度也不比他们差多少。

我说的这个"吝啬鬼"，有两个特点被小镇人说道：一是勤俭持家，会过日子，一分钱掰成两半花；二是吝啬得出奇，许进不许出。这两个特点在他身上相辅相成、相得益彰，所以他家的日子过得不错。

我们先说他的勤俭吧。他每天早睡早起，那什么时间睡觉呢，天一擦黑他就睡，没有电灯的时候是省灯油钱，有了电以后是为了省电钱，即使大年三十晚上，家家灯火通明，他家也是用最小度数的15瓦的电灯泡。晚上他也不去串门，也没人到他家来。

"吝啬鬼"睡得早，起得更早，他后半夜三四点钟便起床了。要问他为什么起这么早？这是因为他要去镇外的大路上拾粪，去晚了就被他人拾去了。因此，他家有两个堆最高：一个是粪堆，一个是柴火堆。他早起，他弟弟也早起，都是为了捡粪。他们几乎都是夜间三四点钟便起床，等到别人起来拾粪时，他们早把路上的粪拾光了。因为夜间有牲畜拉的车通过，这些牲畜便在路上拉粪，早晨起来，便可以拾到很多粪。因为拾粪，哥俩还产生了矛盾，因为哥俩拾的粪也有多有少。于是他对弟弟说,从明早起我拾村东,你拾村西吧!弟弟答应了。但他弟弟每天起大早也拾不到粪,很是纳闷。于是有一天,他弟弟夜间两点多便起来拾粪,但依然没有拾到粪。突然,他发现在朦胧的月光下,前面影影绰绰的有个人在拾粪。于是他快步上前,近前一看竟是他哥哥。原来"吝啬鬼"每天都赶在他弟弟的前面,先拾完村西的粪再拾村东的粪。他弟弟很是生气,从此不愿搭理他。"吝啬鬼"为了拾到粪,有的时候竟追着拉脚的大车走,直到拉车驾辕的大牲畜把粪拉了,他拾罢才回来,有时追出十多里。

下面,我们说说他的吝啬。先说他的穿戴,他的衣服几乎是里外一层皮,冬天棉衣棉裤,到了春天天气渐暖,便把棉花掏出去,穿单。至于什么内裤、秋衣秋裤,他是从来没有穿过。为了此事,镇里有两个好事者抬杠打赌:一个说,"吝啬鬼"从来不穿裤衩,光身溜条儿;另一个不信,摇头摆手。结果有一次,在地里干活儿歇畔儿(干活时中间的休息)抽烟的时候。这个小伙子一下子把"吝啬鬼"拴裤的布带子扯开了。因为是活扣,结果"吝啬鬼"赤身光条儿,被大伙儿看了个清楚,吓得妇女们赶紧闭眼,姑娘们也都吓跑了。眼见为实,大伙这才知道"吝啬鬼"原来是"光杆司令"。到了夏天,他就光了上身。再说吃喝。别的人家炒菜拿出瓶子就倒,而他家过去是用大铜钱蘸,后来倒一两滴。他家很少买酱油醋,即使用完了也要灌上水,晃晃再用几次。"吝啬鬼"的家毗邻饭馆,但他几乎没有下过饭馆,倒是天天闻着饭馆饭菜的香味儿。即使他出门也很少下饭店，尽可能地自带干粮。有一次，他去县城，在河头的小饭馆买了两个芝麻盐的烧饼，那时是一毛钱一个。他坐在饭桌上吃起来，忽然有的芝麻粒掉进了桌子缝里，于是他使劲儿地拍桌子，直到把芝麻粒拍出来放到嘴里。他也不要菜汤和鸡蛋汤什么的，就用饭桌上的酱油兑水喝，因为酱油不要钱啊。有时，他到饭店吃饭就要一碗大米饭，然后把饭桌小杯里的盐面撒上一些，就饭吃。

"吝啬鬼"会过日子，但吝啬过度，与邻居们往来很少，也没有什么人缘。因而显得冷冷清清，死门死户的。他有三个儿子，因为他的吝啬很少有人给提亲，即使有人给介绍，也因为他不愿意掏彩礼而黄了。儿子们对他怨声载道，老婆也有苦难言。"文革"期间，虽讲究革命化结婚，但也得要"三转一拧"，也被人称为"四大件"。这转的是缝纫机、自行车、手表，拧的是收音机。女方虽然要不全，也得要两件，但"吝啬鬼"一件也不给，儿子们只能大眼瞪小眼干生气。他的儿子长得不孬，也挺勤俭能干，但就是因为"吝啬鬼"不出彩礼而结不成婚。俗话说，男大当婚女大当嫁。要说"吝啬鬼"不考虑儿子们的婚事那是瞎说，他是想用最少的钱办最大的事。邻村有一个地主成分的女儿为了改变身份想尽快摆脱家庭出身，结婚宁可不要彩礼，结果被他没有花几个钱便给大儿子娶了回来。邻村有一个矮胖露门牙的丑姑娘说给了他的二儿子，更是没有要什么彩礼，因为有人要就行。到了老儿子这儿，问题就不好解决了。老儿子不屈就，看不上就坚决不要。

气得"吝啬鬼"想揍他,气冲冲说:"要什么'三转一拧',镇上的大喇叭每天广播、下地收工集体行动,用戴什么手表,听什么收音机?再说自行车、手表、缝纫机都得要票,我上哪里给你找去?"毕竟是老儿子,他还是心疼。小镇上有个修理收音机的小店铺,他找到哪里,乞求给自己攒一个收音机,用个好壳子,结果十几元就把收音机抱回了家。这一天他去河头妹妹家,看见有个多半新的自行车,就对妹妹说自己近来腿疼,回去几十里路走着费劲,想骑她家的自行车回去。妹妹看他可怜兮兮的,就让他骑走了。到家后,他立刻让老儿子骑着去看刚刚介绍的对象,显摆一下。过了一些日子,妹妹来取自行车,可这个自行车早已给了他儿子的对象了。他见妹妹十分生气,摆出一副无可奈何的样子说:"你侄子搞对象是咱家的大事,你当姑的不也得表示一下吗?等他结婚的时候你就不用给礼钱了!"妹妹见他这副无赖的架势,还能说些什么呢。

地震第三天,我回到小镇。因为我家与"吝啬鬼"的屋子挨着,于是几家人都住在一个刚刚搭好的大棚子里面。我见"吝啬鬼"头上缠着绷带,胳膊拐着,才知道他受了伤。原来,他家的房子在地震中倒了,一家人都砸在里面,是邻居们把他们扒出来,但一家人都受了不同程度的伤。为此,"吝啬鬼"十分感激邻居们,便把准备给老儿子盖房用的材料,让大家搭了一个大简易棚,住了进去。我没有想到这个吝啬了一辈子的"吝啬鬼"还有如此慷慨的一面,赞扬了他几句。他有些惭愧:"你不要给我戴高帽了。我吝啬了一辈子,省吃俭用,口

地震第三天，我回到了小镇，见"吝啬鬼"头上缠着绷带，胳膊挎着，才知道他受了伤。原来，他家的房子在地震中倒了，一家人都砸在里面，是邻居们把他们扒出来。为此"吝啬鬼"十分感激邻居们，便把准备给老儿子盖房用的材料，让大家搭了一个大简易棚，住了进去逻肚攒,这不地震一下子都扯平了!到现在我才醒过闷来,钱有什么用?还是人有用。如果不是大家伙儿,我一家子人几乎都没了,这是花钱买不来的人情啊!只有人好才是做人的头等大事。以后我要改改抠搜、吝啬的毛病,多做些对得起人的事情,来还大家的人情。"听罢,我有些吃惊,没有想到他活了大半辈子了,终能说出这样的话来,不由自主地握住了他的手。

# 女 书 记

## ——小镇传奇之二十五

小镇有镇长，也有书记。这个书记的身上有三个传奇：这一奇是，她是来小镇的第一个知青。她原本是东矿的一个初中毕业生，在"文革"中，她积极响应毛主席知识青年上山下乡的号召，投亲来到小镇，并与小镇的一个农民成了亲，尔后也没有回城，真正与贫下中农结合在一起了；这二奇是，她是小镇所在公社的18个大队中的第一个女书记，所以有人给她起了一个绰号："母书记"；这三奇是，在上级党委决定她当小镇书记之前她还不是党员，而是突击提干的。即头一天入党，第二天当书记。

她齐耳短发，精明强干，身体强壮，说话嘎嘣脆，落地有声，从没有女人的婆婆妈妈、娘儿们唧唧的毛病。因为她有文化，起初在镇里的小学当代课老师。后因为小镇矛盾复杂，选书记找不到合适的人选。于是，驻村工作队看中了她，决定让她当小镇书记。于是就立即报批、立即批准、立即当小镇的书记走马上任。这也可以叫作"突击入党、突击提干"。于是她便被选为小镇书记。她原本不想干,但上级领导非让她干,也是无奈。谁承想,她一干就是二十几年。

她当了书记以后,小镇人窃窃私语:"骒马(母马)上不了阵,就三天两早晨的事。""头发长见识短,她这是不自量力,有她哭的时候!"要说,女书记可真不信这套邪。我们唐山人都知道,东矿的女同志能干,有开滦人"特别能战斗"的精神,不怵碴,不服软。她很快踢开了头三脚。加之她有文化,说话有水平,做事有见识,在公社18个大队男人当书记的堆里冒了尖儿,很快得了民心,小镇镇长也佩服得五体投地。

小镇的人虽然是来自"五湖四海",但有两家最难缠:一个是桥南的王家。这王家的王老头道道多,一眨巴眼就是一个道儿,他能说会道,在小镇很是强横。加之他有四个儿子,底盘重,打架也人多势众。因此,小镇人送他一个绰号:"坐地炮"。另外一个是桥北的董家。这董家也是四个儿子,但只有一个儿子在小镇务农,其余的三个儿子全在铁路上班。因为董老头的弟弟是铁路某部门的一个领导,给侄子们都在铁路安排了工作。小镇车站的站长见了也是唯唯诺诺。就是公社、工委的领导,有了事情也得去找他,让他去求其弟弟。在那个年头,弄个车皮什么的,弟弟都可以说了算。因此他在小镇也是个硬茬儿,所以小镇人送他一个绰号:"梗梗儿"。这"梗梗儿"和"坐地炮"都想要自己的儿子当小镇的书记,但因两强相争,结果是两败俱伤,但彼此都不服不忿。他们有如两个

· 195 ·

掐架的公鸡，斗红了眼。这就可想而知，女书记的工作有多么难干！在20世纪80年代初期，在农村最难干的就是计划生育工作。我们知道，在1980年党中央发表《关于控制我国人口增长问题致全体共产党员、共青团员的公开信》，提倡一对夫妇只生育一个孩子，在1982年把计划生育确定为基本国策并写入宪法。可农村人男女观念重，没有男孩，就是生几个女孩也不死心，只有生了男孩才作罢。可那个时候，各级政府也是下了死政策，要男人结扎，女人上环。在城里，不管生男生女，也只能生一个。在农村，如果头一胎是女孩，还可以再生一个，男孩就绝对不允许了。其他村对计划生育雷厉风行，可在小镇却推不动，为什么呢？这是因为"梗梗儿"在家的儿子已经有了一个儿子，还想再要一个；而"坐地炮"的老儿子已经有了两个女儿还想再生一个男孩。这两家搬不动，小镇的计划生育也推不动。小镇的其他人都在观望，心想他们两家不做计划生育手术，大家都不会做。于是，女书记给谁做工作也做不通，上边又催得紧，几乎是天天要汇报情况。她心想，自己一定要做出牺牲了，否则计划生育在小镇就是一句空话。她与丈夫商量了一下，立刻去县医院做了绝育手术。可女书记仅仅有一个女儿，按政策还可以再生一个呢！她回到小镇，立刻召开支委会，要大家带头做好计划生育工作，不执行受党纪处分。她与公社书记已经沟通好，让公社计划生育小分队强制执行。"梗梗儿"和"坐地炮"都傻了眼，只好让儿媳乖乖地去县医院做了结扎。就这一出，让小镇人对女书记刮目相看，

"梗梗儿"和"坐地炮"也不敢小觑了。

女书记虽不是地道的农民，但也风里来雨里去在庄稼地干了十几年。她深谙因地制宜、科学种田的道理。小镇北本是一片低洼地，光长草不打粮食，兔子爱撒欢儿的地方。虽说挖了津唐运河，没了水涝，但仍然成不了良田。她几次勘察想办法，面对滔滔的运河水，她灵机一动，脸露喜色。她立即召集村干部会议，说这几百亩地不能撂荒啊！目前人口多了，粮食也要跟得上。我有个主意，我们可以不可以把这些涝洼地开成稻田？大家一听，齐声叫好。这是个好主意，既可以多打粮食，又可以吃上大米，何乐而不为？于是，她带领青壮年劳力把这片低洼地开了稻田。这片地由小镇统一管理，统一种植。而后，她又找到县水利局，让水利局到时放水。那水利局局长也是当年的知青，对她扎根农村很是佩服。这件事利国利民，他一百个支持。她再三感谢局长的这片知青情意。于是这几百亩低洼地春天插秧一片绿，秋天收稻一片黄。秋后，小镇家家吃上大米，都喜不自胜。女书记的做法也给附近的村庄以启示，结果，运河南岸都成了稻田，使得小镇周围颇有些江南水乡的气象。后来，她利用两河（煤河和津唐运河）的优势，让小镇的人们种大棚菜和大棚水果，利用淡季挣钱。她并与城里联系，专门供应无公害蔬菜。这样，小镇人很快富了起来，比城里人的生活还好。当年小镇的知青回城以后，又再回到小镇寻找当年的生活的踪影时，看到这种情况，无不感慨地说，我们那么多知青，就你一个人留了下来。我们当时对你很是惋惜，现在我们都羡慕你呀！女书记也动情地说，那你们就常回家看看！说着大家拥抱在一起。你看，女书记干得这么好，谁还能够替换她呢？所以她就一直干了下来。

女书记是知青，有很深的文化情结。她知道，要想把小镇搞好，不仅要把物质文明搞上去，精神文明也要跟上。两手都要抓，两手都要硬。小镇有很深的文化积淀和历史传统，她决心要恢复小镇的往日光景，积极打造小镇文化。面对煤河，她无限感慨：想当年的小镇是何等的繁华啊！河中"商艘客船，樯密如林，来往洋轮"，如骏马奔驰。小镇桥旁"列肆鳞比，人烟辏集"，是一个繁华的水陆坞头。于是，她组织人对煤河清淤，片石砌坡，对沿河的道路铺上柏油，成为柏油路，使得两岸绿柳成荫，鲜花盛开，几乎成了沿河公园。小镇人对此交口称赞，大加称道。

现在女书记上了年纪，已经把这个担子交到了更有文化更年轻的人的手里。上级让她继续干，她知道"雏凤清于老凤声""青出于蓝而胜于蓝"的道理，婉言谢绝了。有人替她惋惜，说如果她一直当老师，恐怕早就转了正，现在每月可以拿几千元的退休金。而现在她只有一些微薄的村干部的补贴。但她说，我不后悔！把小镇建设成为和谐幸福的"最美乡村"，才是我最大的追求和最美的幸福！人们听了，都竖起了大拇指，感佩她为小镇发展做出的贡献。

## 打 鱼 人

——小镇传奇之二十六

　　自打开挖了煤河就有了打鱼的人，并以此为业。这打鱼人打得鱼后，或卖给小镇的饭馆，或卖给小镇人。从煤河打的鱼不但新鲜，活蹦乱跳，而且干净。不像从河沟里淘的鱼被浑水呛了，腮和肠子里都是黑泥汤子，须洗净才能吃。煤河的水干净，鱼鳞都泛着白光，一水的透亮。在三年困难时期，缺粮少油，有的人家网得鱼来，干脆不刮鳞，不开膛，就把鱼撒在滚开的锅里，撒把盐，熟了当饭吃，解饿解馋，所以煤河的鱼远近闻名。

　　在煤河捕鱼的方式有多种：如用鱼鹰捕鱼，即捕鱼人划一只小船，船有几只鱼鹰，那鱼鹰时不时地扎进水里，捉上鱼来。捕鱼人抓过鱼鹰，攥住它的脖子，把鱼从鱼鹰的嘴里抠出来。捕鱼人在鱼鹰捕鱼前，在它的脖子上系一条细绳，所以鱼鹰吃不得鱼。还有摸鱼，即到了夏季，人们赤裸身子，在煤河里摸鱼，这一般都是小孩子做的事情，大人不屑于干。在煤河捕鱼最常见的就是用网打鱼。打鱼就是打鱼人看定河面，看见

他的网撒得圆，占的面积大，一撒就是一个大圆罩定河面，一群鱼便全部搞定

有鱼群在河中游过或有大鱼在河中冒气泡，便一手抓住网尾部的绳子，一手将网脚扇形摆开，然后用力抛出去，此时撒出去的网要成椭圆形，待网全部松开还要抓牢拴网的绳子头，以免渔网脱手。落向水面的网越散开越好。在撒网打鱼的人中，要数肖老四最有本事。因为他打的鱼最多，所以人们给他起了一个绰号："鱼鹰子"。他为什么打鱼多。这一是他能够看鱼，就是河里哪里有鱼他一看便知，然后撒网捕捉；二是他的网撒得圆，占的面积大，一撒就是一个大圆罩定河面，一群鱼便全部搞定。这打鱼撒网须有臂力才行，那网坠有十多斤，没有力量哪能撒得开，撒得远。肖老四胳膊长、臂力足，所以有时他一天能够打几十斤鱼。鲜鱼活卖，总能够卖个好价钱。

　　肖老四自诩《打渔杀家》中肖恩的后代，不知真假，不过他确是从山东来到小镇的。他还会唱两口。有时，他打鱼之前，面对平静宽阔的河面先唱几嗓子："昨夜晚吃酒醉和衣而卧，稼场鸡惊醒了梦里南柯。二贤弟在河下相劝与我，他叫我把打鱼的事一旦丢却。我本当不打鱼呀，关门闲坐，怎奈我家贫穷无计奈何。清早起开柴扉乌鸦叫过，飞过来叫过去却是为何，将身儿来至在草堂内坐，桂英儿捧茶来为父解渴。"他声音洪亮，震得煤河两岸有回音儿，这便惊动了河边树上的鸟儿，几声鸣叫便飞远了。他打鱼在中午之前一定收网，然后把大鱼给五道桥桥头的饭馆，饭馆中午可以为食客做红烧、清蒸和大锅炖鱼。而小一点儿的鱼便廉价卖给小镇人，有时甚至送人。他打的鱼中的鲇鱼、泥鳅、黑鱼都要扔掉，因为这几种鱼脏。有一次，他在五道桥桥底网上一只死狗，狗肚子里全是鲇鱼，他看罢全扔了，而现在的人们什么鱼都吃，没有什么忌讳了。

肖老四打鱼不仅打得多，而且个大，有的鱼甚至十多斤，几十斤沉。一般大鱼在河底，小鱼在河面。小鱼气泡小，大鱼气泡大。有一次，他见河中心冒出了又大又圆的气泡，而且缓慢上升，在河面散开来。"这一定是条大鱼！"他心中暗想，于是便抡圆了网，使劲儿撒向河心。网一落入水中，他立刻收紧，但网中的鱼几乎拽他个趔趄。他拽住网绳想使劲儿拉网上岸，但无济于事，却只能被网中的鱼拽着走。"这鱼一定得有几十斤！"他惊讶了。这是他从来没有遇到过的事情。一般打鱼人遇见大鱼，一是渔网被大鱼拽走了，二是大鱼破网而出。他不忍丢掉网，只好随着网中的鱼走。河边泥泞，他行进困难，于是索性跳进河里，让大鱼抻着走。大鱼顺着流嗖嗖地往西面大田庄而去。他拽着渔网不撒手，在水中慢慢收紧，逐渐贴近了这条大鱼。他一摸鱼身，好家伙！鱼鳞就有树叶大。这鱼一看有人摸它，愈发急了，一甩尾巴，几乎打到了他的脸，他一躲，险些松手。他使劲儿抓住网眼，慢慢地爬上鱼身，又顺着网眼抓住鱼的两腮，并用手狠狠地抠住。这条大鱼在煤河横行已久，哪里见过这般被人欺负，愈发急眼，使劲儿游行，却一下子撞到了大田庄桥的桥墩子上，立刻被撞死了。肖老四这才缓过口气来，找人帮忙，把这条大鱼拽上河岸。大家惊呆了，几乎有七八十斤重！人们从来没有见过这么大的鱼。于是肖老四雇了一条小船，满载而归。到了五道桥，把鱼拽上岸来。小镇人都来看热闹，无不称奇。肖老四把鱼交给开饭馆的二老孔，让他做两桌全鱼宴，宴请小镇有头有脸的人，镇长、丑爷、治保主任乃至剃头的张老挑一应人等都来赴宴，尝尝这条大鱼的滋味儿。

日月如梭，到了"文革"期间，打鱼属于走资本主义道路，上边不让打了，但肖老四不听话，还是偷偷摸摸地去煤河打鱼。这一天，他正在煤河边撒网，煤河边的路上来了一个拾粪的老头儿，瘦筋干巴的，很不起眼。见他打鱼，老头儿从道上下到河边，质问道："谁叫你来打鱼的？"肖老四没有搭理他，心想吃饱撑的吧，来管闲事。"我叫我来打鱼的！""不许打鱼，知道吗？""不知道！我打鱼关你屁事！"老头儿一听这话，急了，一下子把肖老四的鱼篓踢进河里。肖老四也急了，把老头儿也推进河里，好在河水不深，老头儿挣扎着爬上岸，气愤地说："你等着！"老头儿急匆匆地向小镇走去。不大一会儿，小镇派出所来了两个人，把肖老四的渔网没收了，并把他带到了派出所。所长与他熟，上来就给了他一拳头。"你为什么打我？""打你是轻的！你知道你打的是谁吗？""我哪里知道他是谁？狗拿耗子多管闲事！""他是县委书记！""啊！"肖老四十分吃惊。原来，县委书记背着粪箕子顺着煤河从河头一路行来，没有带任何工作人员，检查煤河两岸庄稼的长势和了解民情，没有想到遇上肖老四而发生冲突。肖老四在小镇工委派出所被关了一夜，渔网没收，交由镇长说服教育。

从此肖老四没有再打鱼，直至改革开放初期，他才重操旧业。可此时煤河再没有干净的鱼了，也没有过去的鱼多了。原因是河头的县造纸厂被私人承包，经常往煤河里放污水，鱼都被药死了。那一年冬天，煤河结了厚厚的一层冰。污水下来，冰底下奄奄一息的鱼紧贴在冰底下。小镇人破冰取鱼，一筐一筐的。肖老四气得站在五道桥上朝着河头的方向骂大街："这把鱼都弄死了，以后还能有鱼吃吗？缺德带冒烟儿，我操你八辈祖宗！"直至近些年，煤河治淤治污，情况才有些好转。

　　俗话说，有什么样的老子就有什么样的儿子。肖老四儿子也好打鱼，他从小耳濡目染，加之父亲的言传身教，也成了父亲一样的鱼鹰子，但他嫌打鱼慢，改用电电鱼。他买了一条船、一台柴油机来发电电鱼。每天，从大田庄到五道桥就可以电几十斤鱼。肖老四见了儿子的行为，怒不可遏，大骂道："你干得这是绝户活！鱼和人一样，都要有个生长的过程。这样才能够保证煤河里有鱼，我们才能够有鱼打，有鱼吃。你这样一电一片，大鱼小鱼都死了，以后煤河还能够有鱼吗？你也不是我儿子，你就是个孽障、败家子！"儿子听罢，再不敢去煤河电鱼。肖老四还不肯罢休，每天沿着煤河溜达，凡是看见在煤河里电鱼、药鱼的人他都要极力劝阻、制止，这样使得煤河慢慢地平静下来，没有了电鱼和药鱼的人。小镇人见了，对他称赞有加。他笑笑说："咱们是煤河的子孙，靠煤河活着。咱们不护着煤河，谁保护啊！这一要对得起祖宗，二要对得起子孙啊！"大家听罢，连连称是。

## "神经"大哥

### ——小镇传奇之二十七

"神经"大哥与我已经出了五服,因住在一个院子里,来往很多,很是亲近。他之所以成为小镇的一个传奇人物,就在于他的绰号:"神经"。神经就是神经有病,言行不正常,有些怪诞。

大哥是我们平辈中年纪最长的,我与他感情很好,这主要因为他是我的文学启蒙老师。大哥是我们院子里唯一一个出过远门的人。他在沈阳重型机械厂工作,是工会干部,搞宣传的。他的艺术字写得不错,他回乡以后,小镇街头的标语以及镇口的"唐坊桥"三个大字都是出自他的手。

大哥比我大十几岁。当年大哥与大嫂成亲,颇有些包办婚姻的意味,所以他一直出门在外,且长年不回家,与大嫂感情很淡。他们一直没有孩子,直到后来大哥从沈阳回来,在20世纪70年代才有了儿子。

我与大哥相识是在我七八岁的时候。我那时见他长得很单细,刀瘦脸,头发是卷的,有些黄色,鼻子很高,有点儿欧化的味道。那一年，我见他与大嫂在后院的园子里挖胡萝卜，这是他回沈阳时要带些家乡的特产给同事们。我们一群孩子围着看热闹，大嫂逐个介绍我们。大哥有些心不在焉，恐怕对我也没有什么印象。大嫂长得很土，是一个地道的乡下妇女，叫赵丽珍，一个好听的名字。因为婆母很早就去世了，且家中的小叔和公公都由大嫂照顾。后来我想，大哥恐怕是看不上大嫂的。我曾经看过大哥与工友们的照片，照片上的几个女性都是很时髦的，但大哥是个很传统的人，虽然他长期出门在外并没有绯闻，也没有抛弃大嫂。对这一点，我对他非常佩服。在三年困难时期，他的父亲、弟弟和妻子曾去沈阳投奔于他，并想在沈阳生活下去，但因为三个人实在无法生活，只好又回了家。但我想，如果大哥把大嫂一人留下，找个临时工还是可以的，但大哥并没有那样做，或许考虑家中还有父亲和弟弟需要照顾。

大哥是在1962年回的家。因为家属在农村，于是他响应党的回乡号召，带着几箱子杂志回到小镇。这些杂志是他多年积攒的，且多为文学杂志。后来我便读遍了这些杂志，尤其是电影剧本杂志让我大饱眼福。我记得有一个剧本叫《千里雷声万里闪》，写红军闹革命的，给我印象很深。我逢星期天便泡在大哥家读，也经常带回家来读。大哥很喜欢我，说我爱读书。于是这些杂志便成为我的文学启蒙，也成为我作家梦的诱因。

那么，下面就说说人们为什么管大哥叫"神经"呢？这一是因为他有些与众不同。他多年在大城市生活，对乡下的生活方式有些陌生，再加之他看不惯乡下的一些陋习，对人情世故也不谙熟，行为就有些怪诞。他常爱发表一些比较前卫的言论，与乡土话语很隔，所以就显得有些不合群，出洋相。他有时为了说服大家，就"舌战群儒"，但大家却取笑他、讥笑他。他还真生气、爱较真，显得神经兮兮的。二是他的身体单薄，搞文化可以，干活不行，尤其是重体力。于是人们便调侃他，甚至戏耍他，大哥对此颇有些愤愤不平。于是他的行为处事便成为人们的谈资。所以，大家给他起了一个绰号："神经"。说白了，就是神经病。

我与大哥的关系甚好，出于我们对文学的共同爱好。大哥在工厂是一个文艺积极分子，很有文学细胞。他会写活报剧、小戏、快板、三句半等。记得"文革"中，小镇成立毛泽东思想宣传队，很多节目都是出自大哥之手。大哥在大城市生活多年，很有城市人的文化元素。为了活跃农村生活，他回乡后，与父亲还一起组办了小镇的皮影社。本来镇里就有些爱唱影的人，大哥回乡后就用安家费置办了唱影的全部家什。我们院子是个大院落，大哥住在头排东厢房，对面没有西厢房，有一个空场。于是，他和父亲就把影人在院子里成排地挂起来晾晒，到了晚上就开始唱影。我看到那些奇形怪状的牛头马面挂了一院，傻了，不知道这些影人怎么会动会唱。

大家约定在农历七月七日这天开唱，先唱《天河配》。到了这一天，全镇轰动了，四外八庄，口口相传。人们步行几里、十几里、几十里来看。做了媳妇的姑娘以及姑奶奶、姑太太们都回了娘家，沾亲带故的也都早早赶来。

这一天，天色很美。月亮初升，如一弯新镰悬挂空中。秋风下来，轻轻袅袅，像纤纤玉手抚摸着小镇，痒痒的、甜甜的、凉丝丝的。月光下，一切都显得缥缈、轻悠，有几分醉态。戏台搭在小镇街中心，那台子离地五尺许，用白布罩住，里边灯光通明，照得一米宽的屏幕亮如白昼。头遍锣鼓响过，人们开始往台下簇拥，择地势而坐。邻村的人也来看热闹。老太太们坐在前面，孩子们围着台子乱窜，不知谁家的孩子把一只鞋子抛向天空，落在戏台里，顷刻间又飞了出来，惹得人们哄堂大笑。

戏台是用两个废弃的旧花轱辘车搭起。两个汽灯打足了气，贼亮贼亮的。真是奇怪，那时点煤油灯、豆芥之光，似乎比现在的电灯还亮。一阵锣鼓响过，清悠的四根弦声随之传出，在灯光的照射下，皮影窗户上的影人闪展腾挪，活的一般。人们瞪大眼睛，屏住呼吸，全场静极了。悠扬的唱腔在夜空中传出、凝固、散开，飘飘袅袅，不绝如缕。

每次唱影，我都挤在最前边，有时悄悄地爬到后台，把脑袋探进去，看个究竟。竟发现一个大汉赤裸着上身，汗流浃背，手掐着脖子，眼瞪得如牛卵，脸憋得像鸡冠，粗声大吼，令人忍俊不禁。大哥则穿戴齐整，很是严肃，似乎干着一项神圣的事业。那拉弦的半瞎子，微合双目，身子随弓子晃动，颤颤悠悠，摇头晃脑，我看后一阵嬉笑，被大哥呵斥出去。

一阵锣鼓响过，清悠的四根弦声随之传出，在灯光的照射下，皮影窗户上的影人闪展腾挪，活的一般。人们瞪大眼睛，屏住呼吸，全场静极了。悠扬的唱腔在夜空中传出、凝固、散开，飘飘袅袅，不绝如缕。

唱影的工作很辛苦。每晚唱到半夜，口干舌燥、筋疲力尽，但第二天还要早早出工。可大家还是兴趣盎然，这全凭着对艺术的热爱，尤其是大哥乐此不疲。有时遇见谁家有红白喜事或孩子满月、老人做寿请皮影社唱影，主人家不但给赏（点心之类的食品），晚上还要管饭。大哥唱小生，声音清亮圆润，颇有书生味道，大家对他的唱功颇为赞赏。

大哥是皮影社的组织者，他是最辛苦的人。演出前他要装配影人，演完后他要收拾家什。他父亲耍影人也是很忙碌的活，有时还要充当配角，唱上几句，有一件事曾使得父子俩几天不说话。那是有一次唱《岳霄征西》，大哥唱岳霄，他父亲唱店掌柜。岳霄在岳飞遇难后，亡命而走，流落到一家客店，受到店掌柜的刁难，发生口角，互相对骂。当两人忘情地沉湎在剧情中时，台下忽然一阵大笑。父子俩恍然大悟，臊红了脸，退了下来。此事被当成话柄，一时沸沸扬扬，使人尴尬。可第二天，父子俩又都上台，镇里人甚是感动，从此再无人提及。

我对唱影是极热心的，帮着抬箱子，搭台子。有时也记住几句唱词，到野地里拾柴割草，掐着脖子吼几声，像鸭子叫。有一次，唱影煞台后，我竟拾得了一个影人，是个丑角。我没有交给大哥，竟用铅笔描下来，然后把描好的白纸垫在铅笔盒上用刀子刻下来，染上颜色，用蜡汁浸过，跟真的影人一样。惹得小伙伴们纷纷效仿，上课时没有人认真听讲，把铅笔盒划得一道一道的。后来老师发现了秘密，追查"罪魁祸首"，小伙伴们没有一个人做叛徒。老师把我们夹在书里的影人搜净，付之一炬，但岂不知真的还在我这里呢！我不免一阵得意。

每年的皮影由农历七月七日唱起，都是先唱《天河配》，直唱到秋凉，地里的庄稼收尽了才歇。而我却从那一天起，盼着第二年的七月七。那些老头儿老太太们，看影时如醉如痴，待影唱罢了，便没了生气。肖家有个八旬老妪，卧病在床，每当唱影之际，便疾病全无，看到高兴处，手舞足蹈，喝彩叫好。影煞台了，她又旧病复发，如一摊泥。我还依稀记得她的面容，满头白发，枯瘦如柴，说话有点儿结舌。

"文革"起来后，唱影被称为"四旧"。镇中的红卫兵要"破四旧、立四新"，把皮影箱拖到街心，影人、影卷扬了一地，一把火烧成灰烬。大哥为此拼了命似的阻拦，但被红卫兵推倒了，脑袋磕到影箱的角上，头破血流。事后，大哥守着未燃尽的纸灰，号啕大哭，这是他的心血呀！此后大哥整天直愣愣的，一言不发，不吃不喝，说话颠三倒四。人们都说他真的神经了。有一天，我见他一个人在屋里发呆，跑进去，把一件东西塞给他。大哥一看，正是我捡到的那个丑角。他猛地抱住我，大哭起来。

后来，我考上了大学，毕业后在唐山师专教书，但每次回家都要到大哥家坐坐。有一次，我发现大哥精神焕发，高兴得像个孩子。他告诉我，县里成立皮影剧社，他去应试，竟考中了，但考虑家中没劳力，他没有去成，但这毕竟是个喜讯啊！那一次，我带了录音机，让大哥唱几个段子录下来，在家中，

· 211 ·

他没敢放开嗓子唱,但清亮、圆润的声音震动着我的心。是啊,春天来了,百废俱兴,皮影这棵经过严冬摧残的艺术之树又要吐发新枝了。

有一天夜晚,他邀我到煤河边,对着皎洁的月光引吭高歌,唱了一段毛主席的诗词《咏梅》。虽然他年纪大了,但声音依然洪亮:"风雨送春归,飞雪迎春到。已是悬崖百丈冰,犹有花枝俏。俏也不争春,只把春来报。待到山花烂漫时,她在丛中笑。"月亮升高了,四周清澈如水。他婉转、高亢的唱腔在小镇的夜空回荡。周围围了一群人,大家拍手叫好,人们对这古老的家乡戏有着多么真挚的眷恋之情啊!这首诗词我早就能背下来,但今天听起来是那么有韵味、有深意,在恬静、沉寂的秋夜中烘托出美妙的意境。我陶醉了,沉浸在家乡田园牧歌般的氛围中。我心里在想,虽然已经到了新世纪,但传统文化不能丢,乡村文化依然需要振兴,乡村文明依然需要延续,大哥就是振兴乡村文化的排头兵啊!我对他充满了敬意,紧紧地握住了大哥的手。月光下,我看到了他眼里溢出的泪水。

# 小镇剧团

## ——小镇传奇之二十八

小镇人有一个很深的文化情结，就是爱看乡间文艺表演，尤其爱看乡间大戏。大家会问，在过去简陋落后的乡村中，还能有什么剧团和文艺演出吗？在别处没有，在小镇有，而且曾经轰动河北省乃至全国，这可以成为小镇传奇的第一奇。

那是1958年4月，中央乐团、中央民族乐团等单位的多名干部到小镇进行劳动锻炼。于是小镇所在地的唐坊工委就从农村选拔了一些有艺术特长的青年，在这些文艺干部的辅导帮助下，成立了唐坊农民业余百花歌舞团。工委还在小镇南面拨出了几十亩地，给歌舞团建了房舍和排练馆。歌舞团的人们一边排练演出，一边自己种地，以解决生活供给。由于辅导教师水平高，使得剧团的演艺水平与日俱增，在1958年国庆节前夕便进中南海向中央领导人汇报演出，受到周恩来、朱德、陈毅等党和国家领导人的亲切接见，百花歌舞团的演出盛况也被当时的《人民日报》等报刊报道而名传全国。剧团回来时名声大噪，并到各地演出，轰动一时，后来的县志还记录了这个剧团的历史。那时候，剧团坚持"为人民服务，为社会主义服务"的"二为"方向，所演的都是一些农民所喜闻乐见的歌舞剧。逢年过节，剧团就巡回演出，颇受欢迎，但到了1965年，由于经费等原因，百花歌舞团只得解散了，但看戏的情结便从此深深地埋在小镇人的心里。

小镇剧团的真正兴起还是在"文革"时期，并一直持续了七八年。"四清"过后，各村都有了毛泽东思想宣传队。到了"文革"初期，有的村还成立了剧团，能演整出的戏。那时演得最多的是《沙家浜》《智取威虎山》和《红灯记》，剧种多是评剧（京剧的剧本，评剧的唱腔），但也有的剧团演京剧。这时，县里每年都要举行文艺汇演，并评奖。乡间剧团的演出多是在春节时间，演得好的剧团被附近各村邀请演出，有时也被外地邀请。那时丰南县出了名的乡间剧团有西河剧团、王兰庄剧团和刘胡庄剧团等。

小镇人也不甘心落后，也成立了小镇剧团。要说成立个毛泽东思想宣传队，演几个小节目好说，真正成立剧团演大戏并不容易。小镇人好热闹，一听说成立剧团，要参加的人很多，但他们蹦蹦跳跳可以，当剧中主角谈何容易？当时也凑巧，偏偏小镇有个下放户夫妻俩会唱评剧。这夫妻俩的老家原本在小镇，他们的父母当年闯了关东。过去闯关东有两股人流，一个是山东，为了生存去闯关东；一个是唐山，主要是乐亭，为了发展事业闯关东。他们在东北做买卖，号称"呔商"，同时也搞文化事业，"冀东三枝花"就是那个时候带到东北的。这夫妻俩出生在铁岭，他们在铁岭评剧团与潘长江的父母在一个团，他们的女儿与潘长江也熟悉。"文革"初期一家人回了小镇。他们是自愿返乡的，其原因一是铁岭"文革"闹得太厉害，生活环境不稳定；二是上边有下放的任务，他们一家就回到了原籍。虽说他们自出生后仅仅回老家几次，但在镇里也有近亲，小镇对他们的到来也很是欢迎。他们在小镇的西头盖了三间砖房，小镇人就管他们叫下放户。

这下放户虽下放农村，但生活并不困难。据说临来时，铁岭有关部门给了他们3000元的安家费。他们盖房用去了1000元，还有2000元。要知道那个时候2000元也是天文数字。在镇里，一个工值就是几毛钱，一般人家分红最多也就是二三百元，有的还得倒找钱。只见新盖的三间房子里，每天晚上灯火通明、欢声笑语，好不热闹。他们一家人好唱戏，好热闹，每天晚上就唱起来，招引得许多小镇人去看，成为小镇的一个景观。这女主人艺名叫"九岁红"，据说她九岁就跟着父母登台唱戏。男的艺名叫"响八里"，据说他唱戏八里远的镇子也听得见。"响八里"从东北带来一个躺椅，逢日上三竿，他便搬出躺椅，斜躺着。椅子旁边放上一个凳子，凳子上放着一个紫砂壶。他一边喝着茶水，一边欣赏着镇里的风景，有时向过往的镇里人打打招呼，很是随和。

下放户日子过得不赖，但干农活不行。要成立剧团，镇长心想，这不是有现成的演员嘛！就由他们两口子来组建小镇剧团吧。镇长到了下放户家与他们夫妻俩商量，谁知一拍即合。

对此事，他们求之不得。这一来是自己喜好，二来自己干农活不行，唱唱戏也可以挣些工分。镇长说："每天给你们夫妻各记一个壮劳动力的工分10分，晚上排练就不给加分了，以后演出给半天工分5分，演员就从小镇的人里选。"下放户喜不自胜，便开始从小镇的青年男女中选演员。那时小镇有从唐山、天津和北京来的知青，他们有的能歌善舞，在学校就是文艺骨干，但是唱评剧还得从头学，于是他们夫妻俩就当起了老师，手把手地教。他们还有一个女儿很有唱戏的才能。这女儿年方二八，能饰演小铁梅和小常宝等角色。等剧团的演员凑齐了，但乐队却凑不齐。于是，镇长找了镇里的初中校长。因为学校有音乐老师，需要借用一下。反正那个时候上课也是经常学工、学农、学军，上不了多少课，尤其是教音乐课的老师，没有多少课可上。校长一听虽说不太愿意，但他当不了家。因为那个时候是由驻校的贫下中农代表管理学校，他们说了算。他们一听这件事哪有不答应的！这是自家的事，何乐而不为？当时初中有个教音乐的老师，是个音乐全才，各种乐器都可以拿得起来，还会指挥，应该是乐队的不二人选。

小镇剧团排的第一个大戏就是《红灯记》。"九岁红"饰演李奶奶，"响八里"饰演李玉和，他们的女儿饰演李铁梅。女儿长得漂亮，扮相俊俏，唱得也好。戏排得很顺利，仅仅一个多月就排练成了。镇长决定在大年初二的晚上演出，他早已让人在小镇中心搭好了戏台。

正月初二的晚上，北风呼啸，寒气逼人，但小镇人群攒动，热情洋溢，都来看《红灯记》。四外八庄的人们陆续来到戏台周围，欢声笑语伴随着悠扬悦耳的音乐此起彼伏，使这寒冬里的小镇沸腾起来。这新搭的戏台高大宽绰，戏台的正中挂着象征五谷丰登的图案。台前坐着应邀工委和公社等单位的负责人。肆虐的寒风冻红了人们的脸颊，但大家兴趣盎然，其乐融融。

剧幕一开启，第一场是《接应交通员》。只见铁梅身着红装，挎货篮迎风而上。她略施朱粉，满面含春，双目传神，神采飞扬。她向父亲打听："今儿这个表叔是个什么样儿呀？"台下观众鸦雀无声，尤其是小青年们瞪大眼睛看着她，被她的一颦一笑逗引得痴迷。在第二场《接受任务》中，当铁梅唱到"我家的表叔数不清，没有大事不登门。虽说是，虽说是亲眷又不相认，可他比亲眷还要亲。爹爹和奶奶齐声唤亲人，这里的奥妙我也能猜出几分。他们和爹爹都一样，都有一颗红亮的心"时，掌声雷动，叫好声不断。但在第八场《刑场斗争》中，李玉和母子刑场相见那撕心裂肺的"为革命粉身碎骨也心甘"的唱段，也让大家流下了眼泪，无不为他们坚强的革命意志和为革命勇于牺牲的精神而感动。戏演完了，大家还兴致未尽，看着演员谢幕。

演出获得巨大成功，以后他们又排练了《沙家浜》《智取威虎山》等。剧团越演越红，各村争相来请，后来又去县里演出，并在全县的戏剧比赛中获得了第一名，县领导亲自接见并与他们合影。此举为小镇赢得了殊荣。剧团回来时，全镇夹道欢迎,下放户一家喜气洋洋,女儿抱着奖状,神气非凡,她也成了李铁梅式的英雄,并有了很多粉丝。"响八里"喜不自禁地说:"我在铁岭唱了二十多年没有唱红,想不到在老家唱红了,真得感谢小镇的父老乡亲啊!""九岁红"也一个劲儿地向小镇的父老乡亲致谢。

那时的各村剧团在演样板戏的过程中,也常常出现一些奇闻异事,乃至笑话,被人们所津津乐道。乡间剧团演出出现最多的笑话还是在《智取威虎山》中,如杨子荣与座山雕比试枪法。一是杨子荣到威虎山后,杨子荣一枪把威虎厅的灯都打灭了,而不是一枪打俩,众匪徒面面相觑,不知说些什么,最后还是一个小匪徒喊道:"神了,一枪都打灭了!"二是当座山雕举枪打灯的时候,砰的一枪,灯没有灭,原来管灯光的人忘记了关灯,座山雕一看灯没灭,大声吼道:"没灭,再来一枪!"他有意识地提醒关灯的人,但第二声枪响后,整个台上一片漆黑,原来在慌乱中那人把灯全关上了。三是座山雕一枪出去,打灭了两盏灯,众匪徒叫道:"好哇,一枪打俩!"管灯光的人一看,不好,怎么也不能让座山雕赢了!等到杨子荣挥臂打枪时,他便把个总电闸给关了。众匪徒也不含糊,齐嚷道:"好哇,一枪把保险丝都打断了!"又如杨子荣到威虎山后,座山雕本应问他:"脸红什么?"但说成了:"脸黄什么?"杨子荣只好回答:"防冷涂得蜡!"座山雕又问:"怎么又黄了?"演杨子荣的演员也急中生智:"又涂了一层蜡。"算是对付过去。以上笑谈均是真事,不是戏说,有的是我所见。据说还有一次,一个剧团演《红灯记》,鸠山问审李玉和的结果,日本宪兵本应说:"李玉和宁死不招!"但一着急,他说成了"李玉和他招了!"演鸠山的演员一怔,他招了就没法演了?于是便狠狠地踹了宪兵一脚,吼道:"这是不可能的!再去问问!"这样事情也发生在小镇剧团中,成为人们的谈资。有一次,演《红灯记》时,饰演鸠山的演员逼问李奶奶:"密电码藏在哪里?"李奶奶故作不知,鸠山又说道:"就是一本书。"李奶奶唱道:"我一家饥寒交迫度时光,哪里有书在家中藏。"唱罢,让铁梅拿来一本书。本应鸠山拿过书来一看,又气又恼地说:"皇历!"可这时扮演鸠山的演员接过书来一看,却没有说话,一个劲地朝饰演铁梅的演员使眼色。原来是饰演铁梅的下放户女儿忙中出错,竟拿来了一本《毛主席语录》。还是饰演李奶奶的演员,也就是她的母亲急中生智,赶紧回去拿来了皇历,并对鸠山说:"这孩子拿错了,你看看是不是这一本?"算是搪塞过去。台下的观众一听,都乐坏了。说这词在剧中没有啊?现编的。人们哄堂大笑,下放户一家却为此吓坏了,这也是演出的重大事故啊!好在小镇人仁义厚道,没有人告发。镇长又悄悄地给剧团做了工作,不让大家声张此事,才算了结。

"文革"结束后,下放户一家人又回了铁岭。小镇剧团也就此解散了,但小镇剧团的传奇故事却流传下来,并被写进了县志里,成了小镇传奇。

## 好 事 者

——小镇传奇之二十九

小镇有一好事者,喜欢多事、闹事,一刻也不消停、不安静,所以小镇人给他起了一个绰号:"好事者"。"好事者"这个称谓由来已久,最早出现柳宗元的《黔之驴》中,说"黔无驴,有好事者船载以入。至则无可用,放之山下。虎见之,庞然大物也,以为神,蔽林间窥之。稍出近之,慭慭然,莫相知。"意即说,黔地这个地方本来没有驴,有一个喜欢多事的人用船运来一头驴进入这个地方。运到后却没有什么用处,就把它放置在山脚下。老虎看到它是个庞然大物,以为它是什么神物,就躲在树林里偷偷地看它,渐渐地小心翼翼地靠近它,惊恐疑惑,不知道它是什么东西。

小镇这个好事者,家道殷实,日子好过,在小镇是个一等一的人家。他父兄在铁路,有固定收入。他是老小,从小衣来伸手饭来张口,每天悠悠逛逛、无所事事,但他爱找事、好热闹。在他小时候,有一次有一个耍猴的来到小镇。那猴子一会儿翻筋斗,一会儿敲锣,在耍猴人的指挥下,上蹿下跳,逗引得孩子们都来看。等散了场,围观者走净了,好事者还不走,紧紧跟在猴子的后面,还大声地喊:"猴屁眼子失火了!"那猴子虽不懂人语,也知道不是好话,蹦起来,用爪子挠他满脸翻花,鲜血直流。他才哭哭啼啼地回家了。

好事者长大后,娶妻生子,但好事的毛病有增无减。且说这一天,有个从沧州来的一个练武术的团体来到小镇。他们有十几个人,用动力车载着器具。大概是他们的阵势大,引得人们好奇,镇长便让他们留下来演出。晚上,表演场上人挨人、人挤人,四外八庄的人也都来了。前面的几个节目与过去的演出团体大致相仿,唯有最后的一个气功节目把演出推向高潮。这个表演者身体彪悍,高高大大,绰号叫"苏傻子"。他的第一个节目是"手砍金砖",只见他一只手攥住一块砖的一端,另一只手一挥,砖便断了,随后是两块砖,在轻描淡写中也砍断了。第二个节目是"头破金砖",他先是用两只手握住砖的一端,用力往头上一磕,那砖瞬间碎成几块。这样几个招式过后,精彩时刻到来。他让人把村里闲置的一块磨盘搬来,压在自己的身上,然后再在磨盘上站了八个汉子。大家屏住呼吸,全场鸦雀无声。完毕,只见他大气不喘,脸不变色,霎时全场欢声雷动。"苏傻子"演出完毕,好事者立刻走出来,一定要拜他为师,并在第二天把"苏傻子"请到家里,热情款待。"苏傻子"推辞再三,但盛情难却,只好教给他练气功的简要方法。却说这年冬天在镇里欢送参军的大会上,好事者非要表演"手砍金砖"和"头破金砖"的气功。镇长无奈,只好让他表演。只见他一只手的手腕上系一个手绢,另一只手握砖,他把系手绢的手晃了几晃,憋足了气力,向砖砍去。结果砖没有砍断,倒是他把手腕子闪了,引得全场大笑。他气急败坏,把手绢系在头上,继续表演"头破金砖",憋得脸红脖子粗,双手握紧一块砖,对准了脑袋狠狠地一磕。结果砖没碎,却把头打破了,鲜血直流。赤脚医生赶紧过来用绷带给他裹伤(那时每村都有赤脚医生,药箱子随身背),急匆匆地把他送回家。这个场景几十年过去了,现在小镇人想起来还都忍俊不禁。

那时在冀东的农村,经常可见在乡庄游走的一些艺人,尤其是唱大鼓书的。唱大鼓书一般都是一个睁眼人,多为女性;一个盲人,多为男性。睁眼人就是唱大鼓的,盲人则是弹弦的。他们一般都是夫妻,走乡串户,饥一顿饱一顿,有时还要遭遇冷遇,很是不容易。有的村接待他们,安排他们食宿。有的村困难,拿不起演出费就要拒绝。这时他们就要死乞白赖地苦求,有时盲人甚至还要耍赖才能够唱上几晚。有一次,有唱大鼓的夫妻俩来到小镇,找到镇长,要求在镇里唱大鼓。镇长对他们说:"现在农忙,没有时间,再说镇里也困难。"那个盲人说:"再困难镇里也不缺这几个钱,我们说书在晚上,不耽误活计啊!"镇长又说:"镇里住宿条件困难,无法给你们安排食宿。"好事者在旁边看了个真切,说:"镇长你放心,食宿由我安排!"二话没说,他便把唱大鼓的夫妻领回了家,安排在自己家里吃住。镇长见了,一个劲儿地摇头说:

"这不是多事吗?"

那天晚上,天已经有些凉,在镇里的一块空场上布满了人群,闹闹哄哄,挤挤插插,或坐或站。好事者坐在第一排,给唱大鼓的打场子,维持场内秩序。只见电灯高悬,把场子照得雪亮。唱大鼓的女人一手持梨花板,一手持鼓槌,又是打鼓又是打板,唱得悦耳动听,窈窕身材也随之摆动,可谓"身姿婀娜花迎风,曲尤未唱先有情"。她的一举一动,一颦一笑,把镇里男人的眼睛都看直了。唱到动情处,好事者就鼓掌。他一鼓掌,大家也跟着鼓掌。那个盲人也把弦子弹得如珠落玉盘,与女人的唱腔配合得和谐无瑕。女人还没有把一段唱词唱完,便赢得一阵叫好声,尤其好事者的声音最响亮。盲人一听叫好,弹得更起劲了。那天唱的是《双锁山》。只听得那个女子唱道:"陈桥兵变炎宋兴,南唐北宋起战争,赵匡胤兵发寿州地,就与南唐大交锋,两军阵前打了一仗,南唐败阵北宋赢,不料想中了南唐的空城计,只困得里无粮草外无救兵……"那声音脆生中有些浑厚,婉转中有些快捷,把听书的人们引入故事的情境中。在这两个多小时的演唱中,人们屏气凝神,听到高潮处,好事者便连声叫好,于是场内就鼓掌。散了场,唱大鼓的夫妻俩对好事者一个劲儿地感谢。大家也对好事者一个劲儿地夸赞,好事者也颇为得意。

改革开放以后,为了活跃小镇生活,好事者自己用钱买下了一套县里电影放映队的旧机子,义务给小镇人演电影。开始演电影时,好事者手艺太孬。有一次被我赶上了,他竟把光线偏离了银幕两米多,打到墙上,对了好半天才对准。电影演得也是时断时续,但人们鸦雀无声,耐心地看着。看到此情此景,我不由得想起在城里看电影,稍有故障,口哨声、抱怨声四起,与这儿大相径庭,在这远离城市的小镇还依然保留着古朴、文明的乡俗啊!虽然电影演得时断时续,但人们却都耐心地等着、看着,没有人埋怨,因为乡亲们都知道他这是为了活跃农村生活而不辞辛劳地为大家服务啊!

前几年,小镇工委的供销社散了,他又花钱买下了供销社的陈旧的房子,简单地装修了一下,建起了小镇历史博物馆。他经常串村入户,把废弃不用的农业用具和家庭用具,以及旧收音机、缝纫机、自行车、靠山镜、瓷器、石磨、石碾、猪食槽、钟表等旧物统统收来,在馆里展出,供人们参观。有一家新闻媒体,还专门写了一篇报道《唐坊镇有个博物馆》。看到这篇报道,我很是感动,回家时特地向他致意。他有些不好意思地说:"老祖宗留下的东西一天天在减少,包括过去你在农村劳动时的用具。我们要留住传统文化、传统文明,给历史、也给后人留些东西,为乡村文化振兴做一点儿力所能及的事情啊!"听罢,我很是感动。这是多么质朴的话语、感人的行为啊。多少年来,人们(包括我在内)都在曲解他,今天我才真正认识了他,一个平凡而有些传奇色彩的"好事者"。

# 下乡知青

## ——小镇传奇之三十

在"文革"中,有一个知青上山下乡运动,"文革"期间的初高中生几乎统统被送到了乡下。此时小镇也陆陆续续地来了一些。等我上高中的时候,班上有三分之一的同学是知青。毛主席对知识青年有个指示:"农村是一个广阔的天地,在那里是可以大有作为的。"于是知青大规模的下乡运动从20世纪60年代后期直至70年代后期,进行了有十来年的时间。在起初的时候,城里的这些学生们造反串联闹够了,觉得到农村去很新鲜,不知道农村的苦,都踊跃下乡。全城的人敲锣打鼓地欢送,下乡的知青头戴军帽,胸挂红花,宛若出征的英雄,很神气,但到了农村才知道这个广阔天地是非常艰苦的,因此很多人叫苦不迭。他们也经常闹出一些笑话,五谷不分,把麦苗当韭菜,等等。如当时有的村子有连茅圈,即猪圈与厕所连在一起,人拉的屎给猪吃了。结果有的知青去解手,见了猪嘴拱上来,拎着裤子起身就跑,一边跑一边惊叫,令人们哈哈大笑。

那时知青下乡也有团体的。如北大荒兵团的北京知青，云南的上海知青等。在丰南县那时群体下乡的有开滦知青、唐钢知青等。因为父母所在的单位是大国企，单位有钱，所以把下乡职工的子女们安排得非常好。他们是集体吃住，基本没有受什么罪。如当年的侉子庄知青点、蒲台河知青点都是很知名的知青点。

小镇和附近村庄的知青多些是投亲靠友的知青，在他们下乡的村子里有家族的人。父母虽然离开家乡，但老家有人，让孩子回老家，有人照顾，受不了什么罪。有的知青有亲戚关系，或有各种关系，来小镇的知青大部分是这些人。

比较受苦的就是那些没亲没靠的知青。如与小镇毗邻的东田庄公社来的全是天津知青。来时是大部队，到乡里后便给分散了，分配到各村。村里给他们盖了房子，安了锅灶，他们自己起火做饭。这些知青哪里受得了这些罪？在农村出工不出力，或者干脆是不出工，到处游逛。有的人还经常偷鸡摸狗、打架斗殴，在村里人缘很不好，村里人也不待见他们，他们就破罐子破摔。我见到东田庄乡我老姑所在的王打刁村的知青，每个人都是大长发、穿长筒马靴，一看就是异乡人。村里人对他们都比较疏远，他们自然也不会老老实实地在农村劳动。但他们的处境也非常值得同情，远离父母，年纪大的也超不过20岁。我老姑对他们很是照顾，做了可口的饭菜也经常送些给他们，还经常给他们缝缝补补。

现在说说小镇的知青。我记得来小镇最早是邻院本家杨姓的一个秦皇岛知青。按辈分他应该叫我叔叔。他给人的特别印象是留着小胡子，经常穿着一个半大衣的工作服。他家在他爷爷那辈儿就出去了，没有想到到了他这辈儿还回到老家。为了照顾孙子，老奶奶跟着孙子回了阔别几十年的老家。老家有祖宅，正好留着祖孙俩住。这个小伙子非常勤快，吃苦能干，干活一点儿也不输于村里的年轻人，还经常背着一个粪箕子拾粪。我几乎与他没有什么来往，虽是本家，但话很少，也不在一个生产队。我在唐坊高中上学的时候，县里的乒乓球比赛唐坊工委片区在唐坊高中举行。他认为是个离开农村的机会，便苦练起来。看他的穿戴、打球的架势，一招一式很有水平，头上还系条手绢，趾高气扬的，打球时还高声喊叫。我觉得他肯定拿个名次。谁知第一轮便碰上了后来成为我下届同学的东田庄公社付家庄的小他几岁的季世存，三下五除二便败下阵来。输球后，他像一个斗败的公鸡，头不再仰着，而是耷拉着，回村后老老实实地干活去了。后来他回秦皇岛顶了父亲的工，奶奶也跟他一起回去了，但他踏实肯干的劳动态度给大家留下了深刻的印象。

小镇东头有一家姓翟的知青，是投靠小镇他本家哥哥来的。他是来自东矿区的知青，在串联的时候，与一女红卫兵恋爱。于是串联结束后，便一起来到小镇，也立即结了婚。这男知青非常能干，女知青非常能说，有红卫兵天不怕地不怕、舍我其谁的劲头儿。有一次，因为小镇干部某件事情对他家不公。男的老实不敢言语，于是女的站在小镇的一个碾盘上，与小镇干部对峙，舌战10多名大小队干部，围了个里三层外三层，结果众人竟说不过她，引得围观的人为其叫好。就那一次，我才知道红卫兵的辩才有多么厉害。

接下来说说我干姐。我干姐姓肖，她哥哥在老家农村。一下乡她便回了老家，与哥嫂生活在一起。他的哥哥约有两米高，绰号"大老高"，但他的妻子却又矮又黑，很不般配，好在孩子们个儿都不矮。我干姐个儿也很高，长得壮实，因为她上边有两个姐姐，大家叫她"三胖子"。她非常能干，干起活儿来能顶一个小伙子。我们在一个生产队，在生产队劳动的我的两个妹妹与她关系密切，加之我母亲人缘又好，于是她认了我母亲为干妈，我妈叫她"三丫头"。这样便有了来往，也亲近了许多。后来，我离开了故乡，干姐也被招工到唐山的一个工厂。那些年，干姐每次回老家都去看望母亲。可是后来，我与她渐渐疏远了。我现在也不知道干姐的情况如何。

与干姐几乎同去我们生产队的一个天津知青，叫张子兰，大我几岁，长得很漂亮，白白净净、文文静静的，像个洋人儿，很是招引镇里年轻人的眼球。但不知张子兰是通过什么关系来我们村的，据说镇长是他表叔，因此镇里有很多人照顾她。她来镇里的时候，我刚刚高中毕业。看她弱不禁风的样子，哪里受得了农村的罪。耪地的时候，她不会握锄杠，手几乎握住锄杠下面的锄钩子，不是在耪地，好像是刨地。春天风大土多，她就用头巾把自己紧紧地包裹起来，像个伊斯兰女人。后来，她通过关系去唐坊初中教书，而后当了工农兵学员，去天津师范学院读书而再没有回来。

在知青中给我印象最好的是天津下乡知青杨玉华。她出生于工人家庭，大概从小就吃苦耐劳，来到镇里一点儿也看不出是城里人，只是口音是天津味儿，一说话就是嘛嘛的。她来我们村一不沾亲二不带故。那是怎么来的呢？她先是与我的小学同学后来当兵的肖彦海定了亲，然后镇里才允许她下乡到此处。她的能干有口皆碑，人人夸赞。如秋末割苇草，大家嫌水凉，都不愿意下水，而她把裤腿一挽，"扑通"一声便下了水，众人颇为吃惊。再如，她每天早早起来带领着小姑子们拾柴火，扫铁路路基上的煤渣，干活一点儿也不输于男人，而且任劳任怨，与大家相处得非常好，可称得上模范知青。后来有了知青返城的政策，她带着两个儿子回了天津，因为丈夫复员后在开滦井下工作，无人照顾。她在天津工作了一段时间以后又回到了唐山，在一家招待所工作。再后来，听我哥哥说曾在唐山的一个饭店遇见过她。估计是退休后在这家饭店打工，她还特意给哥哥炒了两个菜而没有要钱，可见还是很有乡情。

当然，也有的知青，因为接受贫下中农再教育好的，被选为后备干部，如公社的副书记、团书记、妇联主任等。我在1975年被县里定为后备干部，当了工作组组长，与我一样当组长的就有几个知青。

后来，镇里的知青在知青返城的高潮中都回去了，他们下乡的历史也足可以成为传奇，他们在农村的日子迄今还在成为人们的谈资。

# 小镇高中
## ——小镇传奇之三十一

小镇的西侧原来有一所初中，叫唐坊初中，"文革"后便停办了。到了20世纪70年代初期，县里决定把原来的唐坊初中升格为高中，于是就开始调集老师和召集学生。我和现在的河北省作协主席关仁山都毕业于这所高中，而我是唐坊高中的第一届毕业生，关仁山则晚了几届。在这所高中开办的初始阶段，留下了许多具有些传奇性的故事，现在讲起来还很有兴味。

高中办学伊始，老师们首先要到各村了解学生的情况。这是"文革"中第一次恢复招生，学生入学条件必须是初中生。当招生的两个女老师来到了小镇办公室，我听说后立刻找到她们，表达了要上学的愿望，但她们说我是小学毕业不符合报名条件，入学条件必须是初中学历。她们虽然非常同情我，但爱莫能助。于是我给校长写了一封信，托人转给校长。我在信中表达了要上学的愿望，具体内容我现在已经记不清了，无非是要多学知识改变家乡落后面貌，等等，但感情充沛，言辞切切，还有些文采。在上小学时，我的作文就一直是范文。校长看后非常感动，于是在全校教师会上念了这封信，让老师们讨论我能否入学？老师们也被我的求学精神所感染，一致同意我入学。据说，校长念完信后一拍桌子，大声地说，这样的学生不要，我们要谁？于是我便上了学，成了班上一个小学毕业的学生，当时也是班上年龄最小的学生。

我们这个班，共有42个学生。在这些学生中，原初学历有初二的、多是初三的，也有的同学甚至是自学学完了高中的课程。在同学里面有很多是下乡知青，他们一般是还乡的，即投奔老家的人或亲戚而来，而不是集体下乡，但他们都是初中毕业后到农村来的。令人称奇的是，在同学中还有一个已经结婚的学生，叫韩进宝。他是初三毕业生，那年他已经23岁了。他结婚生女，还来上学，令很多人不解，也令人称奇，大了我好几岁。他为什么岁数这么大，原因是他上学晚，还有他初中毕业时，没有考上高中。这种现象在恢复高考后就屡见不鲜了。我考上大学时，当时我们班最小的16岁，最大的32岁，岁数差了一倍，还有，老师和学生一起考进了这个班。这在高考时不是奇怪现象，而在我上高中时就显得很奇怪了。韩进宝个儿不高，但很精神，也很结实。我记得第一次开班会，在谈到为什么上高中时，他滔滔不绝，说是会开"195"，但不懂原理，打农药不知道农药的化学成分，种地不懂得创新……总之，就是为了更好地建设家乡而学习。他的讲话令大家群情振奋，起劲儿地给他鼓掌，我也暗自佩服。不仅如此，他的单双杠玩得很溜，在单杠上转得像风车一样，双杠也能玩出花样儿，体育非常棒，令大家称羡不已。所以，在选班长时大家一致选了他。那时在学生中有许多高手。我记得有一个教我们数学的老师，在上课给我们解题时竟被挂在了黑板上，非常尴尬，结果还是一个同学上去给解完题，给他解了围。那时这个同学已经把高中的课程都自学完了。我记得那位老师精神也不太好，可能是在"文革"中受了刺激。他不修边幅，像个干活的农民。此时他面红耳赤，哑口无言，此后他再没有给我们上课。

那时候的老师，有许多是刚刚从牛棚里出来，且都是高学历的老师，也不乏北大、北师大毕业的老师，如王继儒老师。他是解放前在北京某大学（据说是北大）上学，毕业后被高薪招到了当时的开滦一中，是著名数学家张广厚的老师，他后来被调到唐山师范学院任教。"文革"前，唐山师范学院下马，先是降格为唐山师专，后又成为唐山地区教师进修学校，并从唐山搬到了丰南。"文革"后，唐山地区教师进修学校停办，老师们被安排到丰南县各个中学，此时王老师来到了唐坊高中。我记得他很有风度，穿对襟袄，一条围脖围在脖子上，前面长后面短，不成比例。他一进教室，学生须鸦雀无声，否则他瞪着眼看着学生，一句话不说，或坐在讲台的台阶上，等同学们说完，教室没有声音了，他再站起来说，你们说完了吧，该我说了。那时，他已经50多岁了，还没有结婚。有的学生非常好奇，悄悄地问他，老师，您怎么不结婚啊？他微微一笑,我对女人不感兴趣啊!此言不虚,他直至死去,真的是一辈子没有碰过女人。谁知后来我们竟成为同事,我大学毕业后成为唐山师专的老师,他也回到了师专任教。我俩宿舍挨着,有大事小情我也能照顾他一些,但他的脾气还是有些古怪。

我学习的基础虽然不好,但那时的老师还给我们补些基础知识,加之我拼命地追赶,期末考试时,我竟考了全班第一。这是因为我除了理科成绩优秀以外,我的文科尤其是作文没人能与我比。老师们十分惊诧,没有想到我一个一天没有上过初中的学生,竟超过了所有读过初中甚至是学完高中课程的人,结果在第二学期我被选为班长,同学们都戏谑地称我为"小班长"。对此,韩进宝显得有些失落,但我对他依然很是尊敬。他也非常不容易啊!因为他除了上学,还要料理自留地,照顾老人和孩子。他不能挣工分,全靠老婆一个人,在农村挑家过日子也是很不容易的。

我学习成绩好,并不是因为我聪明,而是遇上了好老师。尤其是教数学课的刘奎明老师。后来我到唐山师专任教,他也从原来唐山地区教育学院合并过来,我们也成为同事。他教我那一年,刚从承德隆化存瑞中学调过来。因为他课教得非常好,我非常爱听,以至我的数学成绩几乎每一次考试都是满分。可惜的是,刘老师只教了我们一年便去了钱营中学,因为那里离他爱人的单位林西矿近了一些。另一个是教语文课的沈生老师。他原来是中央乐团的吹长笛的演员,后来被打成

"右派",发配到新疆。因为爱人在丰南县机修厂工作,所以他就到了小镇中学任教。小镇中学毗邻火车站,去各地很是方便。那时老师们都住宿,只是星期天回家。沈老师语文教得好,加之我作文好,关系就更近了一层。他很少与人交流,那时可能他的"右派"还未摘帽,或是持帽不戴,我不太清楚。他一有空闲,就扛上锄头,去校园的地里锄草。他虽然不苟言笑,有时也很幽默,记得有一次我写了一篇批判稿,其中有一句是"知识分子臭老九",他让我闻闻他的身上说:"你闻闻我的身上臭吗?"

刘奎明老师调走后,接替他教数学的老师是董文峰老师。董老师个子高大,但有些佝偻,是我们邻村董代庄人。在上大学时,他曾是河北师范大学的排球队员。他给我们上第一节课时便在黑板上写了一个"f",看到他的形象与这个符号很相像,所以被我们称之为大"f"。他与同学们关系非常好,有的甚至像哥们儿一样,我与他的关系也甚好。地震时,我从柏各庄回到小镇,去中学看望老师们。此时中学已是一片废墟,死伤了一些老师。董文峰老师死得最令人伤痛。他为了解决两地分居问题,照顾两个女儿,奔波了好多年,才实现了调到爱人所在地的汉沽中学任教的愿望。他原本已经接到了调令,但因为与老师学生们关系好,又放暑假,他便没有立即走。地震那天夜里他与老师们打牌很晚才睡,结果地震发生时一棵檩木砸在他的头上,他一声没吭便死了。他死后,学生们纷纷来吊唁他。尤其是他的妻子,每一次从唐坊车站下车后,都哭着走十多里的路程去董老师的老家，因为董老师死后被埋在了老家祖坟，小镇的人都被她深深地感动了。因她伤心过度，每日泪流不止，结果两眼肿胀，像个烂桃，后来做了手术才好，听说后我也痛心不已。几十年过去了，我依然深深怀念董老师，也被他们真挚的爱情所感动。

那个时候，唐坊高中的学生基本分为两类：一类是下乡知青，思想比较前卫，干事也比较出格。如喝酒抽烟、谈恋爱，屡见不鲜。有一个知青同学经常一个人到小镇饭馆吃一顿，有一次他竟把饭馆喝酒的锡壶揣在怀里带回了学校，结果被饭馆的人追到学校要了回去，此事在小镇传开，成为笑谈。还有一些是远离小镇的农村人，眼界比较滞后。他们的家离小镇很远，有的甚至有二三十里路。那时的学生都没有自行车，全凭两条腿走路回家。近处的有10里左右路程的学生就每天跑家，而远一些就得住宿了。到了星期六下午4点以后，这些住宿的学生就步行回家了，得走两三个小时才到，在星期天下午他们再返回，带回一个星期吃的咸菜和一书包窝头。这些学生非常简朴，也能吃苦，但大都没有见过世面，尤其是没有见过火车。他们下了课就去看火车，且百看不厌，异常兴奋，也留下了许多笑谈。他们见到火车后，有些人吃惊地说，这个家伙趴着走这么快，要是站起来得更快呀！有的说，这个家伙拉来了一个村子。还有的说，这个大绿虫子（客车是绿色的）这么长，爬得怎么这么快呀！有一次，我听见他们"抬杠"（拌嘴），说是在列车上能不能解手（大小便）。有的人说不可以，原因是那样的话火车就成茅房了；有的说可以，原因是如不能解手就得活活憋死。他们找到我，问孰是孰非。我听后，忍俊不禁。前几年在丰南区开《煤河情仇》的研讨会时，丰南区委原副书记孙守廷说到了他十几岁的时候渴望到唐坊车站看火车的情形：他步行十几里，途中还要坐摆渡过津唐运河，然后才能到车站。他扒着围栏看往来的火车，一看就是一两个小时。同学们看火车已是过去的话题，但现在重温起来仍是很有些传奇的味道。几十年过去了，故乡有些村庄依然落后，尤其是文化的滞后。那时候上学，毛主席号召学生"以学为主，兼学别样，即不但学文，也要学工、学农、学军"，我们积极响应毛主席的号召去学农、学工。逢是到了夏秋之际，农村忙不过来，公社就调动我们这些学生去拔草、锄地等。有一次，我们全班由班主任带队，坐船过津唐运河去运河南面榜孙老庄的荒地，中午自带干粮，我们成了义务劳动力。我在高中毕业前时还在唐坊修造站学了一个月的翻砂，都是些力气活。这也成为那个时代的一个奇怪现象。

再说高中毕业时，学校原想要留几个学习好的学生留校教书。因我学习成绩优异，学校打算让我任教，我拒绝了，说宁可回家掏大粪也不当"臭老九"，回家后还果真给生产队当了淘大粪的积肥员。这是因为当时没有人愿意当积肥员，生产队长要撂挑子，我主动当了积肥员。

临别时，我向老师们要几句临别赠言。其他老师的话我都忘记了，唯有沈生老师的话让我记了一辈子。他拿出笛子，吹了一个高亢嘹亮的高音"5",还告诉了我这个音符的吹法。我不以为然,因为我是个乐盲。沈生说,这个音调一般人吹不上去,在中央乐团时只有他能吹,所以其他人顶替不了他。他说,这是他多年摸索出的经验,但却在几秒钟的时间里告诉了我,如果我会音乐的话,可以使我受益终身。这就是说,如果谦虚,别人积累了多年的经验,瞬间便可以学到,否则自傲便什么也学不到。这句话我现在还牢牢记在心里。

时至今日,我高中毕业已经是半个世纪。岁月蹉跎,往事如烟,许多事情都忘记了,唯有上高中的这些事情记忆犹新,这是因为那个时候上高中很有传奇色彩。

## 捉 蟹 人
### ——小镇传奇之三十二

小镇在煤河岸上，岸边芦苇丛生，野草摇曳。小镇周边沟渠纵横，河水荡漾，是一个盛产河蟹的好地方。俗话说，螃蟹是"七上八下"。即每年一进农历七月，秋风袅袅，徐徐吹来，那螃蟹就开始出动了，成群成队、熙熙攘攘地爬上岸来。到了八月末，它们才恋恋不舍地退回巢穴。晚上若在河边纳凉，那螃蟹还会夹你的脚呢。有时小镇有的人家早晨起来做饭，一看锅，里面竟然趴着一个大螃蟹。这肯定是夜间煤河里的螃蟹悄悄爬进屋（那时夜里几乎都不插门）上了锅台，掉进锅里，就再也爬不出来了，而成为人们的美味佳肴。这可真是自投罗网。

俗话说，靠山吃山，靠水吃水。小镇里的人，有专门靠打鱼为生的，也有以捉蟹为业的。全国有名的螃蟹是阳澄湖大闸蟹，可煤河里的螃蟹也不比阳澄湖大闸蟹差，尤其是隔年河蟹，肉鲜味美，个大籽多。煮河蟹是小镇有名的野味。那时小镇饭馆每到捉螃蟹的季节，就有了煮河蟹这道名菜。小镇人捉得螃蟹后,把张牙舞爪青褐色的毛爪大蟹放进锅里,倒上少许水,撒上把盐,把盖压住,没有几分钟,上锅的螃蟹的颜色就变成红色了。煮熟后,那螃蟹红澄澄,肥得流油,让人看了,垂涎欲滴,食欲大增。螃蟹捉得多时,一时吃不了,还可以把螃蟹用湿手巾等盖住,螃蟹生命力强,可以存活一周或半个月。小镇吃河蟹还有其他的方法,如做蟹酱,其做法是掀去蟹盖,用擀面杖把螃蟹捣碎,然后用水漂去蟹壳,剩下蟹肉、蟹籽,再放些盐就成了。若做面汤时,待面汤煮熟前,舀上一勺,肉鲜味美,清香盈口。还可以做蟹肉汆丸子,等等,怎么吃怎么行。那时在小镇的饭店里,几乎都有这几种吃河蟹的做法。

在这捉蟹的人中,小镇人数二狗子最能了。他水性好,绰号"浪里白条"。虽然他捕鱼捉蟹摸虾样样都行,但捉蟹在小镇他占着一绝。

这河蟹不仅在煤河里,在小镇周边的河沟里也有很多。小镇周围苇草多,被人称为"苇乡"。在大片的苇泊被挑成条田后,就有了一条条的苇沟,那苇沟鱼虾蟹多得很。我们知道,每种动物都有自己的生活习性和生活规律。那河蟹与鱼不同,属于两河水(海水和河水)的产物。它每年顺着河水走出很远,到两河水(海水、河水交界处)的地方去产卵。那小蟹孵化后,自己再慢慢地返回,到农历七月就长成硬壳、毛爪、籽满肉肥的大螃蟹了。

这二狗子是术业有专攻,深谙螃蟹的生活规律,有多种捉螃蟹的路数。这螃蟹与鱼的另一个不同，是喜欢栖息在浅水里活动，而不是在深水中。阳光灿烂时，它也像乌龟一样喜欢晒盖子，像乌龟一样喜欢"阴阳水"。什么叫"阴阳水"呢？就是螃蟹喜欢身体的下半部分在水中，而上半部分的壳露在水外。这样在雨季，车脚沟子（车辙）在下过雨后积了一些水，螃蟹就最喜欢在车脚沟子里爬。它们出动最多的时候是在夜里，排成长长的队伍、串成一溜儿地爬行，乃至大车碾过后，留下一车脚沟子的蟹黄和蟹肉。晚饭后，二狗子便提上马灯（当然用手电筒最好，但那个时候一般的农户人家没有），拎上水桶去照螃蟹，无须走出几里路，便可以捡一水桶螃蟹，在早饭后即可给小镇的饭馆送去。

　　螃蟹属于夜行动物，即白天在洞里猫着，晚上出来活动，它在夜里趋光，只要有一点儿光亮，它们就会连滚带爬地急匆匆地奔去，于是这些螃蟹很快就会成为捉蟹人的囊中之物。

　　因为螃蟹趋光，所以捉蟹的办法多得很，听螃蟹（也可以叫照螃蟹）是主要的方法。晚上，二狗子提着马灯，带上麻袋，找个流水的小河沟，在水中抹块平台，让水刚刚漫过，然后点上马灯，蹲在水边，静静地等待。月亮渐渐升高了，一阵轻风吹过来，苇叶窸窸窣窣地响，伴着虫鸣，慢慢地四周腾起一层淡淡的水雾，弥漫开来，月光泻在上面，竟透明般地亮。这时，二狗子凝心静气地听着，全部注意力都集中在耳朵上。忽然，苇叶晃动，水中发出细微的扑簌扑簌的响声，螃蟹来了。这东西也颇有心计，走走停停，停停走走，一副不放心的样子。此时关键是要稳住心神，不慌不忙，不许有一点儿响动。二狗子悄悄地伸出五指，做好捕捉的姿势。螃蟹摇摇摆摆逛马路似的走过来，也许有时会同时上来两个，大概是在谈恋爱吧。这时，二狗子眼疾手快，冷不防抓住它的盖子。螃蟹发现被逮，暴怒了，张牙舞爪，拼命挣扎，岂不知为时已晚。到了夜半时分，万籁俱寂，四野无声，整个世界都睡着了，只有一两点捕蟹的灯火在闪动。这时是上螃蟹最多的时候，会使二狗子目不暇接，竟用双手去抓。到第二天早晨，已经弄到满满的一麻袋或一水筲。但听螃蟹需要胆大气壮，一般晚上听螃蟹总是两个人。你想，夜深人静，旷野荒坟，一个人哪敢在野地里蹲上一宿？二狗子却总是一个人去，因为去两个人，捉来的螃蟹得分去一半。我一直想与他做伴，二狗子却不肯。二狗子在小镇的年轻人中胆子最大，他曾与人打赌在夜间去坟地取东西。但有时听螃蟹的人正在聚精会神地抓蟹时，会忽地从身边窜过一只黄鼠狼或骚狐狸（骚狗）。它们两眼闪着蓝光，直勾勾地盯着人看。二狗子虽说胆大，遇到这种情况也是毛骨悚然，头发梢立楞起来。逢这时，他赶紧用手摩挲头发或狠狠地撸皮带，据说这样能够产生火花驱妖避邪。可那骚狐狸仍兴犹未尽，待着不走，大概是它嫉妒了吧。有一次在慌乱中，二狗子抄起马灯砸过去，灯摔个粉碎。第二天，二狗子向我说起此事，我说他利令智昏，财迷心窍。以后，二狗子还是我行我素，一个人照听螃蟹不误。

二狗子最绝之处是掏螃蟹。螃蟹不会做窝，只是强占其他鱼类的窝。如黑鱼、鲇鱼，这些鱼的窝大，而像泥鳅之类的鱼窝小，它爬进不去。如荀子《劝学篇》中所说："蟹六跪而二螯，非蛇鳝之穴无可寄托者，用心躁也。"螃蟹不是"用心躁也"，而是根本就不会做窝。前面说过，螃蟹喜欢"阴阳水"，所以它的窝离水面最近，有时竟会把窝的一半露出水面。那螃蟹窝深浅不一、光滑，可容得下一条胳膊进出。螃蟹的洞穴有的很深，有时胳膊够不着。河水涨了，那螃蟹窝便到了深水里。这时掏螃蟹就比较困难了，须长长地憋一口气，再扎猛子去掏。二狗子为什么叫"浪里白条"呢？就是因为他在水里憋气时间长。那一年小镇有一好事者，找了几个小镇的年轻人打赌，在水里比憋气，这几个人没有一个人能够比得过二狗子。二是他会观察洞穴里是否有螃蟹。他仔细观察水面，一旦发现洞穴里有气泡飘出，就可以断定螃蟹一定在洞穴里栖息。在掏螃蟹窝时，也需要有技巧，与螃蟹斗智斗勇，不是手拿把掐。二狗子自有他的办法：他先是伸出手，此时螃蟹也会伸出蟹爪。当他的手与螃蟹的张开的蟹爪轻轻一碰时，就猛地把手缩回。那螃蟹受了惊吓，也会缩回蟹爪。然后他再用力，用手掌将螃蟹狠狠地抵在窝底，拢在手里，抓出它来。否则，螃蟹会猛地用大钳夹住掏蟹人的手，永不放松，只有拧掉了它的大钳，才能脱险，手指肚也会被夹出了血。水浅时好办，但到深水掏螃蟹时就不好办了，所以一般人掏不到螃蟹，而二狗子肺活量大，在水里待的时间长，捉的螃蟹也就比别人多。但须知，掏螃蟹须慢慢地伸进胳膊，待把洞穴中的空气排出，才能捉的。如果急促了，洞穴里的空气排不出便牢牢地摞住了掏螃蟹人的胳膊而拔不出来。有一次，我憋了一口气，扎到水中去掏螃蟹，抓住螃蟹后，怎么也拔不出胳膊来。我赶紧甩掉螃蟹，双脚蹬住河帮，全身用力方拽出胳膊，胳膊撸破了皮。我吓得衣服也没有顾得上穿，光着屁股跑回家。我哭着向母亲说了事情的经过，母亲以为水鬼拿人了，赶紧烧纸磕头，嘴里祷告，乞求鬼神原谅。后来上了高小，我才知道是怎么回事。

除这些方法之外，还有钓螃蟹。在钓螃蟹前须先捉几只青蛙，剥去皮，露出鲜嫩的肉，用绳拴牢，绑在竹竿上，像钓鱼那样，甩到水里，要不时地提提竹竿，招引螃蟹。那螃蟹闻到肉香，会一拥而上。当你觉得手中竹竿很沉时，要猛地把绳子抻出水面，把螃蟹甩在地面上，自然岸上有小伙伴逮住它。若抻慢了，那狡猾的螃蟹，一出水面，就会松动钳夹，掉进水里。而那种贪吃的螃蟹，是不轻易松口的，并用大钳死死地夹住猎物。有时会同时钓上几只，把竹竿压得弯弯的。倘若疏忽大意，它会把竹竿拽走呢。二狗子钓螃蟹的竹竿比一般人粗，他的力气又大，眼又尖，所以他钓的螃蟹比别人多。

螃蟹虽待在苇沟里，但它也常常在早晨爬上岸来，喝岸边或坨边苇草上的露水和吃芦苇尖。河边或坨边有矮小的芦苇，清晨沾满露水。于是在清晨时光，那螃蟹便爬上岸来吃低矮芦苇的尖。那苇尖鲜嫩好吃、上边的露水也好喝。螃蟹大喜过望，用身子压倒芦苇、边吃边喝。于是清晨，二狗子便穿上水衩，蹚着露水在坨边上逮螃蟹，往往都是满载而归。

如今，那捉蟹的趣事早已成为陈年往事，因为河里螃蟹已经寥寥无几。这是由于河蟹产卵的通道被阻，加之河水污染，螃蟹少多了，所以要想吃螃蟹，就只能买一些人工养的螃蟹了。有一次，我回到小镇，问起二狗子现在在做什么。小镇的人们告诉我说，二狗子发财了！我甚是惊诧，"这二狗子不过是个土里刨食耪大地的吗？用什么门道来发财啊？""哎，别用老眼光看人，如今他在海边承包了一个苇塘和几亩虾池，专门用来养蟹养虾，成了养殖专业户。他除了在海边卖虾蟹外，还往小镇的几个饭店送货，长期供应。""噢，原来是这样啊！"我明白了。正说着，与我说话的人说："你看，二狗子送货的车来了。"我一看，只见二狗子正往饭店卸车。"二狗子！"我大喊一声。二狗子一见是我，急忙跑过来，狠狠地擂了我一拳说："你小子还知道回家看看啊？""听说你发大财了，我这不回家看你来了。""什么大财小财的，你知道我从小就喜欢弄螃蟹，捞鱼摸虾的，现在还是这个样。""我就知道你鬼点子多，现在算是用在正道上了。""是啊！这是党的富民政策好啊，把我领上正道了！""嗯，你就使劲儿在发家致富的道上往前奔吧！"说到此处，我俩哈哈大笑起来。

# 民间歌唱家

## ——小镇传奇之三十三

小镇有一位民间歌唱家。为什么叫民间歌唱家？这一是因为他没有经过科班学习，完全是自学成才；二是没有登过正式的舞台，就是自娱自乐，有人说他这是"要饭的唱大戏——穷欢乐"。

这位民间歌唱家与我同年出生。从娘胎出来时，接生婆一拍他的屁股，他哇的一声哭起来，把接生婆吓了一大跳，说道："好大的嗓门，像头小叫驴！"于是，他爹给他起了个小名，叫"小叫驴"。那时孩子一出生，都是先有小名，后有大名，有的还有绰号。上学时，他父亲给他起名叫李志大。这一是要他以后志向大，二也是因为他嗓门大。

过去的农村，小名是孩子一降生便有了的。那时农民没有文化，加之生孩子又多，在取名方面，是不大讲究的。有的以顺序排列，如二头、三头、四头、五头。有的以好活为由，如逮柱、栓柱、锁柱。有的以丑为由，如狗子、丑子、骚子、坏子等，这是以丑为美，丑极便是美极。女孩子们常以花等为名,如桂花、兰花、荷花、桃花。有的以肥胖、干瘦程度为由,如大胖丫、二胖丫、三胖丫、大干巴、二干巴、三干巴。当然,过去有钱的人家也希望儿孙富贵永久,大富大贵,起些吉祥之名,如发财、兆金、兆银、长生、富贵。还有些人因长相或生理特征,又有一些绰号,如小白鸭、小白薯、三坏子、四瞎撸、麻五丑、大红鞋、张老挑、瞎老歪、虾米眼、疤瘌眼、滚地雷。还有一些因为性情的急躁和慢憨而起的绰号,如秃炸子、炮上灰、气蛤蟆、大暴天、二踢脚、三蔫巴、四蘑菇。

"小叫驴"的小名始终跟随着李志大尤其是长辈人和岁数比他大的人,都这么叫他。他声音大,嗓门高,所以唱歌自然好。他与我同一年上学。我学习成绩名列前茅,他学习成绩往往掉底儿,但因为他唱歌占先,经常在校内外活动演些节目,未免也有些自鸣得意。那个年代的流行歌曲是《学习雷锋好榜样》《我为祖国献石油》《公社都是向阳花》《我们走在大路上》《唱支山歌给党听》等。他都唱得非常好,即使像《赞歌》一类的高声部的歌曲也唱得上去。每年六一儿童节,公社各个小学集会演节目,他的唱歌总是第一,给小镇小学带来荣誉。在那个时候,小镇还没有大喇叭广播,就是小学生们拿着纸壳子做的广播筒子在小镇街道,一个挨一个地传话广播。他嗓门大不用广播筒子,就一个劲儿地直着嗓子喊,比所有人的声音都大,传得都远。所以在小镇小学开运动会时,他总是当播音员。为此,他颇为自豪。我嗓子不好,唱歌像鸭子叫,嘎嘎地,听了刺耳。所以,他总是讽刺我。

"文革"起来后,我们一起辍学回家,小小年纪便饱受了劳动的艰辛,割草牵磆、搒地除荒,每天也不闲着。尽管这样,李志大依然不忘唱歌。他每天对着煤河放声歌唱,使得在煤河遛弯的人驻足欣赏,河水也随着歌声荡漾,人们不住地赞扬:"好嗓子!"从此,小镇人都叫他小镇歌唱家。他这个歌唱家虽出生在底层,却一直向往着艺术殿堂,费尽心思地练嗓子,那种痴迷令人赞叹。我总是说他癞蛤蟆想吃天鹅肉,他便生气了,一生气两个大眼珠子便瞪出来,挺吓人的。我们上高小时,有一个音乐老师叫裴淑然。裴老师长得漂亮,两条大辫子在窈窕的身后不停甩动,一双美丽的大眼睛顾盼有神。裴老师除了教我们下一个年级的主课外,还教我们班的音乐课。她美丽善良,我们都爱上她的课,李志大更是。每当她弹起脚踏琴,手脚齐动,弹奏起美妙的音乐时,那两条又粗又长的辫子便一起随身甩动,煞是好看。当时裴老师在唐坊初中住,因为她的丈夫张汝舜在初中教书。她每天上下班需要走一段路。这是因为从初中到小学有一里多的距离,中间还有一块庄稼地。每天她上下班时,她那窈窕的身材,时兴的打扮,使得小镇人和路人驻足观看。这就像《孔雀东南飞》中的人们看见罗敷那样:"行者见罗敷,下担捋髭须。少年见罗敷,脱帽着帩头。耕者忘其犁,锄者忘其锄,来归相怨怒,但坐观罗敷。"此时,李志大见裴老师不教书了,就三天两头往初中裴老师的家中跑,央求裴老师教他乐理知识和发声练声的方法。裴老师见他是可造之才，就耐心耐意地教他。他家自留地和院子里逢有什么新鲜蔬菜时，他也经常带给裴老师一些尝鲜。这样过了一两年，裴老师教他有些穷尽了，就让他到县里的唐山地区戏校去找找她的同学。唐山地区戏校原本在市里，后因"文革"搬到了丰南县城边上的四王庄的对过。他一听这话，二话没说，立即步行30多里路去了戏校。那时唐山地区戏校刚刚开始招生，但招得是京剧、评剧和唐剧的学员。他好不容易到了戏校，找到了裴老师的同学，说要报考戏校。这李志大虽然会唱歌，但对戏曲却是一窍不通，他只会掐着脖子唱几句皮影。裴老师的同事找来两个老师，请他们测试一下李志大是否合格。李志大先唱了一首《我为祖国献石油》，嗓门果然了得，但问他会唱戏不？他摇摇头。会表演不？他又摇摇头。让他弯腰劈叉，他支楞八叉，像个木棍一样。问他会乐器吗？他还是摇头。同事见状也是摇头，她征询他人的意见。这些人说，这个人没有基本功，年纪也偏大了，现在再学，他的骨骼已经长成，也晚了。其中有个女老师悄悄地说，这个人长相也不济，够砢碜的。这话不假，李志大眼珠子冒冒着，外凸，使劲儿一瞪够吓人的，嘴也大，牙龇龇着。这话被李志大听见了，他气愤地嚷嚷起来："你们是招演员，还是招模特。我砢碜，《地道战》里的汤司令比我还砢碜呢，人家不是照样当演员？还会说'高，实在是高！'你们不要，我还不愿意来呢。"于是，他一甩胳膊走了，沿着煤河回了家。这一个来回折腾了有七八十里路，他连中午饭都没吃。

他回到小镇，立即成为新鲜事。大家很是好奇地问他结果如何。他粗门大嗓地嚷道："什么狗屁戏校，纯属扯淡！考我劈叉弯腰，这谁不会？还说我不合格，还说我长得砢碜。王心刚长得俊，人家可得来呀！"大家听罢，哈哈大笑。有人打趣地说，你长得还是不够砢碜，如果像汤司令似的，就把你招去当电影演员了。他一听恼了，骂道，我再砢碜也比你俊，长得像地里鼠子似的。两个人相互掐着，差一点儿打起来。裴老师听罢，也是哭笑不得。但尽管这样，李志大还是照唱不误，每天早晨在煤河边吊嗓子。裴老师看了，很是感动。他爸爸却是看不惯，骂道："你若是总这样，恐怕连个媳妇也说不上，得打光棍儿啦！"他却说："这正好，我正想为艺术献身呢！"他爸爸抡起棍子想揍他。

过了几年，丰南县恢复了百花歌舞团，要招聘演员。他去应试，唱了一曲刚刚播出的《三国演义》主题歌《滚滚长江东逝水》，颇有些杨洪基的味道，众人听罢很是吃惊。问问他家庭情况，知道他已经娶妻生子，还有几亩地要料理。考官说，团里要自筹自支，没有什么额外收入。如果你年轻，没有家口，还好办。你这拖家带口的，我们不好要你，你回家商量一下吧！李志大回家与家人一说，立刻炸了窝。老婆急眼了，说："你要是去百花，你前脚走，我后脚就与你离婚。你美去了，嘚瑟去了，两个孩子谁管，那几亩地谁料理？你让一家子喝西北风啊？我跟你揍啥？"李志大见老婆急了眼，说话不管不顾的，只好偃旗息鼓，默不作声了。这歌唱家的梦自然是做

· 249 ·

不成了。

　　后来，李志大干起了装修工，又组建了一个建筑队，承包一些活计，很是来钱。十来年下来，挣了几百万。于是，他买了小镇供销社废弃的几间房子，拆了以后，盖了一个偌大歌厅，又买了几套音响设备，招得小镇的年轻人都来唱歌。有钱的给点儿，没有钱就拉倒。他也引吭高歌。大家见他唱得好，都一起鼓掌，也有人替他惋惜，说他要是像大衣哥和草帽姐一样，去星光大道去试试，说不定也会成为第二个大衣哥呢。他笑着说："要是年轻二十年，我一定去试试。现在老了，长得又不咋地，这不是给小镇丢脸吗？但我当歌唱家的梦想却一直没有变啊。现在小镇就是我的舞台，小镇的父老乡亲就是我的观众。给他们唱歌，领着他们唱歌，大家一起来乐和，这不是挺好吗？现在我们日子好过了，精神生活也要跟上啊！"

　　上级听说了他的事迹，要给他一个乡村振兴的模范，让他填表，他拒绝了。他说："拉倒吧！我又没有做什么贡献，再说这些荣誉对我也没啥用，还是给需要的人吧！大家在我这里高兴了，小镇就热闹了；小镇热闹了，文化生活就丰富了。我们何乐而不为呢?!"大家听了李志大的肺腑之言，一起给他鼓掌。

# 说　　客
## ——小镇传奇之三十四

古往今来，历史上的说客不少，如战国时代的苏秦、张仪，靠一张嘴官至高位。东方朔赞曰："苏秦张仪，一当万乘之主。而身都卿相之位，泽及后世。"还有诸葛亮为成刘备大业，在东吴舌战群儒，联吴抗曹。何谓说客？就是善于用言语说动对方的人。古书对说客多有例证，如《史记·郦生陆贾列传》中："郦生常为说客，驰使诸侯。"《三国演义》第四十五回中："周瑜曰：'子翼良苦，远涉江湖，为曹氏作说客耶？'"吴晗在《文天祥的骨气》中写道："元朝皇帝忽必烈亲自来当说客了。"云云，不一而足。

今天我们说的是小镇上的一位说客，叫张子仪，因为善说，曾自比战国时代的张仪，所以就给自己的名字多加了一个字。他瘦高个儿，细眉眼，薄嘴皮。俗话说，薄嘴皮，说死人。意即薄嘴皮的人能说善辩。说客善说，眼皮子一眨就是一个道儿。他是有理不让人，没理搅三分，与人打嘴仗从没有落过下风。每当说得兴起，满嘴冒白沫，唾沫星子乱溅，听者得躲得远远的，否则溅一身。小镇的人半是赞誉半是嘲讽地说他，能把死人说活了，所以都叫他说客。这说客也名不虚传，有一次果真把死人说活了。

事情是这样的：小镇有一倔巴头，特别犟，爱抬杠。有一次，他与邻居为房基地的事打架，一下子气得躺在地上翻了白眼。众人束手无策，无计可施。这是人命关天的事情，弄不好就得出人命。因为说客与这个倔巴头关系甚好，人们把他请来，看看有无办法。说客看后，自知他这是气迷心，一时迷糊，不会死去，也正好借此为朋友争争气，显示一下自己的能耐。于是，他对在一边早已吓坏的邻居说："我说几句公道话。一是这房基地的事情自有公论，你不能由着自己的性子来，占的地方退回去；二是他若活过来了以后，你必须要向他道歉承认错误。"此事非同小可，弄不好就得蹲大狱，这个邻居早就吓傻了，没有了一丝嚣张气焰。于是说客一手拍打着倔巴头的脑门，一手拍打着倔巴头的肚皮，一张嘴便滔滔不绝，有节奏地唱道："我说大兄弟呀，你可不能死啊，听我把道理说给你听啊。你老婆年轻孩子小，一家重担谁来挑？你若死了，老婆改嫁孩子改姓，你这一生白忙活了。你若是活了，邻居一定不闹了，房基地他也不占了，你随便使随便挑，给你儿子盖上三间房，后代儿孙全来了。我说大兄弟啊！你快活了吧！"刚刚说到这里，倔巴头一愣蹦就起来了。看热闹的人先是一惊，随后齐声叫好："说客真把死人说活了！"邻居只好兑现承诺。从此，说客名声大噪。

话说到了 20 世纪 70 年代前期，各大学开始恢复招生，招在农村表现积极的高中生经过考试入学，即所谓的"工农兵学员"。说客的两个女儿也都报了名，他大女儿是高三毕业生，希望很大，而二女儿是在发动"文革"那年才刚刚上完高一，希望不大。参加考试后，大女儿信心满满，二女儿也自认为考得不错。但一公布成绩，两个女儿都没考上，而小镇上的一个在县二中上高一的学生却考上了，这个中的原因小镇人人都明白。这个人的叔叔是一个由造反派上去的县革命委员会副主任。说客气愤不过，一定要去县里查查成绩，问个明白。有人劝他："这不是秃子头上的虱子明摆着的事，朝里有人好做官。你找啥？胳膊能够拧得过大腿吗？"他说："有理走遍天下，没理寸步难行！"他执意去县里问个究竟。于是他步行 30 里，沿着煤河岸去了县城所在地——胥各庄。到了县委，他要见县革命委员会主任。门卫哪里能让他进去？不让进去，说客自有办法，于是他就在县门口，滔滔不绝地说将起来，引得人们围观。此时，恰巧县革命委员会主任要出门下乡，见堵了门口，便问怎么回事？门卫说明情况，主任也是一个老革命，对百姓有怜悯之心，便让人把说客领到办公室问问情由。说客一见大官，并不发怵，而是滔滔不绝地把事情说了一个底儿掉。最后他说："毛主席说：'我们共产党人不是要做官，而是要革命；我们的责任，是向人民负责，全心全意地为人民服务，一刻也不脱离群众；一切从人民的利益出发，而不是从个人或小集团的利益出发；向人民负责和向党的领导机关负责的一致性，这些就是我们的出发点。'当官的不能有了权就乱使用，谋私利，让百姓唾骂，失了威信。您一定要秉公办事，让我们基层百姓心服口服！"这一番话，说得主任点头称是，说一定把此事查个清楚，给他一个交代，并佩服他好口才，能把毛主席语录背得这样熟。果然没有几天，他的大女儿填了到河北师范大学上大学的表，而后去石家庄上大学，那个人则没有如愿。小镇人都说，这个主任真是个清官，当官敢为民做主。事后这个主任来小镇视察，还见了说客，问起此事。说客感动地说，一定要让女儿"社来社去"（"文革"时的一种用词。就是指从哪个公社上大学的，毕业后就分回到哪个公社），毕业后再回到小镇工作，为小镇的建设添砖加瓦，贡献力量。

说客并不失言，后来他的大女儿大学毕业后，果然谢绝在外地工作，又回到小镇中学教高中。小镇人对说客此举都十分赞赏。多年来，说客的这些故事一直被小镇人所说道，被称为小镇传奇。

## 小镇奇缘

——小镇传奇之三十五

小镇南面有十几户人家，房屋连在一起。小镇人管这一块地方叫铁道南。这铁道南有一片水域，有100多亩，水总是满满的，周边长满芦苇，好似这块水域的围墙。这块水域烟波浩渺，水鸟野鸭乱飞，不时地还有几条鱼儿忽地蹿出水面，搅起一片片涟漪。每逢到了春夏之季，水域中鸟儿嬉戏，叫声清脆，给小镇带来许多欢乐。只有到了秋冬之时，才静默一些。这块水域并不是天然的，而是人工挖的。这是在19世纪末期，唐山启新水泥厂烧水泥需要细黏土，于是派人四处勘察寻找，结果在小镇南面发现这里的土质最适合要求。经过几十年的挖掘，这里成了方圆百亩的土坑。后来土挖尽了，大坑里就积满了水。于是，人们管这个大坑叫"抬土大坑"。这是因为当年取土是用抬筐一筐一筐抬上来，装到火车上，而后运到启新的。现在这片水域还在，只是在它的南面多了唐坊医院和唐坊敬老院等单位。

在这片水域的北面则毗邻京山线铁路，在铁路的下面则是工区，工区有工房，既有工人住宿，也有车站人员的家属住。在这所家属住的院子里，有刘家、董家、张家和薄家几户。大家互相关照，其乐融融。孩子们也是年一年二，玩也在一起，学习也在一起。且说这刘家的男人叫刘老大，个子高高大大，原本在车站脚行扛大个儿，后来在工务段的工区工作，每天就是维修和维护铁路。这户外工作十分辛苦，他的脸整天地被风吹日晒，显得黢黑。他有两个儿子，长得壮实，像小牛犊子似的。这董家的男人在车站干票务，主要工作就是卖票检票。在车站工作很少风吹雨淋，因而他显得白白净净。他有两个女儿，像花儿一样。

　　刘家的大儿子与董家的大女儿在小镇中学上初中，而刘家的二儿子与董家的二女儿在小镇上小学，随着孩子们慢慢长大，这传奇的故事就发生在他们身上。我首先声明这不是言情小说，再说我也不会写言情小说，是现实中实有的事情，但他们的故事就有如言情小说一般美妙。

　　这董家的男人身子单薄，像个病秧子，弱不禁风似的，这样的身子也只能在小站干买票检票的活计。他说话细声慢语，声音很低，他人的耳朵须贴近才能听得清。刘家的男人则相反，身强力壮，说话粗门大嗓，隔老远就能听得见。董家女人长得漂亮，是小镇的一朵花，她是从河头嫁到小镇的。而刘家的女人则是附近乡下的，模样一般，与她的丈夫倒也般配。刘家的两个儿子淘气，每天东跑西窜，上墙扒寨子，而董家的两个女儿则文文静静，像个淑女。两家只有对比，没有谐调，但两家的关系甚好。刘家的老婆喜欢董家的女儿，总是把目光在两个女孩身上流盼，不无羡慕地说，要是我有这样的一个女儿就知足了，水葱一般的鲜嫩可人疼啊。而董家的女人则埋怨自己没有生一个儿子，说自己上辈子缺了德，生了两个丫头片子。她十分羡慕刘家的壮壮实实的儿子。她们每天凑在一起经常说道此事。那一天，刘家的女人与董家的女人说，要不咱们互换一个？这本是一句笑谈，可董家女人却有意。在夜里，她偷偷地对男人说起。男人很生气地说，你是没有事，淡得吧！别说生两个女孩，再生两个我也不嫌弃，以后不要再说这件事，让孩子们听见会不高兴的。从此，董家女人便缄口不语了，刘家女人便也不再问。

天有不测风云，人有旦夕祸福。1976年的一场大地震，使得小镇房倒屋塌。铁路工房因为是小镇最好的房子，反而在地震倒塌后把人砸得更惨。小院里的这几家人遭受了灭顶之灾。等小镇的人们把这几户人家扒出来以后，只见董家男人和刘家女人早已断气，其他人也是头破血流，有的腿断，有的胳膊折，好在都没有性命之忧。大家帮忙，把死人简单地埋了，然后开始考虑接下来怎么生活。刘家男人找人帮忙搭了一个大棚，两家人住在里面。董家女人照顾刘家的三个男人，给他们洗衣做饭，外面的事情则全靠刘家男人张罗。四个孩子也是同病相怜，互相帮助。在地震中，刘家的大儿子腿断了，董家的大女儿则颅骨损伤，都需要去外地治疗。于是刘家男人就护送他们到唐山飞机场，然后坐飞机转移到邯郸的医院治疗。在机场临别之时，刘家男人对两个孩子说，你们平时就像亲兄妹一样，到了邯郸医院，就互相多照顾吧，家里的事情甭惦着！于是三个人在机场洒泪而别。

看到这两家的情况，有人想给刘家男人和董家女人撮合撮合，但因刘家男人与董家男人以往过从甚密，一时还接受不了。他就对撮合的人说，我们结合在一起是一家人，不结合在一起也是一家人。再说现在不是已经住在一个防震棚里了吗？刘家男人觉得自己有责任担起两家外面的事情，而董家女人也知道要尽心尽力地管好两家人的生活。真可谓风雨同舟、患难与共。过了一段时间，两个人因每天厮守在一起，彼此感情加深，都有了结合的意思。可不巧的是，两个孩子伤愈归来后，感情比以前更加密切。孩子大了，情窦初开，自然会显露出来，家长哪能看不出来。一天，刘家男人对董家女人说，咱俩的事情就算了吧，我们不要因为自己破坏了孩子的感情。那我们也结婚不行吗？董家女人问道。刘家男人长出一口气，沉吟一会儿说，哎！我儿子娶了你的女儿，我又娶了你，好说不好听啊！再说我们这个岁数了，就忍一忍吧！董家女人把身子伏在刘家男人的怀里，哽哽咽咽。

天冷以后，刘家男人操持着垒了两个简易房，于是两家分开住了，但关系没断，互相照顾，孩子们也逐渐担起了生活的责任。

到了地震第二年恢复高考，刘家的大儿子和董家的大女儿分别考上了河北医学院和河北师范大学，同在石家庄上学。两家高兴坏了，大家也都来祝贺，因为这是小镇从来没有过的事情。镇长和小镇有头有脸的人都来了。席间，大家兴高采烈，镇长举杯对大家说，今年全公社一共考上5个大学生，小镇就占了两个，你们两家给小镇增了光啊！说罢，大家一起鼓掌祝贺。刘家的大儿子和董家的大女儿也一起站起来感谢大家。两个人耳语了几句。只听得刘家的大儿子说，借今天的酒宴，我想也把这顿饭作为我们两个人的订婚宴。我们两个人从小青梅竹马、一起上学，一起到外地治疗，现在情投意合，想定下百年之好。这样我们在上大学期间，也可以彼此照顾，省了许多麻烦。听到此处，大家再次鼓掌。

镇长听罢，再次站起身，很是严肃地对刘家的儿子和董家的女儿们说，我借着酒劲说几句话，但不是酒话。你们的爸妈为这两家人操心费力。你们走后，你们的弟弟妹妹也要到县城上高中。家里就剩了你们的爸爸妈妈，我希望你们为他们考虑一下，也让他们结合了。我来当这个介绍人，怎么样？孩子们高兴地鼓起了掌声，而两家大人却红了脸。

## 姥　爷

### ——小镇传奇之三十六

姥爷在小镇上，是一位人人尊敬的长者。他朴实憨厚、仁义善良、勤劳能干，是中国农民的典型代表。姥爷不是我的亲姥爷，是我叔伯三叔的丈人。他膝下无儿，仅有两女，长女为我三婶。为了以后有人照顾，就给三婶找了个当庄的婆家。三叔一家人也是老实厚道，出了名的好人，可谓门当户对。我们都在一个镇子上住，大事小情互相照顾，往来密切。因为姥爷为人忠厚、勤劳能干，解放前他在给小镇西头财主扛活时，就是打头儿的。临解放时，又因姥爷的弟弟在解放天津时为国捐躯，上级部门便把烈属的牌子挂在姥爷的门框上。贫农加烈属，小镇独一户，没人敢欺，没人敢惹。再加之三叔三婶为人处世人缘甚好，大家见了姥爷，都尊敬有加，就是镇长和公社领导见了，也要搭话。姥爷却不习惯大家这样对待他，总觉得还是随便一些好。他常说："我大字不识一个，就知道干活和仨饱一个倒，不值得大家这样待见啊！"倒是我们这些孙子辈的人和孙子媳妇们与他常开些玩笑。他也与我们说些笑话，说到高兴处乐不可支,憨态可掬。他童心未泯,竟像一个老小孩儿。因为姥爷明明白白做人,踏踏实实做事,那一颗心纯洁似水,可以看得见,所以我对姥爷倍加尊敬。

姥爷活得简单,活得纯粹,心地敞亮,他不会说假话,不会说瞎话,说的都是大实话。正是因为这样,在他的身上有时也会出现一些与众不同的事情。姥爷在小镇也颇是有些传奇色彩的人物。下面先说说姥爷在大会上发言的故事。

我在农村劳动的时候,参加的最多的活动就是开会,从刚刚上小学时候的"四清",到参加劳动时候的"文革"和"斗批改"运动,以至后来我被调到县里被派到农村当工作组组长,几乎与开会结下了不解之缘,也真应了那句"国民党税多,共产党会多"的民间戏言。那个时代别的事情人们可以不干,但会不能不开,唯此为大。

在搞"四清"的时候,我还小,只记得人们不但晚上开会,白天也开会,大会三五天一开,小会天天开。那时我家住了工作队,他们与社员同吃同住同劳动同学习。每天散会很晚,回来还要开会,半夜时灯光才止熄。开会的主要内容就是研究社员们所揭发干部们多吃多占的"四不清"问题,而"四不清"的干部们忙于"上楼""下楼"。有一次,母亲带我去开会,只见发言者慷慨激昂,听者群情激奋,大队干部低着头交代问题。我十分诧异,不知道平日里这些和颜悦色的乡亲们怎么这样怒目相向?后来听说那些在"楼上"的"四不清"干部也没有什么大问题,只是多吃多占了一些,较之今天的某些干部的贪污腐败简直是九牛一毛，但那时我也很气愤。三年困难时期，我吃糠咽菜，饿得皮包骨，而跟我一般大的"二柱子"却吃净面窝窝，馋得我直流口水。我不知道为什么这样。原来是他当大队长的爸爸贪污了粮食，结果成了"四不清"干部。在"四清"运动中也常搞些"忆苦思甜"的活动，让那些苦大仇深的老贫农控诉在旧社会所受的苦难。姥爷因为过去常年给镇里的地主扛活，加之他是烈属，工作队长对其倍加尊重，邀请他在大会上作忆苦思甜发言。他不知何谓忆苦思甜，工作队长启发他说："就是说说过去的事，再说说现在的事。"工作队长动员了好半天，姥爷才答应了。

　　那是冬末的一天，快过年了，天气很冷，人们聚集在一个大院落里，热情高涨。工作队长把姥爷请上台，姥爷一见这么多人，好半天没有说出话来。工作队长赶紧给他倒了一杯热水说："大爷，别紧张，先喝口水，暖和暖和。"姥爷喝了一口，然后抹抹脑门上的汗，断断续续地说："在旧社会，我倒没有受什么大罪大苦。我扛活的时候，吃的是高粱米饭、咸菜熬豆芽。麦秋拔麦子，东家还给烙饼炒鸡蛋，过年还给肉吃。倒是前两年挨饿，把过去人不吃的东西都吃了，吃进去的却拉不出来，上下受罪……"人们哄堂大笑。工作队长赶紧打断他的话："大爷，别说了，下去歇会儿吧！"姥爷也巴不得不说呢，一边走一边说："咱庄稼人说庄稼话，说不好大伙别笑话！"大家又是一阵大笑，有的人竟笑弯了腰。工作队本想在春节前忆苦思甜，让人们过一个"革命化"的春节，可没想到让姥爷打乱了计划。会后,三婶直埋怨姥爷不会说话。姥爷分辩说自己不会说假话,三婶说不会说话就别说,母亲赶紧上去调和。

下面再说说姥爷护路的事情。小镇路口有棵老槐树,树冠像一把巨大的伞,浓荫遮地。树身疤痕斑驳,饱经风雨的侵蚀。据姥爷讲,从他记事起就已经有这棵槐树了。夏天,人们都爱在树下歇凉,下棋,唠嗑。后来镇里修了条公路,从槐树底下穿过。姥爷叼着烟袋,着了魔似的去看汽车,有时竟忘了吃饭。三婶不放心,嘱咐道:"爹,您年纪多大了,别让汽车碰着。""没事,这大活人还能睁着眼往汽车上撞!"他不以为然,哼哼着皮影走了。"真是老小孩!"三婶叹口气。每天,姥爷站在槐树下,毕恭毕敬地目送往来的汽车,不管认不认识都向司机挥着手。偶尔,一辆汽车停下,他也要过去搭腔:"同志,这是啥牌汽车?""东风的。""哈,好。够看的!"他赞美着。日子一长,他知道了很多汽车的牌号。晚饭后,人们在老槐树下唠闲嗑儿。姥爷对大家说:"过去说书唱影,那关公的赤兔马,追风逐日,日行千里,夜走八百,咱只听说没见过。今天我在村口看见一辆小汽车,那个漂亮,一个钟头跑二百里地,从咱这儿到天津卫才一顿饭的空儿,听说坐里面跟驾云似的。"他看了看伸长脖子、听得入神的人们说:"那司机说啦,哪天顺路捎脚,让我搭车去北京逛逛,遛一圈儿,开开眼,看看过去皇上住的地方。""啊!"人们羡慕地咂咂嘴。

小镇要找个义务护路员,镇长找到他。"行!"姥爷二话没说。"爹,您都七老八十的人了,喜欢在哪待一会儿就待一会儿,凑啥热闹。"三婶劝他。"咱哪能净当造粪的机器,光吃不干,死了臭块地,我得替大伙干点儿事儿!"三婶拗不过他。姥爷虔诚地把红胳膊箍戴在胳膊上,晃了晃。他做事认真,爱凿死理,谁家在公路上晒粮食,他立马逼着收起来,惹得人们说他:"你挣钱不多,管事不少,拿着鸡毛当令箭!"还有人劝他说:"您这是大伯子背兄弟媳妇过河——费力不讨好,管这干啥?"有一天,姥爷气喘吁吁地找我,手里拿着个本子:"来,你给姥爷讲讲!"我一看,是《公路交通规则》。"姥爷,您这么大岁数了,学这做啥?""啥?"姥爷的眼立楞起来,喘着粗气:"你也这么说,别人说我,我不嗔着,可你是识文断字的人啊!你以为我是吃饱撑的,没处消化食去?我一个土埋脖颈儿的人,还有啥蹬扯的?可人活着就得替大伙儿办点儿事儿!"

到了暮秋,姥爷着了凉,竟病了。在这期间,发生了几起交通事故,公路上晒粮食的也多起来。镇长要再找一个护路员,可磨破嘴皮子也没人去干。他感慨地对我说:"要是三叔的病好了,我就省这份心了!"人们也渐渐地念叨起姥爷的好处来。天冷了,风刮得紧,一天,我很早起来,发现姥爷正在路口,戴着红胳膊箍站在老槐树下,还不时地向司机挥着手。霞光映红了他的身子,古槐也融化在晨曦中。我的心不禁一颤:姥爷不就是那棵古槐吗?质朴、顽强,用它仅有的一点儿生机为人们遮风挡雨,装点着我们这个古老而又美丽的小镇。

后来，姥爷老了，与三婶住在一起，由三婶照顾起居。老人家虽然快八十了，干起活来，仍不输给年轻人，被一些人们称为"活神仙"。有一次，他从地里往家拉棉花柴，我发现他竟在车上码车，然后坐在车垛上，优哉游哉地赶车往家走。路人见了，无不惊叹。有时有人问他长寿的经验时。他说出四个字："没心少肺！"众人听罢哈哈大笑，莫不称是。我于是想到："知足者常乐，心宽体胖，乃长生之道，而那些沉湎于权术、钩心斗角的官场中人，或整天算计他人、唯恐旁人过好的奸佞小人，或见利忘义、见钱眼开的势利之人，又怎么能长寿呢？"所以，我把姥爷视为我人生的榜样。

# 小镇女人

## ——小镇传奇之三十七

因煤河水的滋润，小镇的姑娘大都皮肤白嫩，个头细高挑儿，水灵得一掐可以出水呢！丰南从古至今就是出美女的地方，面积小一点儿说，就是出在陡河和煤河两岸。在陡河一带流传着这样一句顺口溜："宣黄刘李葛，东西二尖坨，越支正腰窝，不够从宋营拨。"意即陡河岸边这一带的村镇美女众多，个顶个漂亮。在陡河沿岸村庄的姑娘们大都杨柳细腰，明眸皓齿，肤色白嫩，模样俊俏。听人说，在"文革"前期林立果选美之时，有一个被选中的美女就出生在陡河一带村庄，不知确否，或只是传言，我们就当戏说吧！但在历史上丰南出美女有确凿的证据。金代时，在陡河一带有一长春古淀，有古籍这样记载："金时尝建行宫于此。凿渠通水以恣游观，世宗朝改名大定淀。"对于长春古淀具体位置的描述，在康熙《永平府志》中描述得最为具体翔实，在《封域志五·山川五》中记载："长春淀，在州（滦州）西南一百二十里，旧名大定淀，大定二十年更名长春。案：淀在旧石城废县地，即今稻地集西。"这稻地镇,就在陡河岸边,为古滦州四大名镇之一。因金元时广开稻田,用陡河水浇灌,"稻地镇"由此而得名。而煤河开凿则比较晚,它于1881年春经清政府批准开挖,8月竣工。挖成以后的煤河全长35公里,以作为运煤的河道,因此也被人们称为"煤河"。煤河原本是挖到唐山的,但因挖到胥各庄时地势过高和流沙太多而无法再挖,因此胥各庄又称"河头"。那时煤河河水烟波浩渺,横河卧波的十道桥,煞是好看,小镇的桥为煤河中的第五道桥。这五道桥的姑娘虽比不过陡河姑娘多,也是个顶个的漂亮。因为小镇有车站,又是公社和工委所在地,吃商品粮的人多,这些小镇姑娘大多嫁给了挣工资的人,而摆脱了土刨粮食的命运,成为工农户。

这小镇有铁路,有政府机关所在地,因而在小镇人们的身上便多了几分城市气息,小镇的姑娘们自然比起附近村庄的姑娘来也显得落落大方,颇有几分男子气度。在小镇的桥南有一张家,生得五个女儿,一个比一个漂亮,被人们称为"张家五枝花"。有如《花为媒》中张五可所唱的那样:"玫瑰花开颜色艳,梨花赛雪满栏杆。我张家姐妹有五个,五朵鲜花肩挨着肩。"这张家的前四个女儿都已出嫁,她们因为长得漂亮,有的嫁到唐山,有的嫁到胥各庄,最后只剩下五姑娘张春芳。我们今天所说的故事就出在她的身上。

这春芳有如春天的一朵鲜花,吐露芬芳,鲜艳可爱。她不仅人长得美,还能歌善舞。她嗓子脆亮,唱起歌来像百灵鸟在歌唱。在1958年4月,中央乐团、中央民族乐团等单位的多名干部响应毛主席的号召向工农兵学习，到小镇进行劳动锻炼，以提高思想，摆脱资产阶级的"骄娇二气"。于是小镇所在地的唐坊工委就从全区农村选拔了一些有艺术特长的青年，在这些文艺干部的辅导帮助下，成立了"唐坊农民业余百花歌舞团"。春芳也去应试，那时她年方二八，青春活泼，被考官一眼相中。在歌舞团里，她主要是独唱，也有独舞和伴舞，是个文艺全才。她独唱时，最爱唱的歌曲是《汾河流水哗啦啦》："汾河流水哗啦啦，阳春三月看杏花，待到五月杏儿熟，大麦小麦又扬花。九月那个重阳你再来，黄澄澄的谷穗好像是狼尾巴。"每当唱这首歌时，她就觉得好像是唱自己的家乡的煤河，那煤河哗啦啦的流水奔涌而来，在眼前浮现，唱得就更带劲了。因为这首歌的原唱是郭兰英，于是有人把她叫作"小郭兰英"。她也不负众望，竟把这首歌唱到了中南海，唱给中央领导人听。据《丰南县志》记载："唐坊农民业余百花歌舞团"于1958年9月6日正式成立，共有成员118名。半个月后，百花歌舞团赴北京演出。同年10月1日上午，演员们在天安门前参加了国庆9周年大典。10月6日在北京中南海礼堂作了汇报演出，受到国家领导人的接见，《光明日报》《文汇报》等各大媒体进行了报道。歌舞团载誉离京后，还相继在当时的河北省省会天津和唐山等城市做了数场演出。因为她才艺出众，有些文艺团体当时也想要她，但团里不同意，因为她是台柱子。她也并不在意，更乐意在家乡为父老乡亲演出。团里也对她重点培养，送她去北京进修半年，巧的是指导她的老师就是大名鼎鼎的歌唱家郭兰英。这一段经历一直是她引以为自豪的事情，也是她生命的亮点。她在中南海演唱的照片现在一直被她珍藏着。

在"唐坊农民业余百花歌舞团"走过了7年的辉煌历程后，由于各种原因，于1965年4月解散，春芳也回到小镇，但她还经常参加省里和县区的一些比赛，曾取得过民歌大赛一等奖的好成绩，颇有些名气。当时也有一些业余团体，如丰南县的文艺团体想要她，因为父母身边没有人，她没有去。于是她父亲托人让她去唐坊供销社当了售货员，先是合同工，以后可以转正。因为她长得漂亮，加之过去演出的名气，凡是到供销社买东西的人都要先到她的柜台买东西，为的是多瞧上她几眼。她心里知道，也不烦，始终对顾客笑脸相迎。她在哪个柜台，哪个柜台卖的东西就多。就是她在卖鞋的柜台也是如此。这颇有点儿像著名作家何申所写的《热河傻妞》中那个漂亮的女售货员婉婷卖鞋的情形："奇迹发生了，自打婉婷站柜台，粮市分店的顾客猛然间多了起来，而且是清一色的小伙子。进来转悠两圈，就停在鞋柜前挑鞋，挑得很认真，向婉婷问这问那。婉婷刚来回答不好，便着急着要喊旁人，小伙子说别叫她们，你说这鞋好，我买就是了。婉婷知道有一种鞋的底子爱折断，她不愿意欺瞒顾客，说这鞋质量有问题。一个小伙子说那也买，坏了正好还来买。婉婷抓着鞋说，你这是干什么？小伙子说我就想天天来买你这儿的鞋。"二者何其相似！正是因为如此，她所卖的货远远多于他人，奖金自然也就多了一些，年终被评上先进生产工作者。没有干上一年，她便转了正。还因为工作出色，被选为供销社的团支部书记。

俗话说，男大当婚，女大当嫁。春芳现在已经二十四五岁了，父母为了她的婚事很是着急，提亲也挤破了门，男方多是在铁路上班或在小镇机关里坐办公室的，但春芳却一个也没看上眼。大家都说她眼光高，或是说她挑花眼了。不管旁人怎么说，春芳有自己的一定之规，说自己的事情自己做主，她看不上眼的，男方挣多少钱、当多大干部也不会同意，父母拿她也没有辙。可后来她自己选的对象超出了所有人的意料，竟选了一个在供销社当临时工的张大良。这张大良是五道桥西面大田庄的人，一米八的个头，相貌英俊，托人来供销社当售货员，他当时还是个合同工。那么，春芳仅仅是图相貌吗？也不是。这张大良虽说高中毕业，却看的书多，爱好写作，还在《唐山日报》和《丰南文艺》上发表过小说。他的小说颇有些孙犁小说的味道，孙犁写荷花淀，他写煤河，有水乡的趣味。春芳也喜欢读书，所以两个人经常互相交换看书，并交流读书心得。张大良还有一件事让她感动。那是有一次，一个老农民在五道桥西面的旧炮楼处推着自行车过煤河，因为春天的冰已经是竖茬，而不是三九天时的横茬，冰面已经禁不住人了，结果这老汉一下便漏了下去，但自行车却横在冰面上，老汉赶紧上身趴在自行车上，大喊救命！此时恰巧张大良路过看见了，他赶紧回供销社找来梯子、挠钩。他把梯子在冰面上顺给老汉，他拽住梯子的一头，让老汉抓住另一头先爬上来。他再用挠钩把自行车钩上来，并把老汉领到他的住处，给老汉换上他的衣服，然后送老汉回家。春芳觉得张大良为人厚道，是自己可以依赖的人，这才决定与他谈恋爱。春芳的父母先是不答应，后禁不住老闺女的死磨硬抗，终于同意了，但有个要求，必须男到女家，就是倒插门，招养老女婿。张大良也愿意，一是自己还有一个弟弟，二是上班也近。婚后，夫妻二人相敬如宾，张大良对春芳的父母颇为孝顺。几年过后，春芳生了一个女儿，长得水葱一般，甚是可爱。姥爷姥姥也视如珍宝，从小看着长大。但天有不测风云，人有旦夕祸福。1976年大地震使得小镇房倒屋塌，春芳一家被砸得很惨。父亲和女儿当时就砸死了，张大良胸部被砸成重伤，奄奄一息。只有母亲和她还好，虽身体多处受伤，但没有性命之忧。春芳含着巨大的悲痛，埋葬了父亲和女儿，坚持把丈夫送到唐山飞机场，看他坐上去大连的飞机去那里救治。回来后，她立刻参加了抗震救灾的活动。她一边组织人抢救库房的货物，一边搭起帐篷在五道桥街面上卖货，以保证老百姓的需求。因为她以"公而忘私、患难与共、百折不挠、勇往直前"的抗震精神始终坚持在抗震救灾的第一线，在1976年9月1日被组织推荐去北京与来自唐山、天津、北京抗震救灾第一线的3500多名代表参加了"唐山丰南地震抗震救灾先进单位和模范人物代表会议"。她从北京回来以后，更加努力地工作，第二年被选为供销社的党支部书记。这时张大良也伤愈归来，她更加感谢党和人民对丈夫的救命之恩。第三年，春芳怀胎十月，生下双胞胎，她给两个孩子起了名字,老大男孩叫大双,老二女孩叫二全。人们无不羡慕,说这下子好了,苦尽甜来,儿女双全,这是你们行善积德所得啊!春芳笑着说,这哪里是我们行善积德,这完全是党和人民所赐啊!没有共产党和人民的关怀,哪有我们一家的今天啊!大家听了,都点头称是。

# 看 电 影

## ——小镇传奇之三十八

看电影，在20世纪五六十年代的农村是一件十分奢侈的事情。那时只有在县城和城市里才有电影院，乡下人是看不到电影的。在我记事的时候，小镇因为是工委、公社所在地，便建了一个大礼堂，除了开会、演节目外，还能够演电影。但那时候想看电影，必须买电影票，一毛钱一张。我们这些小孩子是买不起票的，但也成群结队地去，进不了礼堂看不成电影，就在礼堂外面听电影，听听也过瘾啊！所以礼堂内演电影，有几十个孩子站在礼堂窗户外面听电影，这也成为一个奇观了。后来我们长大了一些，便跳窗户进去。礼堂的窗户有两米高，我们便以搭人梯的方式爬到窗台上，然后从窗户跳进去，没有座位，便蹲在过道上看。有一次，我们竟跑到演出台上的银幕下方，头枕着舞台的台沿看，不一会儿便被管理人员给轰了出来。还记得有一年演《孙悟空三打白骨精》，大礼堂人山人海，一票难求，我们就是想在礼堂的窗户外听电影都十分困难。那一次，这部电影整整演了一周，场场爆满，我们这些孩子们在礼堂外面整整听了一周。

　　后来，县里组织电影队巡回演出，但只是在一些较大的村镇演。我们这些孩子们在小镇看完电影后，便每天晚上走村串庄地去看。一部电影即使看了几遍、十几遍还是去看，甚至连台词都能够背过来，有时还模仿一些动作。我们有个同伴叫二狗子，他模仿得最像，尤其是一些经典台词，学得惟妙惟肖。如《平原游击队》中松井的那句"你家有地道吗？到你家去吧！"，《地道战》中的汤司令的"高！实在是高！"，《小兵张嘎》中胖翻译的"老子在城里下馆子都不要钱，别说吃你这几个烂西瓜！"，还有《地雷战》中的"不见鬼子不挂弦"，这些经典台词都经常挂在嘴边上。二狗子因为他的哥哥大狗子在公社当电影放映员，最早知道公社电影队每天晚上到哪里放映的消息，于是我们便早做准备，吃罢晚饭便一起出发。

　　那时看得较多的影片是《南征北战》《地道战》《地雷战》《平原游击队》《小兵张嘎》《柳堡的故事》等。有时为了看一场电影，我们竟往返二十几里路。有一年夏初，我们一群孩子听说离我们村八里远的横沽村演电影，跑到了那儿没有，说是在离这个村五里远的望马泊村演，结果我们又跑到那儿。我记得看的电影是《草原雄鹰》，往返竟二十几里。等看完电影回到家，已是后半夜，但我们乐此不疲，一边走还一边唱："我们像双翼的神马，飞驰在草原上，啊哈呵咿，草原千里滚绿浪，水肥牛羊壮……"那时农村初夏的夜晚，月明星疏，蛙叫虫鸣，微风拂面，一片馨香，走在乡间的小路上，是多么惬意啊！不仅我们这样，大人们也往往这样，只是走不这么远，因为第二天还要出工。那时看电影往往是几百个人看。一个村里放映电影，竟有附近几个村的人来看。因为人多，有的人在电影屏幕的正面离得远看不清楚，便到屏幕背面去看，所以电影屏幕的前后都是人。

小镇因有火车站，到了每个月的月初，铁路放映队便来镇里演一次电影，而且都是新片，而不是看腻了的老片子。一到月初，演电影的还未来到小镇，我们这些孩子便显得急不可待了。我便问在车站上班的父亲，电影队什么时候来？等电影队到了，我们早早便去占位置，十里八村的人也都来看。在我的记忆里，看电影人最多的一次是看彩色电影京剧《智取威虎山》。演员的精湛表演，现代化的演奏方式，把人们看得如痴如醉。电影演完了，人们还不愿离去。后来又有了《红灯记》《沙家浜》《杜鹃山》《龙江颂》《奇袭白虎团》《海港》《磐石湾》《红色娘子军》等，凭借电影媒介使得样板戏家喻户晓，传播甚广，以至每个人都会唱上几句。甚至是整出的戏词。后来，有很多村自己成立演出队（也叫毛泽东思想宣传队）排练这些现代戏。那时哪里有人教，演员们都是跟着电影学的，这也可以称为学习样板戏的一个传奇。

到了20世纪70年代初期，各个公社便有了电影放映队，天天串村演出，这无疑是最受百姓欢迎的。那时家家把看电影当成了大事，逢村里演电影时，人们便把七大姑八大姨、未过门的儿媳妇等接过来，当然也有一些偷着搞对象的年轻人借此

每逢演电影,村里小孩们便去早早占自家的座位,有的用板凳,有的用砖头,还有用柴草的。不一会儿,那些穿得齐整的姑娘们,穿背心的老爷们儿、摇蒲扇的老人们,都三五成群地聚集在银幕前

约会。每逢演电影，村里小孩们便去早早占自家的座位，有的用板凳，有的用砖头，还有用柴草的。不一会儿，那些穿得齐整的姑娘们，穿背心的老爷们儿、摇蒲扇的老人们，都三五成群地聚集在银幕前。人们面对银幕席地而坐，姑娘们挤在一角说着悄悄话，男人们则散落着大声说笑，银幕周围欢声笑语不断……那时农村的夜晚是很美的，月儿圆，星儿稀，风也轻柔，带着清新、甜润。那时没有污染，没有噪音，充满了农耕社会文明气息。

电影开演了，人们便鸦雀无声，极有兴致地看着。即使中间因断片或换片需要停顿一些时间，人们也只是静静地等待，或唠嗑，或吸烟，就是有了故障也没有抱怨。在乡下演电影，一般是先演加片，有的是新闻片，有的是科技片，还有幻灯片，用来宣传党的方针政策，然后再演正片。演完了，一般是村里管电影放映员一顿饭，然后他们骑自行车回公社去住，有时路远或太晚了他们就住在村办公室，那时叫大队部。那时有影响的电影有《闪闪的红星》《海霞》《决裂》《春苗》《瓦尔特保卫萨拉热窝》等。

电影放映员头天晚上在一个村演完电影后，到了第二天这个村便派车把演电影的机子送到另外一个村。那时电影放映员一般是两个人，而且是男青年。他们往往是各村姑娘追逐的对象，他们也借机把各村漂亮的姑娘看个遍，然后挑中一个意中人。那时有胆大的姑娘，也有主动搭讪的，或借机献媚的。二狗子的哥哥便借机选了陡河岸边新河庄的一个叫小芳的漂亮姑娘。她长得如歌曲《小芳》中所唱的那样,"村里有个姑娘叫小芳,长得好看又善良,一双美丽的大眼睛,辫子粗又长",是附近村庄的一朵花,这令小镇的年轻人羡慕不已。那时电影放映员不吃公粮,是工分加补贴的那种待遇,但没有相当的门子也是不能干这个工作的。那时公社的电话员和电影放映员往往是个跳板,一旦有了上学或招工的机会,便会捷足先登而脱离农村。后来,大狗子果然去了昌黎农校上了中专,但他并没有抛弃农村的这个漂亮姑娘小芳,这与在当时上了大学或中专的人几乎都与定亲的姑娘退了婚不同,这也算是一奇吧。

到了 20 世纪 80 年代前期,小镇电影队依旧活跃在农村,只是电影放映员换成了二狗子,他接了他哥哥的班。二狗子每天串村演电影,这时演出的影片主要有《少林寺》《木棉袈裟》《瞧这一家子》《甜蜜的事业》《神秘的大佛》《高山下的花环》《小花》等。有一次,我回家赶上他放电影。演出前,我找个地方坐下,看到他正在倒片子,还有一个年轻人在帮他。弄好后,他敲敲话筒,咳嗽几声清清嗓子说:"今天演出的影片是武打片《木棉袈裟》,真杀真砍、火烧真人,由独臂老人徐小明自编、自导、自演、自唱的。"他喘口气,"本片的赞助单位是唐坊第二建筑公司。"他这连土带洋的讲解使得人们哄堂大笑,那徐小明曾在《霍元甲》中扮演独臂老人,他竟把两部片子扯在一起。旁边的人告诉我:这第二建筑公司是镇里几个年轻人组成的建筑队。我有些好笑,想起城里的小卖店也挂着某某商行的招牌,人们总是爱赶时髦的。

电影演完了，人们陆续散去。二狗子发现了我，跑过来问我，他放映得如何，我称赞了他。他很高兴："你别哄孩子了，我的技术二五眼，有人说我不务正业，难道只有两手捞钱才是正业吗？咱乡下人日子富裕了，精神生活也要跟上形势啊！"我很感动。他拉住我的手，吭哧着说，"有件事求你，不好意思，你能不能把我为乡亲们义务演电影的事给报社写个稿呢？"我答应了。他高兴得像个孩子。我一阵感慨，他自己出钱义务演电影，只求得人们的一点儿支持、表扬，多么廉价的请求啊，可他那颗心却是金贵的！

夜色是美好的，在这美好的夜色中，我又发现了一颗微弱但闪光的星。

# 看 场 人

## ——小镇传奇之三十九

在农村改革开放之前,生产队还没有解散的时候,小镇共有四个生产队。那时每个生产队里都有一个场院,用做堆放粮食。夏天麦子熟了和秋天粮食下来都堆在场里,这就需要有人看场了。那时生产队的场都在村外。这场院方圆二亩左右,中间有平平展展的一块地,平常闲置着,需要时被平整、压实、扫净,就成为打麦子、轧场的场地了。有场地,还要有看场的房子。这看场的房子一般是两间低矮的土房,一间放农具,一间留给看场的人住。看场的人一般都是青壮年劳力,大家轮班看,一班两个人,看上一宿,白天照常劳动。当然看场也可以换班,或替班。有的光棍儿怕寂寞,有的年轻人图热闹,有时也来场院凑热闹,所以有时在看场的场院内或屋中就可能是三四个人,甚至更多。这样就可以打扑克,即使唠嗑儿也热闹些。当然,这些好热闹的人等到夜间 10 点左右就回家了,不会宿在那里。小镇其他三个生产队看场的人都是轮换,而唯独我所在的第四生产队看场的有固定的一个人。固定看场的这个人就是《算命先生》里的算命先生，我们都叫他"斜老愣"。为什么让他固定看场？这一是因为他孤身一人，二是因为他生活困难。生产队长"二诸葛"可怜他，就让他把行李搬到看场的房子里住下。这样他每天晚上还可以多挣半天的工分，以维持生活。他这般光景，也没人和他攀比。不过这四个生产队只有他一个人是这样，被人称为怪现象，但"二诸葛"不以为然，说谁也不能与他比，没有吃的、没有住的、没有人管，这生产队就是他的家。

那个时候，人们都喜欢看场有个原因，因为在看场的时候可以吃个饱。看场的人在晚上扛着行李去看场时，就悄悄地往行李里面塞一个小铁锅，然后在烧炕的时候把锅放上，用它来炒黄豆、玉米，等等。20世纪六七十年代，是个吃不饱肚子的年代。人们在看场的时候，便可以随便吃，有时撑得睡不好觉，到第二天早起还打饱嗝儿。虽然大家都心知肚明，但此举是不能公开的。那时，没有人敢到场里偷粮食，所以看场就是睡觉，生产队给记半天工分而已。

看场时的人的嘴是最没有遮拦的，七大姑八大姨、陈谷子烂芝麻都可以随便扯，包括一些荤事，甚至一些不能公开的事也可以说，但是出了这个场院就不能再说了，说了就要负责任。因为"文革"中，我高小毕业后失去了上学的机会，就在生产队里劳动了。我一直渴望着看场，终于到了我十六七岁的时候，因为个子长得高，生产队长"二诸葛"就让我看场了。那时我年纪小，自然对人们胡扯六拉的这些闲言碎语不感兴趣。我最感兴趣的是听他们讲故事,有时听了神鬼的故事,不禁毛骨悚然,竟不敢出去到场院外解手。

我特别喜欢秋天看场的夜晚。此时明月高悬,天地澄明,四周有淡淡的雾,像女人披的白纱。场院四周静悄悄的,万籁俱寂,时而水塘里有鱼跃出水面,搅出一片声响,将升腾的水汽冲荡开来,时而旷野中传来几声野物的叫声,是那么清晰。我站在场院中,沐浴在月光里,身子融化在清亮的天地间,呼吸的空气也是那样的甜润。这个情景与《荷花淀》中的女人们在月光下编席子的图景是多么相似啊:"月亮升起来,院子里凉爽得很,干净得很。""淀里也是一片银白世界。水面笼起一层薄薄透明的雾,风吹过来,带着新鲜的荷叶荷花香。"皎洁的月光、凉爽的空气、宁静的院落、明丽清新的氛围,看场的院里充满了诗情画意。

看场不仅充满诗情画意,有时也有些惊险。这看场的人就需要胆子大些,因为夜间还需要出来巡查,而不是睡死觉和睡懒觉。有一次,有个看场的人出来小解,一会儿便惊慌失措地跑进屋,叫醒了斜老愣,说有一个恶鬼在啃人脑袋。"纯粹是胡说八道!"斜老愣自不信邪,拿着叉子就扑过去,一看是一个蓬头垢面的要饭的在啃拉到场的白薯,结果是虚惊一场,这在第二天成为笑谈。但时常也有些野物,如兔子、刺猬、地里鼠,甚至骚狗、獾等跑进场里吃东西,但这些东西机灵得很,下套都逮不住它们。只有刺猬行动慢,可以逮住,但这东西没有用,不能吃不能喝,只好放了它。当这些东西跑进场院时,我拿起叉子去追、去挑,宛如《故乡》中的少年闰土在月光下的西瓜地里拿叉刺猹。

虽说有看场的,但还是有人敢冒天下之大不韪,趁着夜色偷粮食。村里有个二流子,平日里游手好闲,不好好劳动,到了夜间竟然拿着个口袋来场里偷粮食,一下子被斜老愣逮个正着。我那天正好与他看场,正在梦中,恍恍惚惚觉得场院里有人说话。我一滚身爬起来,跑到屋外,只见二流子正在求饶。原来斜老愣正在场院中溜达,发现有人来了,便躲在隐蔽处,却发现是二流子来偷粮食,一下子被他逮住了。二流子吓坏了,赶忙磕头作揖,因为偷粮食被逮住后,村里要开批斗会,说不定还要送派出所。过去村里有个人因为偷粮食被判了刑,在监狱里押了好几年。我一听说逮住偷粮食的,立刻兴奋了。心想,我这下子可有吹的了,但斜老愣却一定要放他走。见他如此,我也不好说什么。回到屋中,我问斜老愣,为什么放他走?斜老愣叹了一口气说,二流子输耍潦倒,家里穷得揭不开锅,要是再把他送派出所、进法院,他家人就真的要饭了,再说他也没有偷走粮食啊!说到此处,斜老愣有些哽咽,央求我不要把此事对他人言说。我答应了,也深深地叹了一口气。

当然,看场的人有时也干些讨人嫌的事情。如去听声,即悄悄地趴在新婚夫妇的窗户根儿底下听人家在说些什么,我们管此叫"听窗根儿"。当听到一些新婚夫妇的情爱之语,第二天便到处宣扬,以此为乐。有一次,二愣子与斜老愣看场的时候,他悄悄地去听刚刚新婚的叔伯哥嫂的声。他嫂子长得好看，令他垂涎，他平日里经常没话找话地和嫂子开玩笑。那时的农村夜不闭户，虽然家家有寨子，有院门，但外门始终是敞开的，想上谁家都可以。他悄悄地趴在窗根儿底下，听到哥嫂的动情之处，忍不住哈哈大笑，结果被他哥哥听见了，竟光着身子拿着鞋底子追出来，一边追一边骂街，吓得二愣子狼狈逃窜。第二天此事成了全村的新闻，只羞得他新婚的嫂子几天都抬不起头来，出门不敢见人。因为那时的妇女没有现在的农村妇女这样开通（大方）。结果他哥哥拿自己的弟弟没有办法，却来埋怨斜老愣，怨他为什么没有看住他弟弟，不好好看场反来听声？大家对此愤愤不平。斜老愣却一声不吭，觉得是自己的责任，而感到内疚。

  斜老愣多才多艺，会说快板，会清唱，还会拉四根弦，他曾经在小镇的皮影社拉过大弦。每逢晚上看场，他一边拉弦，一边给大家唱。有一次看场，斜老愣问我："你知道东北管美叫什么吗？""叫什么？"我问。"叫浪！"他一边笑一边唱起来："大姑娘美嘞哪个大姑娘浪，大姑娘走进那青纱帐，这边的苞米它已结穗，微风轻吹哎哎哎起热浪，我东瞅瞅哎西望望，咋就不见情哥我的郎，郎呀郎你在哪疙瘩藏，找得我是好心忙……"还没有等他唱完，大家早就乐不可支了。有时还说一段快板，且会现编现说，而且合辙押韵，他有段快板传遍了小镇，人人皆知。是这么一回事：那时每个生产队都有一个赶大车的人，到外面去拉脚，给生产队挣些零花钱，以支付生产队的日常开支。赶大车是个俏活，当时在农村有"十等人之说"：这一等人

斜老愣多才多艺，会说快板，会清唱，还会拉四根弦，他曾经在小镇的皮影社拉过大弦。每逢晚上看场，他一边拉弦，一边给大家唱

就是赶大车的,叫作"一等人赶大车,驾得窝喝一块多",赶大车的人每天可以挣一元以上的补助。在我们生产队有一个赶大车的人,大伙叫他"臭鱼"。有一次,他拉脚送货进山。那驾辕拉套的骡马平时走惯了平原,一进山不是上坡就是下坡,很是发毛。在下坡时因为坡陡,尽管赶车的"臭鱼"拉了死闸,结果还是翻了车,滚进了山沟,牲口当时就摔死了,可"臭鱼"却没事,但也吓坏了。因为"臭鱼"起早贪黑很是不易,"二诸葛"和社员们也没有说什么,都来安慰他。可此事却被斜老愣编成了快板:"要我说我就说,说说'臭鱼'赶大车。一天来到一个小山坡,马失前蹄滚下了沟,吓得'臭鱼'打哆嗦。两腿站不直,说话直磕巴(bo)。'臭鱼'爬下看,大车摔个稀巴烂,马屁股塞进个石头蛋,'臭鱼'说,这回我可要完蛋,要完蛋!"这段快板家喻户晓,成为斜老愣的保留节目,每次看场都要说上几回。"臭鱼"为此气得愤愤的,说要找斜老愣算账,但他拿又穷又横的斜老愣也没有办法。斜老愣平日里就是大家的开心果,我们叫他活宝,因为他给我们带来许多乐趣。

那时,夏季看场的时间短,因为麦秋收拾粮食集中,加之天热有蚊虫叮咬,一般没有几天。而秋天看场的时间长,从中秋到冬初。因为各种粮食多,陆陆续续地进场,等粮食晾干入库或分净以后,就已经进入冬天了,只等到场里没有任何东西了才能撤,大概是两个月左右的时间。这时候,斜老愣就搬回自己的小黑屋去住了。他和我们一样,盼着第二年再看场,再一起享受那温馨的场景和开心的看场的夜晚。

# 护 秋 人

## ——小镇传奇之四十

在生产队没有解散之前,生产队有许多俏活,如赶大车的、看青的、护秋的等。那时农村有这样一段顺口溜:"一等人赶大车,驾得窝喝一块多;二等人,拍马屁,有啥俏活让他去;三等人,大社员,伸着胳膊扯大玄……"这二等人就包括护秋的人,这护秋是个俏活。有人认为护秋不是看青,其实这护秋和看青是一码事。只不过人们一般把看麦秋的人叫看青,意即麦子定浆以后就要有人看管了,以免有人揪下麦穗搓麦粒吃,或偷拿麦穗,而把看大秋的人称为护秋。在秋天庄稼半生不熟的时候就开始护秋,直到庄稼收完了才罢。所以,人们管"护秋"的叫护秋人。

我在农村劳动的时候,曾经被大伙推举去护秋,这倒不是我有什么门子和后台,只是人们看我年纪小,干活实在,就让我与生产队一个叫"瞎老坏"的中年人护秋。这"瞎老坏"在小镇是有名的倔巴头,不怕得罪人,所以生产队长才叫他干这个活。护秋虽说是个轻闲的差事,但我却感到活受罪。这差事一则费力不讨好，看见糟蹋粮食和偷粮食的人管也不是不管也不是；二则我再也不能像护秋前那么随心所欲地吃秋了。那个时候，因为挨饿，人们在干活的时候，经常烧玉米、烧豆粒吃以解馋解饿，我们管这叫吃秋。

这"瞎老坏"虽然有一个眼是玻璃花，但单眼吊线看东西更准。俗话说，眼邪心不正，腰里掖着钩子秤，意即眼斜的人会算计人，所以生产队年年让他护秋，以免丢失粮食。"瞎老坏"大公无私，逮住偷秋的人绝不宽容，为此人们送他绰号"瞎老坏"。

"瞎老坏"一生有两件传奇的事情：一件事他告发了自己的哥哥偷粮食，使得他的哥哥挨了处罚，以致两家长期不和睦。那是一年的秋后，他半夜起来解手，忽然听见门楼子外面有人往里面扔东西，声音很轻，但依然听得见。他穿好衣服出来，看见扔进来的是高粱穗。这个院子里只有他们弟兄三人住，没有外人，这一定不是大哥就是三兄弟偷的粮食。不一会儿有人从墙头跳进来，他一看是他大哥。他大哥看见他很是尴尬，嗫嚅着说："家里快揭不开锅了，所以……""你快别说了，没有吃的就去偷吗？你还记得父亲临死前说的话吗？穷死不做贼，饿死不偷粮，你都忘记了吗?!"他大声地训斥哥哥。"我知道错了，你不要告诉旁人啊！"哥哥哀求他。"我是个共产党员，绝不会视而不见，放手不管。""瞎老坏"说得斩钉截铁，颇似黑脸包公对待自己的嫂娘那样不留情面。果不其然，第二天他向大队揭发了哥哥偷粮食的事情。大队惩罚了他的哥哥。尽管他让老婆把自家的粮食给嫂子送去,却被哥哥扔了出来,从此两家成为路人,直到在大地震中他冒死把哥哥一家人救出来才和好。第二件是在大地震中,小镇房倒屋塌,他那天恰好出来解手,听见地声(唐山大地震前先有地声)就没有回屋,紧接着天摇地晃,小镇瞬间夷为平地,于是他挨家救人,划得身上都是口子,浑身血迹斑斑。于是他被推荐去北京参加了"唐山丰南地震抗震救灾先进单位和模范人物代表会议",一度成为小镇名人。

每天,我和"瞎老坏"先是围着地边绕,然后去铁道瞭望。那铁路路基高,小镇的每个地块一目了然。有一天我们正在瞭望,见不远处有一缕青烟升起,虽然很淡,但我们知道一定是有人在烧玉米或烧豆子吃。因为秋天青纱帐遮天蔽日,人们往往找一最隐蔽处烧,即使人们走到跟前也不易被人发现。护秋的只有站在高处观看,发现哪里冒烟,就知道那里一定有人在吃秋。因为这个时候烧玉米或豆子的柴火半湿不干,容易冒烟,所以能够被发现。于是我们学电影里的鬼子"悄悄地进村,打枪的不要",蹑手蹑脚地贴了过去。在一块玉米地的深处,只见"小白薯"大叔他们正蹲在地上烧玉米。我刚要冲上去,"瞎老坏"朝我挤挤眼,我明白了,等烧熟时再去。当"小白薯"大叔第一个拿起烧玉米要吃时,我早已忍耐不住,大喝一声:"不要跑!"只听得"小白薯"大叔"妈呀"一声,扭头便跑,其余的人也吓得魂飞魄散,抱头鼠窜。我们发现已经烧熟的玉米摆在玉米秸支起的架子上,散发出浓郁的烧烤香气。在地里烧玉米做法很是讲究：先折两根玉米秸，各折成拱形，插入垄沟中。然后在上面摆满青玉米，找来干草在下面点着，约莫七八分钟，便烧熟可食了，外焦里嫩，香甜可口。吃时，因玉米个儿大，一般都是从一头吃起，宛如吹笛子状。人们管这种吃法叫"吹横笛"。"小白薯"大叔烧玉米的技术最好，他慢火细烧，不急不躁，一会儿就烧得玉米外焦里嫩了。因为他脑袋长得像个白薯，大家给他起了这样的绰号。人都跑了，没有逮住一个，"瞎老坏"只好把这几个烧熟的玉米挂在村口的槐树枝干上，以儆效尤。

　　有人除了在地里烧着玉米吃以外，有时还往家里带。这是因为家里缺粮，什么东西都吃不上。人是社会性和生物性的结合，但当人的社会性受到压抑或压迫时，生物性便扩张了。于是，有的人为了生存，连脸面也不顾了，收工时顺便把青玉米插在裤腰带上，外面用袄盖住。为了防偷，护秋人在收工时，便把住各个村口，对收工的人们进行搜身。有一次，三头在村口被护秋的"瞎老坏"逮住了。他急中生智，将裤带一松，一个青玉米掉进裤裆。"瞎老坏"猛地往他的胯下一摸，连连说："哎呀，你小子的裤裆怎么这么硬啊！你媳妇禁得住吗？"他大呼小叫，周围的人都知道是怎么回事！都忍俊不禁，哧哧笑起来。三头求"瞎老坏"放他一马，可"瞎老坏"却铁面无私地把玉米拽了出来。三头丢了人，只好暗气暗憋，走了老远冲"瞎老坏"大声喊道："我媳妇禁不住，你妈禁住了！"

气得"瞎老坏"发疯似的追了过去,三头早一溜烟似的跑远了。众人见状,都笑得前仰后合。

小镇东头田家的媳妇,是广西柳州人,是被人贩子从柳州带到小镇的。人贩子糊弄她说小镇生活怎么怎么好。她家里人为了得到钱,也不管女儿日后生活得好和歹了。这柳州人长得与北方人不一样,上额宽下巴颏尖,脸短。因为她长得与小镇人不一样,人们都叫她"老柳"。她过日子大手大脚,所以常常吃了上顿没下顿,所以她一有机会就去偷粮食。却说这一天,我和"瞎老坏"正在巡查,忽然听见玉米地里有掰玉米的声音。我俩悄悄地凑上去,一看是"老柳"在掰玉米棒子,正一个劲地儿往棉花兜子里装。"瞎老坏"大喝一声:"别掰了!""老柳"吓得一激灵,手中的玉米棒子掉在地上。俗话说,捉贼拿赃,"老柳"虽平时能言善辩,把无理当有理说,此时也张嘴结舌,无话可说了。"瞎老坏"说:"这么好的玉米,都被你糟蹋了,要等玉米长成了,得打多少粮食啊!这生产队的粮食也有你一份啊。你如果想吃青玉米,可以到自家的自留地里去掰啊!这样做,你亏不亏心?臊不臊?你有三个儿子,他们正在成人,你这么做,丢不丢人?谁还能瞧得起你?你儿子长大了,谁家肯把闺女给你家当媳妇?你这么做,在街面上还能抬起头来吗?再说生产队该照顾你的都照顾你了,街坊四邻该接济你的都接济你了,你还想怎么着?你思一思、想一想,你这样做对得起谁?为了几个玉米棒子,你宁愿背一辈子骂名,被人指一辈子的脖颈儿吗？""瞎老坏"义正词严，慷慨陈词，滔滔不绝，我没有想到他这么能说，真是让我开了眼。"老柳"平日胡搅蛮缠，此时竟没有了说辞，像老鼠见了猫一般，低声地说："那你说怎么办？""把玉米捡起来，跟我们去大队部吧。"到了大队部，"老柳"把她掰的一兜子玉米放在桌子上，等着处理结果。

到了晚上，大队干部们和"瞎老坏"在大队部商量此事。因为"老柳"偷的玉米数量过多，如此胆大妄为，没有先例，大家坚决要求严惩，杀一儆百。"瞎老坏"却不主张这样，他说："人活一张皮，她有三个儿子，老大正在张罗对象，此事传出去，万一对象黄了，好说不好听。还是要惩前毖后、治病救人吧。等一会儿把她叫到大队部教育教育吧，如果以后她再这样，再严加惩罚不迟。"不一会儿，"老柳"被叫到大队部。她怎么也没有想到是这样的结果，于是千恩万谢，不知说些什么才好。最后她说，保证以后再不这样做了。

第二天，我和"瞎老坏"去护秋，刚到老柳家门口，她拦住了我们，对"瞎老坏"说："大兄弟，我都听说了，是你给我说了好话，我得好好谢谢你！有人说你心眼坏，我看你心眼最好！"她说着说着竟跪了下去。"瞎老坏"一看，弄了个大红脸，赶忙搀起她说："你这是干什么呢？护秋要严，要不得丢多少粮食？处理要宽，因为有的人偷粮食也是饿得没有办法，但集体的利益一定要我们大家来维护，因为生产队就是我们的家啊！你说是不是？""老柳"被这番话深深地感动了，点头说是，眼里流出了泪水。

如今，护秋的日子早已成为历史，但护秋人"瞎老坏"大公无私、仗义执言、宽宏大度的"护秋精神"深深地感动着我，我一直记忆犹新。"瞎老坏"成为我做人处事的楷模。

## 看 火 车

——小镇传奇之四十一

我家是三代铁路世家。我姥爷是第一代铁路工人,当年李鸿章决定修建中国第一条从唐山到胥各庄的铁路,然后又从胥各庄向西延伸,这第一站就是唐坊站。那时我姥爷就在唐坊车站当工人,那是20世纪初的事情。我父亲是第二代铁路工人,干的是和《红灯记》中李玉和一样的扳道工。到了20世纪70年代,铁路工人子弟可以接班,我哥哥便顶替父亲的工作,在小镇车站上管货物。

因为上述原因,我便和铁路结下了不解之缘,从小看惯了火车。那时铁路工人的地位很高,号称"铁老大"。铁路工人有很多的优惠,每年有两张全家人可以跑遍全国的免费车票,但我们没有远亲,只是每年两次去天津看我大姨。除此,铁路工人的家属看病可以去唐山铁路医院。我们有病了,开一张免票,免费去看病,我就是在唐山铁路医院出生的。那时,我从小有事无事就去车站玩,最大的乐趣就是看火车。火车长长的,还有守车,守车人是车长。客车(也称票车)每天往返两趟,主要供上下班的铁路工人乘坐。货车在小站一般不站,只是有了装卸任务时才站。我小时候到车站去看父亲,听见火车震耳欲聋、长长的鸣叫声赶紧捂上耳朵,看见火车喷出黑黑的浓烟中吐出很多的煤渣,吓得捂上眼睛,要不就把眼睛眯了。这样时间长了,铁路两边的路上便积了许多煤渣,附近村庄的人们便扫来掺土脱成煤坯烧。火车一旦站下,我们便跑到守车上去玩,那车长一个人独守车厢很是寂寞,也愿意我们这些孩子与他解闷。我姥姥的房子紧挨着车站,火车一过,房子跟着颤悠,窗户纸呼啦啦地响,可是那时我会听着火车开过的节奏声睡得很香。我在唐坊村小学上的学,每天沿着铁道边去上学,一边走一边看来往的火车,有时还会从铁道边捡些火车掉下来的东西。有一次,从车上掉下几十头肥猪,镇里人立刻逮住几头杀了、煮了、吃了,等上边追查下来早就进到人们的肚子里了。在那个饥饿的年代,谁顾得了许多呢?那时火车开得慢,客车进出站时更慢,与今天的高铁简直是天壤之别。

我看火车时间最长的一次是1962年。据说是在长白山逮住了一条巨蛇,要运到北京给毛主席看。我们这些孩子信以为真,每天站在车站或铁道旁看从东北来的火车,看了有一个月也没有见到,但我们兴致不减,谈资更兴。我那时看《长白山民间故事》看得入迷,虽说还不认得几个字,但囫囵吞枣也知道大意,真的希望见见活物。但有时火车也不能随便看,如国家领导人出访,或国外元首去京,都需要护路,每隔几步远一个人。如领导人的客车通过时,要背对客车。护路的人是铁路职工和地方公安、沿途各村民兵，巡查的是各级负责干部，可谓一级战备，惊师动众。每逢这时，父亲总是最早知道消息，他赶上了两次金日成进京，往返都需要护路。有一次我去护路，那时我还没有离开故乡。那是深秋季节，夜间有些寒意，可谓"秋风萧瑟天气凉，草木摇落露为霜"。接着又淅淅沥沥地下起了小雨，但民兵们严阵以待，视护路为光荣任务，直至领导人的专车过去才下路。几个小时的时间，大家没有怨言，那时人们的觉悟高哇。我真想面对一下专列，可不敢啊，但精神还是很兴奋的。

这篇小说的传奇不是写我自己，而是写他人看火车的故事。那时交通不便，也没有自行车，人们出门主要靠步行，所以离车站远一些的人们不会看到火车。在20世纪70年代初期，我在小镇高中上学。这是小镇高中第一次招高中生，原来只招初中生。我是以小学学历上的高中，我们学校的学生来自唐坊工委的5个公社，有的学生的家离学校有20多里远，大部分学生从来没有见过火车。这些同学住宿，每逢星期六下午就步行回家，那时都没有自行车，然后在星期日下午返校，往返几十里路。他们利用中午或晚上的时间去看火车，且百看不厌，异常兴奋，交头接耳，喋喋不休。他们见到火车后，很是奇怪，便留下了许多笑谈：有些人看见了火车大为吃惊地说，这个家伙趴着走这么快，要是站起来得更快呀！有的说，这个家伙，怎么拉来了一个村子？有的说，这个大绿虫子（客车是绿色的）这么长，爬得怎么这么快呀！火车一鸣叫，他们吓得赶紧捂耳朵，或躲得远远的。我有个同学叫王明宇，他家在南孙庄公社油葫芦泊边上住，据说他是那片同学中唯一在上学前看过火车的。他知道初中毕业时要来小镇上高中，就提前到学校看看，但主要目的还是看看火车。他步行十几里，途中还要坐摆渡过津唐运河，然后才到得学校和车站。他扒着站台的围栏看往来的火车，一看就足足看了有两个小时。因为在那时候，火车就是现代文明的载体啊。我记得铁凝的《哦，香雪》中写到了香雪看火车情形：一群乡村姑娘收工回来，梳洗打扮，到小站去看仅仅停留一分钟的火车。此时已经暮色苍茫，她们已看不清车厢里面的人，但她们却成了车厢里的人们所看见的一道绝美的风景。因为她们知道，列车开进深山，不仅带来了物质文明，也是带来了现代文明。她们是渴望看到山外文明，急切期盼着山外文明走进深山。这让我们感受到了她们对山外文明的无限向往，尽快脱离封闭落后的迫切心情。我的同学们也是这种心情啊！

唐坊高中第一次招高中是四个班，王明宇在四班。这四班的学生主要来自南孙庄和东田庄两个公社。他是学习委员，与我接触比较多，那时我是一班的班长。有一次，我听见他们班有人"抬杠"（吵嘴），说的是在列车上能不能解手（大小便）。有的人说，不可以，原因是那样的话火车就成茅房了；有的说行，原因是如果不能解手人就得憋死。王明宇找到我，问孰是孰非。我听后，忍俊不禁。告诉他，火车上有厕所，随时可以大小便。他为了验证一下，花了三毛钱打票去胥各庄火车站。一上车等列车员开了厕所门,他便进去了,蹲下要解大手,结果足足10多分钟,他也没有解下来。在火车到胥各庄站要锁厕所门时,列车员不耐烦地敲了好几下厕所门,他才拎着裤带走了出来。列车员见状非常生气地说,你要是再不出来,火车就开走了,把你拉唐山去了。第二天,他见到我,心情很不爽地说,火车上有厕所管什么用,火车颠搭着,照样解不出手来。我开玩笑地说,你这是拉不出屎来赖茅房啊,真是个土老帽儿!

高中毕业后,同学们各回各村,我也在小镇务农,后来考上大学。而王明宇因为父亲是公社干部,在推荐上大学时,他成了同学中的第一个工农兵学员,到中央民族学院藏语班学藏语,后分配在西藏一个大学教书。几年前的一个暑假,他坐高铁回家,特地邀我和几个老同学回小镇高中见面。几十年过去了,物是人非,我们彼此慨叹了一番,谈起上高中看火车的事情仍是津津乐道。我戏谑地对王明宇说,你现在坐高铁回家,还是解不下大手吗?去你的!他狠狠地擂了我一拳,我们几个同学都哈哈地笑出来。想想上高中看火车的情形,我们感到十分好笑,但也感到了时代的进步和祖国日新月异的变化,都充满无限的感慨和自豪。

# 串 门 子

## ——小镇传奇第四十二

这串门就是到别人家里去聊天,在小镇也叫串门子。古往今来,在农村的很多话的后面都加一个"子",如推碾就叫推碾子,邻居就叫借比子,对门就叫对门子,骑车就叫骑车子,等等。

说起串门子这个词,早有渊源。在《红楼梦》第七十七回中便有这样一段话:"那媳妇那里有心肠照管,吃了饭便自去串门子。"老舍在《四世同堂》中也这样讲:"他平日最喜欢串门子,访亲友,好有机会把东家的事说给西家,再把西家的事说给东家。"周立波在《暴风骤雨》也这样写道:"他们分头出去串门子,找小户,约好下晚回学校汇报。"可见串门子不是一句土语或俚语,而是一句官话。其实,不仅老百姓就是那些当官的也是懂得串门子的用处的,送礼、攀结权贵的一些腐败活动有的也是与串门子分不开的。我记得关仁山在创作《福镇》时用了一个串门子的例子,说某县城里的某人为了升官去给新上来的一个县长送礼,便去县长家串门子,并带去了一个柳条编的筐子放在了县长的院子里,说是带些土特产,其实他带去的是一筐新下来的河蟹。结果河蟹在夜里弄翻了筐子,纷纷爬了出来,爬得满院子都是,有的爬过了墙头到了已经下台的老县长的院子。新县长与老县长一墙之隔,白天新县长家里人来人往,有许多串门子的,热热闹闹。而下台的老县长家里没有人来,冷冷清清的。老县长气得夜里睡不着觉,便早早起来,看见一些活物在地上爬,用手电一照,见是满院的螃蟹。他一面招呼老伴抓螃蟹,一面大骂腐败。据关仁山讲确有其事,不是编造的。

过去在小镇,串门子一般是晚上的事情,人们下地回来,吃罢晚饭,没有什么事情,那时也没有电视,便开始串门子。在小镇,串门子是生活中一个重要的组成部分。家长里短、大事小情,甚至一些新闻、奇闻、丑闻,都是通过串门子而传播的。串门子也是一种娱乐活动,晚上,人们凑在一家或炕上,或地下,放上桌子,打百分、捉娘娘,嘻嘻哈哈、欢欢乐乐,玩两个小时,其乐融融。

那时的小镇夜不闭户,路不拾遗,虽然家家有寨子,有院门,但门始终是敞开的,想上谁家都可以。试想,像现在的农村家家院墙高垒,有狗护院,人未到,狗先叫,吓人一大跳,谁还敢串门子?门敞开着,腿勤的人多走几家,腿懒的人少走几家。那时,人们一到晚上几乎人人串门子,你到我家,我到你家,互相串。串门子的谈资也非常广泛,有国家大事,有生产队的事情,有家长里短,甚至有男女之间的闲情儿……七大姑八大姨扯个没完儿。有好客的人家，准备茶水，炒了自家产的瓜子，招待来串门子的人。有的院子长，前后几层正房，可哪屋的门闩都不插着，可谓夜不闭户。即使回来晚了也没有人埋怨，因为串门子晚了说明主人好客留的时间长。如果谁家死硬抠搜，那就没人愿意去他家串门子，那样一定是被人奚落，被人瞧不起的，说明人缘不好。那时农村的日子都差不多，男女到了结婚的年龄，找对象都问问这家人缘如何。如果口碑不好，是没人愿意上门的。所以，有的人家门庭冷落，没人来往，死气沉沉，被人们称为"死门死户"，儿女搞对象都不好搞。当然，也有串门子串出毛病来的，也就是扯闲话扯多了，农村叫扯拉舌头。聊天或是望风扑影，或是编笆造模，结果被当事人知道了，少不得找上门去，大闹一场，但小镇人一般是不记仇的，过了三天两早上，也就没事了。于是，和好如初，照串不误。正是因为串门子，谁家一旦有了大事小情，镇里人很快就知道了，都去帮忙。可谓一家有事大家帮，同心协力过日子。这种串门子完全是自发的小型聚会，大家通过在一起聊天、娱乐，消去了一天的疲劳和愁苦，快快乐乐地和睦地过生活，即使有什么想不开的事情也通过这种闲谈而得到消解和理解。可见，串门子是搞好人际关系、促进人们心灵沟通的一种方式。

在小镇串门子，人们爱去的人家一般是相好对劲的，或是一个生产队的，或是住得近的，或是刚结婚不久的。尤其是刚过门的嫂子，小叔们便扎堆去她家。他们与嫂子开开玩笑，或

这种串门子完全是自发的小型聚会，大家通过在一起聊天、娱乐，消去了一天的疲劳和愁苦，快快乐乐地和睦地过生活，即使有什么想不开的事情也通过这种闲谈而得到消解和理解

是动动手脚，但嫂子一般都能容忍。有的人故意讨好嫂子，求得嫂子欢心，好给自己介绍对象。那时最爱串门子还是没有结婚的小伙子和没有出阁的大姑娘。年轻人好热闹，青春火力旺，正是谈恋爱的时候。有的年轻男女就是通过串门子，一来二去，产生感情，然后托人当媒人，结为百年之好。当然，年轻人串门子的时间主要是打纸牌，而不像上了年纪的人主要是唠嗑，拉家常。

前面说了这么多，故事的主人公还没有出场，下面我们就进入正题。话说小镇东面有一家姓翟，全家都是吃铁路饭的，唯有老儿子翟炳辉高中毕业后务农。翟炳辉好体育，尤其好打篮球，曾当过唐坊工委业余篮球队的队员。他在小镇也勤劳肯干，人也长得精神，大姑娘小媳妇都乐意多瞅他几眼，如同赵树理《小二黑结婚》里对小二黑的描写："说到他的漂亮，那不只在刘家峧有名，每年正月扮故事，不论去到那一村，妇女们的眼睛都跟着他转。"给翟炳辉提亲的自然也是不少，不仅因为他人长得好，还因为他家庭条件在小镇是最好的。他晚上与其他年轻人一样也好串门子。在小镇西头有个二嫂，人长得漂亮，小镇人说她水蛇腰，杏核眼，樱桃小口一点点，都叫她西施二嫂。她丈夫在铁路上班，翟炳辉就经常去她家，主要打百分、玩娘娘，这游戏没有输赢，也不动钱，就是快乐快乐。玩牌的也有姑娘，有一个就是二嫂对门的李桂花，常常是他们两个人前后脚去二嫂家，即使打百分、抓娘娘也总在一伙，有时两个人玩牌的手和玩牌桌

· 303 ·

子底下的脚还不由自主地会碰到一起，于是两个人脸一红，一触即离，但后来却是有意识地碰在一起，当然他们做得非常隐蔽，而不是眉来眼去，其他人也看不出来，但二嫂是过来人，有这方面的经验，心里便有了些盘算，心想到时候给他们当当媒人。

　　翟炳辉和李桂花在一个生产队，干活也总在一起，这更加强了两个人增进感情的机会。有的时候，两个人干活也搭帮结伙。如冬天打冻水，要四个人结组，而且是两男两女，他们两个人往往在一组，这其中有一件事情深深地感动了李桂花。在这里，还需要先介绍一下如何用水车打冻水。这水车其形状为长方形，车身用板作槽，长可约二丈，高、宽约尺余，中间用水车肠子穿起，水车肠子用多块木板穿成，然后将其用铁片系上，做成链条，犹如自行车的链子。上下两头有大、小两个轮轴，也如自行车的两个轴承，其行动的原理也与自行车的踏动相同。大轮的一头形似龙头，两端各有一摇把。水车不像水斗子，平日打水多用，而水车一般只在打冻水时用。打冻水时，将小轴承的一头放置水中，而大的一头放置地面。在地面的水车龙头的两端，各挖一个约一尺深的窝子，我们叫"水车窝子"。握摇把的人站到窝子里边，在摇把的两边各穿入一个拉杆，上面还要有两个人用拉杆拉动。在摇把中拉杆的两边还要放两个握手，穿至到摇把内，以供握摇把的人使用，因为手不能直接握到铁的摇把上的。一般站到窝子里是两个男性壮劳力，而站在地面拉动拉杆的则是妇女，且往往都是青年男女。

打水时，四个人一起用力摇动，用水车肠子将水提到地面的垄沟里。这四个人在打水时有说有笑，可谓男女搭配，干活不累。翟炳辉在水车窝子里握摇把，李桂花站在地面拉杆，两个人脸对脸，眼对眼，眉目含情，其乐融融。但打冻水时也不都是欢乐，冬天打冻水，寒风凛冽，有时还雪花飘飘，打冻水的人冻得嘚瑟嘚瑟的，虽然在水车的外围用席遮掩挡风雪，但也无济于事。打冻水往往是以打冻水多少来记工分，所以大家都是爱好搭伴，多劳多得。有一次水车的肠子断了，必须马上接上，否则耽误打冻水。此时是三九天，滴水成冰，要将断在水中的水车肠子提上来，再接上，谈何容易？翟炳辉毫不畏惧，他说我来，我身体好火力旺，说着便脱下棉袄，把胳膊伸进冰水中，将水车肠子捞上来，再接上。此时，李桂花眼睛直勾勾地盯着他干，看到翟炳辉的胳膊快冻成冰棍了，很是心疼。等水车肠子接好后，她马上摘下自己的围巾给翟炳辉擦拭胳膊，直到擦红了为止。

  这天晚上，吃过晚饭，又到了串门子的时候。李桂花先一步到了二嫂家，谈起白天打冻水的事情，当说到翟炳辉接水车肠子的时候，非常动情。二嫂已经看出端倪，说如果你喜欢翟炳辉，我给搭搭桥，但还需看看翟炳辉是否愿意，今天玩牌你试探试探他，我在一边看着，就知道他是怎么想的。晚上串门子的人在一张桌子上打牌，翟炳辉与李桂花仍然是一家，二嫂则在一旁看热闹，察言观色，看看二人打牌的动作。这打牌的人把注意力都集中在打牌上，没有人顾及其他，而二嫂却坐在炕沿，看着在地下围桌打牌的人的动作。她发现李桂花的脚时不时地与翟炳辉的脚碰在一起，翟炳辉也不躲避。一会儿该李桂花出牌。对方出了一个小对，她本应出大一点儿的对管上，但她非要出炸来管。翟炳辉起身紧紧抓住她的手不让出，说你出个对管上就行了，何必浪费一个炸？李桂花非要出，两个人的手紧紧地扭结在一起。二嫂看罢，哈哈大笑，说行了！李桂花说，二嫂都说行了，你何必管我？其实二嫂说行了是说他们两个人可以谈对象了。从此，两个人天天来二嫂家串门子，大家也都看出端倪，串门子时也顺便凑他们的热闹。这不，就通过串门子串出感情来了嘛。

　　但事情远没有预料的那么圆满。因为翟炳辉有文化，先是在小镇当了电工，这也算小镇一个令人羡慕的活计，李桂花也颇为得意，两个人串门子更勤，有时白天也来二嫂家串门子。那岔头出在哪里呢？因为翟炳辉一家人都在铁路工作，他大伯是天津铁路分局的一个领导，在天津铁路技校给他弄了一个上学的指标，那个时候还是通过推荐上学。他毕业后分配在古冶电务段工作，人们都以为两个人的婚事一定黄了，但谁也没有想到，这翟炳辉非李桂花不娶，家里也没有辙。他歇班回家，还是两个人来二嫂家串门子，谁也拦不住。有一次，翟炳辉的母亲找到二嫂说，他们两个人在你家串门子串出了感情，若他们再来，你把门插上，他们就串不了门子，慢慢地感情也就断了。二嫂说，插上门不让他们串，但他们的感情依然是串通着，谁也拦不住哇！您就遂了他们的愿吧！翟炳辉母亲心想，二嫂说得也在理，孩子愿意，当父母的管不了，也就同意了。从此，他们到二嫂家串门子就成了家常便饭，不久就生米煮成了熟饭，结婚生子了。他们给新生的儿子起了一个小名，就叫"串门子"，您说逗不逗！

# 看 瓜 人
## ——小镇传奇之四十三

20世纪60年代,小镇的每一个生产队都种瓜,然后给社员们分。小镇的瓜地里主要有梢瓜、甜瓜。小镇土地肥沃,引煤河、津唐运河水灌溉,土质肥沃,宜于种瓜。从我记事起,每个生产队种几亩瓜,瓜下来时,隔三岔五地分一回,那时我们一般大的孩子们便天天盼着分瓜。

在小镇里,三爷侍弄瓜是有名的,所以队里年年派他看瓜。这看瓜是个得罪人的活,经常有要瓜和偷瓜的人,给不给?管不管?都不好办,为此生气打架,不值得,所以没有人愿意去看瓜。一到看瓜的季节,其他生产队长对派谁去看瓜都犯难,但三爷所在的生产队长不发愁,因为三爷乐意干这伤人的活,这也是很奇怪的事情,众人不解。三爷说:"这个伤人的活计总得有人干吧,我没儿没女,不怕得罪人,就让我去吧!"

三爷在我们家族里,也是辈分较大的,他耿直、犟眼子,因为眼斜,加之家境苦难,一直没有能够说上媳妇。他辈分大，又是老光棍儿，说话无所顾忌，有人却说他是眼斜心不正，腰里掖着钩子秤。这一是说他心眼不好使，二是说他会算计。解放前，他曾与小镇的一个寡妇相好，二人没有明媒正娶，而是搭帮过日子，却也没有人说道，没有人管。这是因为寡妇身体有病，干巴咳嗽喘（气管炎），家里没人管，又干不得农活，还带着一个儿子，即使她想另嫁也没有人敢要，还是后来三爷看着他们可怜，经常帮忙和周济这孤儿寡母，但二人并不结婚，这在小镇也算是一个传奇。至于二人为什么没有成为半路夫妻，说是这个寡妇的娘家哥哥死活不同意。为什么呢？据说，她娘家哥哥也是个倔巴头，炮仗脾气，点火就着，他与三爷曾经在小镇的集上为买东西动过手、结过怨，但他为什么又同意二人这样往来呢？因为他家也很穷，接济不了他妹妹，就默许三爷给她妹妹拉帮套。小镇的人们都说，这是拿三爷当傻小子使唤了，但三爷愿意。这正如《红灯记》中李奶奶所唱的那一句："穷不帮穷谁照应，两棵苦瓜一根藤。"后来，等解放那年，寡妇的儿子长大了，三爷就不再帮扶了。

生产队的瓜田，有四五亩，看瓜人在地头上搭个瓜棚。那瓜棚下是并排的两个车轱辘，下面铺上木板，顶上是用苇草捆的捆，扎成人字形，下多大雨，也是不会漏的。坐在瓜棚里面，四面通风，偌大的瓜田，一览无余。每逢瓜熟季节，把四野充溢得都是香甜的呢。

瓜熟后，到瓜棚买瓜、吃瓜一般是不交现钱的，秋后算账。小镇的孩子们可以去那里赊账吃瓜、买瓜，可我们买瓜他

· 309 ·

是不卖给的。他怕我们瞎白,家大人不知道,甚至连瓜地的边都不让我们进。于是我们气急了,便拍着光屁股跳着骂街:"打倒杨老歪,过沟把瓜摘!""打倒杨福林,过沟把瓜擒!"三爷叫杨福林,因为眼斜,外号叫杨老歪。这时,三爷怒不可遏,手持铁头木棒追我们,此时,我们早跳进河沟里借水逃遁了。俗话说,"魔高一尺,道高一丈"。小孩有些时候竟比大人聪明。有时我们几个小伙伴凑上几毛钱,派两个口齿伶俐者去买瓜,缠住三爷。我们便悄悄地爬上瓜地,匍匐前进,随手把瓜扔进沟里,早有小伙伴在水中等候,等那两个人回来,我们便坐地分赃。三爷找到家来,破口大骂,捉贼拿赃,空口无凭,他干赚一肚子气。以后我们再去买瓜,三爷竟像躲瘟疫似的把我们轰得远远的。

"敌变我变。"二柱子是个小诸葛,满肚子鬼点子,一眨眼就是一个坏道。有一天大雨倾盆,我们冒雨出发。这时三爷躲在瓜棚里避雨,白茫茫什么也看不见,我们便在瓜地里肆无忌惮,把三爷留的瓜种都摘了,瓜田里一片狼藉。正当我们满载而归之时,只见瓜田里留下了我们深深的小脚印。

"不好,三爷准知道是我们摘的瓜。"小伙伴们毛了手脚。

"镇静,一个李向阳就把我们吓成这个样子。"二柱子学着电影《平原游击队》中松井的口吻:"我略施小计,来个以假乱真。"

我们走出老远,看二柱子的表演。只见他一瘸一拐,蹒跚而行,脚窝一深一浅。看见他怪模怪样,我们都恍然大悟,乐了起来。因为小镇有两个得小儿麻痹病的孩子,二柱子在模仿他们。这时雨快住了,隐约可见三爷的身影,但他眼力不好,只能依稀看到一瘸一拐的背影。

果然不出所料,三爷找到这两个小家伙,但他们矢口否认。三爷便把他们拽到现场,到了瓜地便看出了破绽。原来这两个瘸子是左脚高,右脚低,而二柱子留下的脚窝却是左脚低,右脚高,大相径庭。三爷在周围的地里又发现很多小脚印,结果这场灾祸降临到我们头上。三爷把二柱子的屁股都打肿了,几天不敢挨炕席。

当然,三爷也不是不近人情的。有一次我生病想吃瓜,三爷竟把熟透的甜瓜给我送到炕头上。

我高小毕业,赶上"文革",便辍学了,恰巧三爷的瓜棚缺记账的,队长竟让我去,一天五分,仅三角钱的工值,我却高兴得直拿大顶,殊不知那瓜田是我梦寐以求的地方,它勾去了我的魂魄。

瓜田的夜是迷人的。月白风清,星光璀璨,虫吟蛙鸣。那月亮升得还不甚高,瓜棚四周弥漫着一层淡淡的水雾,是那般的飘逸、缠绵,如纱如缕,远处迷迷蒙蒙地看不甚清。有时风吹过来,那雾竟把瓜棚裹了,显得扑朔迷离。这时三爷燃起两把艾蒿,驱赶蚊蝇,我依偎在三爷身边,听他讲故事。三爷抽着烟,烟锅的火忽明忽暗,他时断时续地讲着:"从前有兄弟俩,但不是一母所生。他们家有两块地,一块种瓜,一块种蒜。那后娘让老大去看蒜,让亲生儿子去看瓜,不让他们带粮食，只让他们吃他们所看护的东西，那后娘是想把老大饿死。谁知哥俩回到家，老二吃得面黄肌瘦，可老大却又白又胖。原来老大整天烧蒜吃，而老二天天吃瓜。那蒜是大补的，而那瓜却是能吃死人的。做人心要正啊！集体的东西咱也不能昧着良心往家拿。"

"三爷，我知道。"我向他保证。

我睡了一觉醒来，这时的月亮已经升高了，像个银盆，散着清辉。月光泻在洒满露珠的瓜叶上，整个瓜田都辉映着亮光。我揉揉眼，三爷已经不见了。忽然，一阵沙沙响，只见一个人猫着腰在偷瓜。

"逮住偷瓜贼！"我大吼一声，冲出瓜棚。那人慌忙逃窜，眼看快冲出瓜地。只见一个黑影猛地站起，使个老绊，把那人摔个仰八叉，瓜甩出好远。

"三爷！"我又惊又喜。

"三叔，饶我这一回，我这是人穷志短，家里揭不开锅了，只好偷点儿瓜。"那人磕头作揖。

"二坏子，以后别再来了！"三爷竟放他走了。

我好不扫兴，抓住偷瓜贼，我就成了小英雄，在小伙伴面前可以吹嘘一番了，这样却泡了汤。

"三爷，咋放了他！"我不解地问。

"二坏子家穷啊，漏房破锅病老婆，一挨罚，他还能活吗？"三爷叹了口气。

后来因为以粮为纲，瓜再也不让种了，我们那仅有的欢乐也荡然无存了。我们日出而作,日落而息地生活着。再后来我上了大学,留在城里,乡亲都夸我有出息,仿佛我比他们高出许多,三爷也把我作为他的骄傲,来教导我那些侄辈们。

那年放暑假,我从学校回到小镇,看见在小镇田野的青纱帐中竟浮起几个蘑菇状的小伞。哦,瓜棚!我惊叫起来。那离道最近的是三爷的瓜棚。

"三爷!"我大声地喊起来,瓜地里出现了一个剃光头的老人。他认出了我,拎了个瓜向我走来。

三爷老了,脊背禁不住岁月的重负竟弯了下来,不过精神还好,脸色也红润。

"三爷,还干哪?"我问道。

"庄稼人,不死就得扑腾,一歇就完了,不比你们念书的人。"三爷说话有点儿幽默,说着把瓜递给我,我打开瓜,满园清香。我咬了一口,赞叹道:"真甜!"

"三爷,这瓜卖多少钱了?"

"钱?我种瓜讨个欢乐,招得人来,村里人随便吃,留个'手续费',过路人渴了,吃个解解渴,还要钱?人家说声'谢谢',咱就承情不过了。咱吃香的、喝辣的,钱多了有啥用?人生在世,就是给别人也是给自己增添欢乐呀!"三爷一脸严肃地对我,也像是对自己说。

太阳升起来,给瓜田镀上一层金色,三爷那佝偻的身躯在清朗明丽的晨色中显得是那么神圣。在他的身上,我看到了长辈的淳朴的美德,做人的规范。

· 313 ·

# 老　兵
## ——小镇传奇之四十四

小镇有个复员军人，而且是荣军，小镇人都称他为"老兵"。从家族的辈分论，我应该叫他二叔。在这"老兵"身上有三个传奇之处：一是解放前他是四野的兵，转战南北，枪林弹雨，一直从东北打到海南岛；这二是抗美援朝时他赴朝参战，爬冰卧雪，参加了数次战斗。有一次在战斗中，一颗子弹迎面而来，穿过上嘴唇，却被门牙挡住（大概是子弹没有了后劲儿），但后来留下了豁子嘴，门牙也掉了两颗，说话漏风，耳膜也被敌人的炮弹震破了，但身体却没有大伤，人们都说他福大命大造化大；这三是他复原时上级部门本来是给安排工作的，但他却非要回家务农，照顾老母亲。

"老兵"当兵先当的国民党的兵，是抓壮丁时去的。那一年，小镇摊上壮丁的任务，因为他家穷，经常是吃了上顿没有下顿，冷锅冷灶的。如果他去当兵，可以得10块大洋，镇长再给10块，这20块大洋就可以解无米之炊。他当兵以后去了东北，在解放军围困长春的时候，他随军起义，参加了解放军，进关后先是参加了平津战役，而后随军长驱直入，一路南下，打到海南岛。海南岛解放后，他所在的部队准备到河南洛阳休整之时，遇上朝鲜战争爆发，他所在部队立即奉命北上到安东，准备抗美援朝。当时，他是坐军列从洛阳奔鸭绿江的。这军列就是闷罐车，白天车门开着，夜间关着。在火车路过小镇时正是白天，他眼睛直勾勾地盯着路基下过往的行人，此时他忽然发现了本家的一个兄弟，便大声叫喊。他兄弟也看出了他，也大声地喊叫，回家后告诉他的家人。他老母亲听后，老泪横流，烧香磕头，乞求儿子平安无事。

他所在的部队从鸭绿江桥过江后即与敌人开战，从第一次战役开始连续到五次战役，突破过临津江、洪川江、清川江，也攻过汉城，即现在的首尔。抗美援朝结束后，他又坐上军列回国，他此时的心情就像著名诗人未央所写的《祖国，我回来了》那样："车过鸭绿江，好像飞一样。祖国，我回来了，祖国，我的亲娘！我看见你正在向你，远离膝下的儿子招手。"他与自己老母亲已经多年没有见面了，归心似箭，恨不得立刻见到老母亲。回到家后，他见到老母亲体弱多病，并决定不让组织给安排工作，就在小镇务农，照顾母亲，以尽孝心。上级领导见他决心已定，并没有强留，批准他回乡务农，并被定为三等乙级残废，每个月可得残废军人的津贴补助。

他回乡以后，没有一点儿居功自傲的劲头，依然发挥着军人"一不怕苦、二不怕死"精神，保持着军人的风貌，积极改造家乡落后面貌。他脾气急，嗓门大，说话粗门大嗓，听起来震耳朵，这是因为他的耳朵有些聋，总怕别人听不见。还因为他是豁子嘴，说话有些漏风，吐字总是有些不准。他回乡后，早已到了结婚的年龄。于是母亲求媒人给他张罗婚事，因为他耳朵有些聋，又是豁子嘴，青春年少的姑娘自然不愿意嫁他。媒人问他对女方有什么要求，他哈哈大笑道，什么条件也没有，只要是女的就行啊！媒人听罢，也笑着说，这好办！明天我就跟你说一个来。媒人果然没有食言，第二天就给他说了一个。这个女人是离小镇5里远的王兰庄的人。她原本是一个大户人家的童养媳，丈夫从小体弱多病，在她婚后生了一个儿子不久，丈夫便死去了。解放后，因为这家成分比较高，在庄里低人一等，她在婆家也备受歧视，每天以泪水洗面，愿意再找个人家过日子。"老兵"的母亲听说后有些不愿意，说我儿子虽说有些残疾，但是个荣军啊，还是个童男子，找个结过婚的人，还有个"带犊子"（"带犊子"指妇女带着与前夫所生的孩子再嫁），便有些不乐意。媒人说，我问问大兄弟吧，看看他的意思。"老兵"听了这个女人的处境后很是同情，不由得发了恻隐之心，叹了口气说，这个女人拖家带口很是不易，如果她没有意见，我就同意！媒人说，大兄弟真是有一颗佛心啊！"老兵"说，我哪有什么佛心。我那么多战友为了新中国的解放，为了世界和平都牺牲了，我能够活到今天，还能娶到媳妇，已是感天谢地了！媒人说的这个女人高高大大，模样很是受看。"老兵"看后也挺高兴，于是立刻张罗结婚。他家有三间正房，东屋由老母亲和带过来的这个孩子住，西屋做

"老兵"的新房。结婚这天，许多人来庆贺，很是热闹。到了晚上，小镇有个听声的习惯，即镇里还没有结婚的晚辈听新婚夫妇入洞房后说些什么。到了就寝吹灯的时候，"老兵"示意媳妇吹，媳妇羞怯没有吹，于是"老兵"便吹，因为他的嘴漏风，怎么也吹不灭。媳妇扑哧一声笑了起来。于是"老兵"上火了，埋怨道："让你飞（吹）灯你不飞（吹），人家飞（吹）灯你还乐！"窗户根底下听声的人们听罢哄堂大笑，齐声喊道："让你飞（吹）灯你不飞（吹），人家飞（吹）灯你还乐！"气得"老兵"拎着鞋底子追了出来，人们都跑了，如鸟兽散。从此，"让你飞（吹）灯你不飞（吹），人家飞（吹）灯你还乐！"这个乐子传遍小镇，害得"老兵"媳妇不好意思出门。但婚后，二人恩恩爱爱，媳妇勤俭持家，又相继生了两男两女，加上带来的，共是5个孩子，生活很是美满。"老兵"待媳妇带过来的孩子如同己出，并让这个孩子随了自己的姓。

多年来，"老兵"一直是生产队长。说起"老兵"当生产队长可有些年头了，自打有了生产队，他就坐定了第三生产队队长这第一把交椅。一干二十几年，你说这是不是个传奇？在"四人帮"捣乱那阵，当队长是个受气的差事，上压下挤，里外不是人。在小镇一带有这么一句顺口溜："算盘一响，就换队长。"可第三生产队算盘年年响，却年年没换队长。他媳妇总叨咕："他那老花子脾气，有谁得意？趁早把他这队长换了！"可大伙都说："我们得意的就是他这个脾气。"在那时候

· 317 ·

有人当队长，想从中捞点儿油水，起码给孩子们找个小工做做，甚至推荐上学招工。可"老兵"却把家里的东西总往生产队里搭。他儿子闺女好几个，一个也没有送出去。有一回他大儿子拐弯抹角地暗示"老兵"托托人，有机会叫他出去找个事干干。"老兵"瞪了大儿子一眼，怒气冲冲地说："都跑城里去，没人种庄稼，喝西北风啊！"有些相好对劲儿的人也托他给自己的孩子走个后门，也都叫他给顶了回去。他说，不要依仗我是荣军想沾光，这是不可能的！小镇的人们凑趣地说："咱们队长这个脾气，一辈子也甭吃香的喝辣的。"他把胡子一抹，哈哈大笑说："咱当队长邪的歪的不搞，亲戚朋友也甭想琢磨着沾我的光！"

　　1976年麦收，第三生产队夺得了大丰收。单产过"黄河"，轰动了全县。公社刘秘书把我找去，叫我写一份介绍丰收经验的发言材料，特别嘱咐我要结合"当前斗争形势"，作为一颗"反击右倾翻案风"的炮弹轰出去。就凭我这点儿"墨水"，还能写出啥好文章？可为了生产队，我得豁出一头子去！我找了一大堆报纸，脖子上的青筋憋了多粗，费了九牛二虎的劲，好歹把材料对付出来了。我拿着写好的材料去找"老兵"，找到晌午才在一块离村最远的地里找到他。我费了好大劲儿才把他拽到地头。"正赶着种最后这块地呢，干脆点儿念！""老兵"边说边盯着拖拉机翻起的泥浪，给我一个后脑勺。我清了清嗓子，一字一字地念起来："自今春以来，我们狠批右倾翻案风，大批促大干，大干促大变，夺得夏季大丰收,这是射向党内那个不肯改悔的走资派的一发炮弹。我们的主要经验是三学三批……"

"住嘴!"他一把夺过稿纸,把手腕子的泥甩出老远,"什么炮弹?纯粹是扯淡!啥反击右倾翻案风?我听着就长气,你也跟着瞎吹乎。"他一巴掌抡过来,差点儿把我扇个仰八叉。我赶紧溜之乎也。他还不解恨,指着我脖颈儿大骂:"好你个混蛋小子,白供你喝了几年墨水,别的没学会,倒学会了瞎白六九了,我不用你们这些吹鼓手!"他随手把稿子扔到拖拉机履带下,被深深地扎在泥沟里。我心疼得直掉泪:"哎,碰上这么个二百五,真没办法!"不管咋说,现场会还是按时开了。代表们从四面八方赶来小镇,县宣传部门也专门派人来写报道,可"老兵"还是那副打扮:挽着裤腿,穿着背心,剃得溜光的头在日头下直闪光。看到他这副打扮,人们忍不住笑出声来。

他开始介绍经验了:"大家知道我老杨的脾气,直筒子,不会拐弯抹角,我们队里今年夏季丰收,一不是批出来的,二不是最后通牒出来的,三不是吃偏饭吃出来的,是社员们汗珠洒脚面,起早摸黑干出来的。要说经验是两横加一竖——干!""好!"他的话激起了一阵热烈的掌声。公社刘书记在后边气得直拍屁股,把大队书记狠狠撸了一了顿:"你们怎么搞的?……"没等散会他就走了,这出"戏"就这么"唱下来"……因为"老兵"是个荣军,且渡过江、负过伤,抗美援朝打败过美国野心狼,谁拿他有没有办法。

·319·

"老兵"不仅对外,对内也是不顾情面。他大儿子结婚时,虽说新事新办,可亲戚朋友都来道喜,咋也得凑合几桌。那天他媳妇好不容易忙活到晌午歪,待客人们在小镇饭店按位就座,把酒盅子端起来,齐向东家道喜,可主人却不知哪去了?媳妇气得直跺脚:"这个老花子,他早上连饭都没吃就出去了,像鬼把魂拉去似的,到现在也没着边。"客人们酒足饭饱,正待起身的时候,"老兵"带着满身泥,光着脚丫子,提着张开嘴的鞋回来了。媳妇正在气头上,一见他这个模样,更是气不打一处来:"你觍着脸子还回来了,咋不扎在茅房坑子死去!""老兵"本来又累又饿,也发了火:"真他妈的老娘们儿见识,我问你是队上的事要紧,还是家里的事要紧?""队里的事再要紧,你不知道这天是啥日子?"媳妇的嗓门越吊越高。"你没看见镇北的埝要崩吗?要不加高,镇北那几百亩地就全淹了,秋后你喝西北风去?人家是看新媳妇,看我老头子有啥用?""老兵"理直气壮地反驳。看热闹的人围了里三层外三层,人们一听这话都乐了,说"老兵"这个脾气像炮筒子一样,就是冲!媳妇听后也乐了,用手指着他的脸说:"老不死的,真不嫌丢人!"新婚的小两口听见这话,也都忍不住笑出声来……你看,这场风波就这么平息了。

# 老 黄 牛

## ——小镇传奇之四十五

这"老黄牛"不是一头牛的名字,而是一个人的绰号。他脑袋鲁,像咸菜缸腌的芥菜疙瘩。他这个笨不是一般的笨,而是出奇地笨。他上小学时上一年级蹲一年级,所以初小4年他上了8年。还没有等四年级上完,他就辍学劳动了。他不上学了,反倒显得很高兴,快乐地唱道:"老子不上四年级,就爱回家背粪箕。"

要说他笨,真是无人能出其右。就说大年初一拜年吧。拜年的规矩是小的给老的拜年,晚辈给长辈拜年。这一天长辈在家中正襟危坐,等候晚辈的祝福。老人们需要准备些瓜子和糖果之类的东西,以打点来拜年的晚辈们,有时甚至还要掏些零钱给小孩们。拜年的人们以年龄、性别、辈分划分。小孩子一进屋便喊"爷爷、奶奶过年好"之类的话,有时甚至跪在地上磕个响头,然后长辈们便赏些瓜子、糖果。转一圈儿,兜里便全满了。小孩子除了糖果,有时还可以得些压岁钱。"老黄牛"一直跟着父亲拜年,他一直想向本家的爷爷们要些压岁钱。他父亲一进门便向老人说:"三叔过年过得好哇!"他也说:"三叔过年过得好哇!"他三爷爷哭笑不得,他却被父亲一脚从门里踢到门外,压岁钱自然是得不到了,他只好咧着嘴哭。作为一个男孩子,重要的是过年要放鞭炮,所以多买上些鞭炮是"老黄牛"梦寐以求的事情。年前他父亲给他买来一些鞭炮,他怕鞭炮潮了不响,便放在炕头煲着。一进腊月二十五,他就开始放鞭炮。有一天,他妈煮肉,火烧大了,炕头太热了,鞭炮便自燃了。一时间鞭炮炸响,震耳欲聋,火星四溅、浓烟滚滚,炕席烧着了,差点儿没把房子燎去,全村人都跑来救火。他爸气得把他棒揍一顿,一家子也没有过好年。他把鞭炮放完了,还有两个二踢脚一直舍不得放。此时有人逗他,你想让二踢脚更响吗?他回答说,想。于是这个人就让他把一个二踢脚点燃后,把当灯笼用的罐头瓶扣上,霎时罐头瓶便被蹦上了天空。他高兴得手舞足蹈。这时有人见状,过来又逗他,你把你的帽子放在上面,帽子就上天了。他信以为真,二踢脚点燃后,他把刚买的新帽子扣上,帽子果然上了天,他高兴地直欢呼,我的小帽上天了!但落下的却只是一些碎布屑,他立刻号啕大哭起来。他上小学前,老师要做一个简单的测试,问他,你家什么成分?他回答,粪箕子盛粪。老师见他不解,又说,你家是贫农,还是中农?他回答,眼脓(他爸爸眼睛曾经生了个脓疮,长期不愈,大家给他爸起了个绰号——眼脓)。众人听罢,哈哈大笑,老师也忍俊不禁。

下面说说他的"老黄牛"的绰号是怎么来的。事情是这样的：有一次他母亲上火了，咽喉牙龈肿痛。他爸爸让他去小镇的药店买一盒牛黄解毒丸来。他出得门来，怕忘记了，嘴里不住地叨咕："牛黄解毒丸，牛黄解毒丸……"谁知一进药店的门，被门打了一下，霎时脑袋有些蒙。到了柜台，售货员问他买什么，他支支吾吾地说不上来，好半天才说："买老黄牛！"售货员乐了，一看他就是个二憨头，说："买老黄牛去配种站买去，这里没有！"他垂头丧气地回到家，被正没有好气的父亲用鞋底子扇了出来。从此，人们叫他"老黄牛"。

"老黄牛"脑袋虽笨，但劳动是把好手。小时牵犗、割草，大了耕种锄耪，他样样在先。真有一种闷头劳动、不怕苦累的"老黄牛精神"，为此他还当上了生产队副队长，也就是领着社员干活的头儿。却说有一年沤麻。每年生产队为了打麻绳，都种几亩麻。待麻秆长成后，拔了，然后找一水沟沤上。把麻秆放进水沟，需用污泥压上，这个活计没有人愿意干。于是"老黄牛"便穿一裤头，手抡尺把长的挖锹，往麻秆上压泥，直到压实。待20天后，就需要在水里剥麻了。这个活计更是没有人愿意干，因为沤麻，使得河沟里的水又臭又脏，剥麻还须泡在水里。此时，"老黄牛"二话不说，脱得赤条条的，掀去压在麻上的污泥，然后开始剥麻，只见他两手舞动，水花四溅，把一绺绺麻从麻秆上剥下来。还有几个年轻人跟他一起干。人们见了他不怕脏不怕累的干劲儿，都称赞道："真是一条不知苦累的水牛啊！"待把麻剥完后，只见他浑身上下，臭烘烘，身上也被划得红一道子紫一条子的，然后他扎进

· 323 ·

"老黄牛"脑袋虽笨,但劳动是把好手。小时牵犅、割草,大了耕种锄耪,他样样在先。真有一种闷头劳动、不怕苦累的"老黄牛精神",为此他还当上了生产队副队长,也就是领着社员干活的头儿大水坑中泡着洗着,直到身上没有臭味为止。

"老黄牛"虽然能干,但农村的收入毕竟有限,一年到头也挣不了一二百块钱,所以他家生活也是很困难。这个时候沿海一带要建丰南盐场,须先挖盐池,也就是在广袤的滩涂上挖出盐池来晒盐。这个活计又苦又累又不好干,丰南也只有老铺和唐坊一带的民工干得了。晒盐首先要挖盐池,民工们要把又黏又沉的滩涂的泥用抬筐一筐一筐地抬上来。挖盐池的民工需要穿瓮子鞋。这瓮子鞋就是在胶鞋的基础上围绕鞋口缝上一圈白布。白布的周长根据穿鞋人的小腿粗细确定,高度不超过穿鞋人的膝盖。白布上缀上布带把脚和小腿包裹得严严密密,像过去军人的绑腿一样捆绑在腿上,不仅使得任何东西进不到鞋里,同时也不会把鞋陷在泥里拔不出脚来而迈不动步。那滩涂的泥死沉死沉的,一个筐足有四五百斤重,这需要一步一步地抬到埝埂上,没有超人的耐力和超人的韧性干不得,三天两早晨就甩鞋走了。虽说一天能够挣个四五块钱,很多人都撂挑子不干了。但"老黄牛"却有十足的韧性,始终不吭声地死命地干,很受带工的青睐,说他是一个能拉硬套的"老黄牛"。

"老黄牛"干了一季,挣了几百块钱。他要回家翻盖新房,以用来娶媳妇。此时他已经20多岁了,到了说媳妇的年龄了,可没有新房谁跟着啊!他父亲用他挣的钱翻盖了新房,果然邻村有个姑娘到他家相了门户,看他壮壮实实、老实巴交,也就同意了。谁知半道出了岔头。姑娘的父亲得了急病死了,这个没有过门的姑爷要来吊唁。那个时候农村死人礼节多，三叩九拜，还要会哭丧。"老黄牛"哪里会这个，进门一哭"爸爸"，像驴叫，看热闹的人们哄堂大笑。"老黄牛"丢了大人。没有过几天，女方便退了婚。为此，"老黄牛"颇有些颓唐，但谁知没有几天有一件喜事临门。原来丰南盐场建成后要招工人，那个带工的人想到了他，到他家问他是否愿意去，说一开始是合同工，一个月挣45块钱，如果干得好可以转正。他喜出望外，立刻去了新建的盐场。这盐场四周是茫茫的海滩、浩瀚无边的大海、空旷无人的原野，只有些海鸟在头上翻飞，海边稀稀落落地长着一些盐蓿菜。但"老黄牛"却不显得孤寂，认真地干着晒盐的活。这晒盐的依然是沿用传统的晒盐方法：即把大海涨潮时的海水收入盐池中，经过晾晒，形成卤水。这卤水再经过反复的风吹、日晒，蒸发结晶，形成海盐。然后再将盐池中的海盐取出，去除杂质，成为可食用的盐。许多工人们觉得这个工作枯燥无味，但"老黄牛"却乐此不疲，因为收入多啊！他仿佛看见新媳妇在向他招手。年底，他被评为丰南盐场先进生产工作者，戴上了大红花。《丰南周报》的记者来采访他，问他为什么这么能干。他吭哧半天憋出一句话来，说就是想多挣钱回家娶媳妇。记者听罢，乐得笑弯了腰，险些把话筒丢到地上。他有些生气地说："你笑什么，实话实说吗？"瞧，"老黄牛"就是这样的一个实诚人！那么，他的媳妇是怎么说上的呢？最后，还是车间主任也就是那个带工的人把自己在老家的老妹妹说给了他。那姑娘长得黑不溜秋，与他一个肤色。有人逗他，说他找了一个黑人老婆。

他却一点儿也不责怪,说对,我们俩一个色,这是劳动人民的本色。丑妻近地家中宝,她就是我的大活宝!众人听了都哈哈大笑,说他真是一个没有挑剔、没有故事(事多)、任劳任怨的"老黄牛"。

# 二 秃 子

## ——小镇传奇之四十六

  二秃子的父亲为了儿子好养活,给自己的大儿子起名叫大秃子,以后就顺下来了,另外挨肩的三个儿子分别叫二秃子、三秃子、四秃子。但这四个孩子的头发一点儿不秃,反而发如墨、浓如云。在这哥四个当中就数二秃子聪明伶俐,一眨巴眼就一个道儿,且能说会道、口齿伶俐,而另外三个孩子加在一起也顶不上他一个。他爸爸看着灵八哥似的他,再看看那三个呆头呆脑的儿子,对二秃子叹口气说,要是你把你的聪明劲儿分给他们一点儿就好了。虽然儿子多,但因二秃子的父亲在铁路上班,日子也算过得去。

  这二秃子在孩子堆儿也是个孩子王,一出门还有三秃子、四秃子保镖,前呼后拥的,很是威风,一般人不敢欺负他,加之他鬼点子又多,便成了孩子头儿。那时,农村文化生活落后,也没有什么娱乐活动,一般就是孩子们放学后或假期里,到了晚上,进行"东头打西头"的打土仗和群架,每天虽然弄得灰头土脸,但乐而不疲。那时孩子们最高兴的事还是去看发送人。此话现在说来似是不恭，可那时农村没有什么娱乐活动，就是婚丧嫁娶，热闹热闹。加之二秃子这群孩子们天真无邪，童心烂漫，只把丧事看作好玩。这其中还有个原因：在过去的农村人死若过了八十，就称为喜丧了。农村人一般长寿，这是因为农村人经常劳作，吃五谷杂粮，身体硬实，一般都长寿，还有一些人活到了80多岁，甚至百岁，已是四代，甚至五代同堂。老寿星去世，街坊四邻都去帮忙，非常热闹。

那时候的农村死人讲究大发丧。一般都发丧三天，亲戚朋友都给信儿，沾边和不沾边的都去帮忙。发丧的规格，以吹鼓手和抬杠的人多少来定。一般的发丧都是叫4个吹鼓手，抬杠的16人。规模大的往往都是在人数上增加一倍，即8个吹鼓手，抬杠的24人或36人。抬杠的必须是结过婚的青壮年。这样加上落忙的和陪丧的人，小村几乎倾巢而出了。其实，闹哄最凶的还是孩子们。每逢这时候，二秃子便把全村的小伙伴们相约在一起，围着吹喇叭的站满了几层，拍巴掌跺脚给呐喊助威。

有一次，村里一个近百岁老人死了，儿女又多，便大发丧。叫了两班吹鼓手，大发丧三天。头一天晚上，村里的好事者在村中心的宽阔地方点燃了两簇火把，照得亮如白昼。老人的几个闺女坐在里边，吹得好，她们要多给赏钱。村民们围得水泄不通。死的这个老人与二秃子还有点儿二六五（沾亲带故）的亲戚，二秃子的妈与这老人的大儿子媳妇结婚前是一个村的，婚后嫁到同一个村，关系自然就近了一些。二秃子扎

· 329 ·

在人堆，领着一群孩子看热闹，尤其是看吹喇叭的。这吹鼓手在这里是高招待，因为丧事热闹不热闹全在他们这儿。在他们旁边的桌子上摆着茶水、糖果，还有点心，看得二秃子他们垂涎欲滴，十分眼馋。此时两个吹鼓班子早已准备妥当，要争个高下。这两个班子是全县数一数二的，分别来自两个大镇。一个班子里的挑台人物是绰号叫"小鞭子"的人。他长得清秀漂亮，穿得雅洁，一副儒家风度。另一个班子顶楞的人外号叫"响八里"。他长得五大三粗，红脸黄毛，恰似天神。老人的大闺女在县里是个小干部，这台戏自然由她说话了。主办丧事的往人群中央一站，高声喊道："大姑奶奶说了，两家班子可尽力吹，吹得好，可多给赏钱，开始！"霎时，两家八仙过海，各显神通。"小鞭子"先吹得是《百鸟朝凤》。顷刻间，恰似百鸟齐鸣，各显其美。后来他拿定两个喇叭，小喇叭嘴插入鼻孔，大喇叭嘴放入嘴中，竟吹出一支和谐的交响曲，村民们掌声不断，齐声喝彩。即使这种吹法，"小鞭子"仍然从容不迫，举止典雅。那"响八里"的吹奏是喇叭口朝天，上面放一塑料盘子，吹将起来，盘子在喇叭口上空悬着滴溜闪转。众人见状，高兴得手舞足蹈，掌声不断。二秃子和这群孩子们并不在意吹鼓手喇叭吹得好坏，而是死死盯着桌子上糖果和点心，于是这群孩子们就围着吹鼓手的屁股转，但只是眼馋，不敢伸手要。还是二秃子聪明，他凑到"响八里"跟前说："你像我爸爸！""响八里"十分高兴，给他抓了一大把糖果，还有两块点心，他连连称谢。等他出了人群，却大声地对"响八里"说:"你腮帮子一鼓一鼓地像我爸爸的气卵子!""响八里"听罢敢怒不敢言,只得吃个哑巴亏。三秃子、四秃子见糖果点心赶紧来要,他立马儿给了他们每个人两块糖果、一人一块点心。三秃子、四秃子兴高采烈地去找爸爸。三秃子一进家门对正准备去丧家帮忙的爸爸说,爸爸,死人这么热闹,好吃好喝的,咱们家怎么不死人啊?他爸爸听后勃然大怒,把三秃子、四秃子一脚一个踢出了门外。

在"文革"中,二秃子高中毕业回乡劳动,因为此时上大学要推荐,没有门子是去不了的,虽然他学习很优秀。他父亲见状,说要不你接我的班吧。那时候铁路有个明文规定。职工到了一定的年龄允许子女接班,他父亲的工龄已经够退休所要求的年限了。此事被他没有过门的嫂子听说了,让人捎话来,说如果不让大秃子接班就退婚。父亲很是无奈。二秃子见状对父亲说:"我有多大命吃多大饭,让我哥哥去接班吧,我愿意在家劳动。"父亲也只能这样了,因为不能眼看着儿子的婚事黄了呀!嫂子过得门来趾高气扬,因为成了铁路职工家属,在农村妇女堆里也算是鹤立鸡群了。那时还没有分家,嫂子在娘家时是老闺女,横草棍不摸,养成了习惯,习惯成自然,如今结了婚,也改不了多少。二秃子见状什么也不说,就默默地承担起家里劳动的重担,除了在生产队劳动,把自留地的活也几乎全包了。因为三秃子、四秃子还在上学,也为的是不让父母生气。老父亲见状,也暗自叹息:"这都苦了二儿子一个人啊!"在生产队里干活,二秃子吃苦耐劳,也是一顶一的劳动力。他因为能干能说能写,有的稿件还被县广播站采用,他还时不时地给《唐山日报》投稿,有一次竟被选中发表,还得了两元钱的稿费。这消息立刻在全公社传开,于是他被公社看中,当了公社业余报道员。公社每逢有什么大的活动便把他调上来采访写稿。

且说有一年冬天,快过年的时候。为了积肥,唐坊公社沿煤河边的村民要挑打夜战,破冰挖河泥。农民到年关了,仍要苦干,不得歇息。当时有句口头禅叫作:"干到腊月二十九,吃完饺子再动手。"那煤河的河泥年深日久,淤成黑色,挖出后可肥田。夜晚,几十里长的河面上,灯光辉煌,宛如一道银河。这二秃子身兼二职,既要写稿还要广播。他看到一位老人虽年逾七旬,干得最卖力,浑身沾满了污泥,胡须、眉毛结了冰,很受感动,于是飞快地写了一篇稿,题目是《七旬老汉不服老,不惧严寒挖河泥》。他写完后,刚要广播时,这个村的大队书记飞快赶来,气喘吁吁地说:"不能广播,不能广播!""为什么?""他是富农!""啊!"二秃子惊呆了。在那年头唯成分论,广播后会犯错误的,"二秃子"吓出了一身冷汗。这大队书记与二秃子感情很好,安慰他说:"没事,没事!不知者不怪嘛!"然后又说,"写谁不行,你怎么偏偏写他呢?""我看他干得最好!"说罢,两个人哈哈大笑起来。

改革开放以后,公社成立文化站,需要既能写又能管理的人员,二秃子是不二人选,此时他已经通过考试,成了半公半农的公社在编人员。为了繁荣文化生活,他办了一个油印小刊物,每月一期,刊名叫《煤河新苑》,专门刊登在社会主义新农村建设中出现的好人好事,以发扬光大,树立新风。小镇西面的赵鸡翎庄有一个叫春花的女青年,高中毕业后,自己办了一个手工艺厂,用煤河里和海边的贝壳做各种工艺品。他听说后立刻去采访。春花家是个大院落,作为厂院。春花正和同村几个年纪相仿的姐妹在纸壳或石膏外壳上粘五颜六色的贝壳,做成工艺品。这工艺品以各种动物的为多,如大公鸡、松鼠、兔子等,还有笔筒等用具。原来春花高中毕业后,大学没考上,回到村里劳动。她不甘心土里刨粮食,决心自己闯出一条生路来,于是便和同村的几个高中毕业的姐妹开办了一个手工艺品作坊,这样既可以获得经济效益,还可以促进农村文化建设,但目前只是销路不畅。二秃子被春花的举动深深感动了,他用照相机拍了几张照片,配上一则新闻报道《不甘心土刨粮食,用巧手美化农村》。此稿在《唐山日报》刊登后,有不少求购者上门,一时货不应求。于是二秃子提出个建议,要春花与村联办,成为村办工厂。春花和村书记都同意了,年底结算,有了一个不错的收益。这一来二去,二秃子和春花也增进了感情,各自暗恋在心。有一次,村书记拉着二秃子的手说,感谢你给我们村办工厂当介绍人,找到了很好的销路。今天我也当一回介绍人,把春花介绍给你当媳妇,作为回报!如何?二秃子和春花听罢,脸霎时红了,双目对视,脉脉含情。

# 四　坏　子

## ——小镇传奇之四十七

四坏子哥四个，他为老小。因为他滑头滑脑，鬼点子多，一眨巴眼就是一个道儿，人们便送给他一个绰号——"四坏子"。小时候，他整天领着一群孩子上墙扒寨子，搅得小镇鸡犬不宁，看他鬼魔颠倒不成人的样儿，那时还在世的老镇长叹口气说："这个孩子就是一个破坏分子，赶上过去的伙会了，竟做些讨人嫌的事。"这四坏子鬼道多，却不好好上学，他的作业让同学们替他抄，往学校里捐些东西（如生炉子的燃料）让同学们替他捐。放学后，他去镇外野地里拾柴火。因为他就知道玩，也拾不了多少柴火。于是他就把盛柴火的笆筐的里面用草棍支上，在笆筐的外面放上一抱柴火，然后用绳子拴上背回家来，远远看上去像是满满的岗尖的一大筐，可笆筐里面什么也没有。他妈妈纳闷了，这四坏子放了学就去拾柴火，怎么还供不上烧啊！结果这个秘密被他妈妈发现了，他妈妈用烧火棍在他的脑袋上打了一个大包，他疼得咧着嘴抱头痛哭。他妈妈还大骂："你这个小花子，坏道施到你妈的身上了，下次再敢这样，看我不打折你的狗腿！"

这四坏子鬼点子虽然多，但学习成绩总是倒数第一，上完小学他就不上学了。十三四岁的孩子，自然还干不了农活。于是他就每天拿着一个脸盆淘鱼摸虾，每天给他妈整一盆来。他妈妈下地回来，还得鼓捣这些鱼虾，劳累得不行。于是他妈就骂他："臭鱼烂虾，送饭的冤家。你还不如在家待着呢！以后别再鼓捣了，再弄我给你扔去！"他爸爸是生产队长，于是就安排他给犁地的大牲口牵墒，好歹每天也能够挣个三分四分的。牵墒这个活儿虽然轻松，但他也不好好干。有一次收工，他牵着一匹公马回村，竟骑在马背上，一手牵着缰绳，一手挥舞着柳条，还大声地唱着："我们像双翼的神马，飞驰在草原上，啊哈呵咿，草原千里滚绿浪，水肥牛羊壮……"没有承想，这二马蛋子还没有驯服，一尥蹶子把他掀翻在地，自己朝村庄的方向跑了，疼得四坏子在地上捂着屁股蛋子喊疼。他爸看见了，也没有管他，一个劲儿地说："活该！就应该这样惩罚你这个王八蛋！"这话被收工路过的村民听了，都咧着嘴乐。

四坏子到了20出头的岁数，到搞对象的时候了。他爸爸给他张罗了一个对象，是邻村南留墅的。因为那个村子周边兔子多，人们都管这个村子周边叫兔子墅。这媳妇倒也能干，但四坏子干活却抵不住一个壮劳力，因为他往往出工不出力，而挣不了十分。婚后，他和他的哥哥各住半间厢房。因他的哥哥在开滦挖煤，每月收入甚丰，没过两三年就在旁边盖起了三大间砖房，且"四大件"（收音机、缝纫机、自行车、手表）皆备。他嫂子常在他门前炫耀，在他媳妇面前显摆。这使得他羡慕不已，但此时的他却还住在小黑厢房里。他没有办法，只得暗气暗憋。春节前，哥哥大鱼大肉买了不少，他只在小镇肉案子那里割了几斤肉，让卖肉的再割下2斤给父母送去。他拎着自家过年用的这几斤肉，手托给父母的这条肉在大街上走了一个来回儿，嘴里还不停地与路人打招呼，说是给父母送肉去。路人见了，都夸他孝心。但说归说，有钱才是硬道理。四坏子囊中羞涩，看着哥哥吃香的喝辣的，闻着从三间大正房里飘出来的香味，不住地唉声叹气，吃不好睡不好，神经日渐紊乱，后来竟不能劳作。他抑郁后，家境更窘，媳妇只得带着儿子常住娘家。这一日凌晨发生地震，小镇的砖房、瓦房、草房、土房俱夷为平地。四坏子从废墟中挣脱出来，见哥哥的三间新盖不久的正房已经成为废墟。他站在自己倒塌的小土房旁大哭三声，大笑三声，跳着高高高喊："天下大同啦！"从此抑郁症全无，病好如初。

　　话说到了改革开放的年头，小镇也允许开放搞活，四坏子不甘心土刨粮食，便在家中的院子里办起了一个轧胶垫的小作坊。干这个活儿就是把两块铁模板烧热，里面放上橡胶，合上压实，制成橡胶垫。起初是夫妻俩干，后来他又找来小姨子和小舅子帮忙。他主要负责跑外，联系业务，很快他手中有了活钱，腰里有了BP机，成为小镇第一个搞副业的人。不久，他扩大规模，买了唐坊供销社的几间旧房（供销社的旧址很大，几乎占了小镇南面一趟街,改革开放以后,供销社就黄了,都卖给个人了),成立了唐坊橡胶厂,业务也很是兴隆。有了钱,他也干些公益事业。于是小镇的人们开始对四坏子刮目相看,对他有了好言语。到了这一年的冬末,小镇要选镇长(其实就是选村长,支部书记由党员选举,四坏子不是党员),四坏子想去竞选。他爸爸知道了,立刻给他泼了一盆冷水:"你的脑袋是不是被驴踢了,要不就是脑筋发烧烧坏了。过去的镇长都是德高望重的人,你也配!你也不撒泡尿照照,甭给我丢人现眼去!"这次四坏子没有听他爸爸的,在选举大会上进行了竞选演说,许诺了小镇人许多条件,结果当选了。这大出他父亲的预料,结果出来了,他父亲自然也没有话说了,只是嘱咐他好好干了,不要辜负了小镇人的期望,不要给自己丢脸。

四坏子这十来年挣了几百万,他决定要把这些钱款投入小镇建设中。他组织人给小镇的街道铺了柏油路,打了吃水的深水机井,修砌了五道桥的桥面,粉刷了街道两侧的墙面,还让县文化馆的画师在墙面上画了具有时代气息的画,使得整个街道的墙面就像一个画廊。他还亲自去科技局请来专家,指导小镇人种大棚菜,以便满足定点供应县城蔬菜的需求。小镇有的人家还在大棚里种了桃树,有的人家还开办了农家院。于是,小镇人家逐渐富裕起来。

后来,四坏子又把注意力转移到美化煤河上。他知道煤河是近代运送开滦煤的通道,是一条文化之河,一条历史之河,承载着小镇几代人的希望。他决心要让煤河的水变清,让煤河两岸变美。他为了治理污染,关闭了自己的橡胶厂改为手工艺编制厂,用小镇附近河沟苇塘中产的芦苇和蒲草制成芦席、蒲包和其他的工艺品,这使得过去这些做饭的烧柴有了很好的用途。然后又在河岸上种上花草,使得煤河两岸姹紫嫣红,桃红柳绿,成了人们参观游览的美好去处。

看到小镇富裕了,四坏子还不满足,他要留住小镇的历史和文化,又相继在日本鬼子侵华时期在小镇上建的炮楼旁边建了"红色博物馆",里边放上了抗日战争和解放战争时期使用的一些枪支弹药,让人们不忘过去。这时候当年打日本鬼子的区小队长李保本还在世,他把自己过去留存的一些旧物捐给了博物馆,当他看到博物馆里挂着自己的照片,激动得老泪横流。他握着四坏子的手说:"小镇人没有忘记我,也没有忘记小镇过去的革命历史啊!"他还请来一些像关仁山这样的作家和名人来捐书和字画。因为关仁山就是小镇人,他也要助力小镇的文化建设。这样就使得小镇文化有了浓郁的文化气息。

小镇美了,小镇人富足了。他爸爸也觉得光荣了,平日里有点儿佝偻的腰也挺起来了。他走在街道上,人们都要礼貌地向他打个招呼。有一天,他自豪地对小镇的党支部书记说:"前半辈看父敬子,后半辈看子敬父,我这也沾了儿子的光啊!只是我儿子这个外号大伙给起得不好。现在我儿子净干好事了,怎么能叫四坏子呢?""大叔,您甭着急,这外号越丑越好,是反意。"小镇书记安慰他。到了年底,丰南区把精神文明建设先进单位的称号给了小镇。这时，人们都齐声夸赞四坏子是建设最美乡村的带头人，五讲四美三热爱的标兵。四坏子倒不在乎人们怎么说他。他说："我四坏子虽然外号不好，但我是小镇的儿子，只能多干好事、善事、美事，不能干一点儿坏事，虽说我不能青史留名，但也要给自己一个好的口碑啊！"

# 五 蔫 巴

——小镇传奇之四十八

五蔫巴的哥们儿姐们儿一共8个，他排行在五，因为他不爱言语，大家都叫他"五蔫巴"。五蔫巴虽然不好说，但肚子里道道多，且长得高大英俊，一米八的个头儿，直直溜溜，特别受看。因为家里人口多，他和二哥先后当了兵。他当兵不到一年就入了党，两年后提升为班长，三年后任代理排长。因为他不会奉承说好听的话，就一直没有再提升，但他仍然任劳任怨，默默无闻地干，全排战士对他都十分尊重。他当兵三年的头上，部队允许他回家探亲。他回家探亲，其中有一个主要任务是相亲。于是家里人绞尽脑汁，帮着参谋，看看周围村庄哪家的姑娘长得漂亮。那时当兵的人是农村姑娘的首选，许多本村的姑娘向他抛来多情的目光，或托人介绍，但他一声不吭，因为他一个也没有看上。结果在他快回部队时对象的事儿还没有着落，此时邻村的表叔说他们村有个年貌相当、长得漂亮的姑娘。于是他去了这个姑娘家相看。那姑娘果然长得明眉大眼，非常漂亮。表叔问他有什么意见时，他只说了一个字：

"中!"到第二天他接到部队的电报,说有紧急任务,他便匆忙归队了。到了年底,他的未婚妻在镇里开了结婚介绍信去部队与他完婚。谁知却发生了矛盾,此时他才发现未婚妻长得个儿矬,不足一米六,两个人很不般配。原来在相亲时,未婚妻见到他满心欢喜,十分乐意,但她很聪明,知道自己个头儿配不上,怕他不愿意,便坐在椅子上一直没有起身,他就没发现未婚妻个头儿矮。此时他叹了口气说:"嗨,该着!"结果两个人在部队结了婚,婚后妻子回到家一心一意地伺候公婆,镇里人都说他找了一个好媳妇。不久,唐山丰南一带发生大地震后,因为家里有伤亡,他执意要复员。他从部队复员后参加劳动,默默地担起了家里生活的重担。

那时生产队还存在,五鸢巴很快便当了生产队指导员(大队支委),他决心与儿时的玩伴,此时已是生产队长的三疤瘌眼一起带领社员们脱贫。当他看到生产队的地垄大苗稀,一亩地也就打个三四百斤粮食时就动了心思,便搞起了"两密一稀"的种植法。什么是"两密一稀"的种植法呢?就是在种玉米或种棉花时,其中两条垄沟之间的缝隙要密,而这两条垄的垄沟与另外两条垄的垄沟之间的缝隙则要宽。这样既保持了通风,又多出了几条甚至是多条垄的玉米或棉花,提高了玉米和棉花的产量,两亩地可以顶两亩半地种。这样的种植方法先是被公社知道了,公社在小镇地头召开了现场会。全公社18个大队的生产队长以上的干部全来参观,随后在全公社推广这个种植方法。后来公社书记汇报到县里,县委书记立刻组织全县的大队书记、公社主要领导干部都来参观,很快"两密一稀"的种植法在全县推广开来,县里当年许多大队实现了粮食产量"过黄河"(亩产粮食600斤),还有的大队实现了"跨长江"(亩产粮食800斤)。这其中,五蔫巴功不可没。县里召开"三干会"(县级三级干部会议的三级是指县、公社、大队三级行政单位)时,县委书记指定他在大会上介绍经验。在台上,他的话很少,只说了这么几句:"地是死的人是活的,只要动脑筋想办法,不墨守成规,科学种田,巧干加实干,不怕多流汗,就一定会多打粮食!"话虽不多,却很是中听,与会的人们给了他热烈的掌声,县委书记还给他戴上了"种田能手"的大红花。

　　粮食打多了,还要有钱花啊!五蔫巴又动了心思,他想,生产队的每块地与每块地之间都有苇沟,长着满沟的苇草,每年都当烧柴,或是只把把好一点儿的苇草卖了。能不能加工苇草,打成苇帘、苇箔呢?他与三疤瘌眼商量此事。三疤瘌眼说:"我也有这个想法,可销路去哪里找呢?"他对三疤瘌眼说:"这你不用发愁,到时我来解决。"秋后,他组织社员们把苇草割上来,按长短抖落干净,好一点儿的苇草打成苇帘,次一点儿的打成苇箔,还把细一点儿的苇草剥干净打成净帘。于是,他带着产品去找各地的战友,那些在建筑部门和粮库、粮站的战友们都尽力帮忙。那苇帘、苇箔可以用作建筑材料,粮库也可以晾晒粮食用。他又联系了县外贸公司,他在部队时的营长现在是县贸易公司的经理,答应帮忙把净帘出口日本。

那时生产队还存在，五蔫巴很快便当了生产队指导员（大队支委），他决心与儿时的玩伴，此时已是生产队长的三疤癞眼一起带领社员们脱贫

这一下子，他所在的生产队到年底分红，一个10分的工值就1元多，而其他生产队才六七角钱，这惹得其他生产队很是眼红。于是他就找镇长商量，要走共同富裕的道路，成立镇办苇草加工厂，工厂由他负责，以提高全镇的收益。

过了几年后，集体经济有了很大的发展时，生产队却要解散了。社员们都有些不舍，但上级有指示，谁也没有办法。镇长与他商量镇办企业如何办时说："生产队解散了，镇办企业也要解散，你主管镇办企业，业务也是你联系。现在上边提倡让一部分人先富起来，我看你买断了吧！"他听了此话，脸色有些凝重，沉吟了一会儿说："生产队解散了，但集体产业不能散，我看镇办副业还是由镇委会管理，业务还是由我负责。挣了钱，我们可以改变小镇面貌，给大家办福利，给老人尤其是鳏寡孤独的老人一些补贴，我们还可以扩大再生产，这个企业还是我来负责。"他这个提议在镇委会上获得了通过。于是，他扩大生产经营，除了生产过去的产品外，还收购稻草，打成草帘。每年陡河沿岸的农民种的大白菜下来，都需要许多草帘苫盖。小镇车站把这些收购的白菜装火车运送各地，也需要大量的草帘苫盖。到了冬天，在车站堆积如山的白菜，草帘有时还供不应求，于是镇办企业收入很多。他和镇长把这些收入除了用于小镇一些必要的开支外，其余的用于村民福利。凡年过65岁的老人每月给50元的生活补贴，年过70的老人每月100元补贴，年过80的老人每月150元补贴。社员们凡是有了大病大灾，镇里都要救济。大家都说，这五蔫巴的蔫巴主意都是发财的道儿啊！镇里的集体经济上去了，镇长也非常高兴，他激动地握着五蔫巴的手说：“你哪里是个蔫巴，你是贵人语话迟的智多星啊！好道道儿全在心里。你的这些道儿全是领着大家致富奔小康的道儿啊！”听到此处，五蔫巴有些脸红，只说了一句话：“这是我应该做的！”

# 小　落　子
## ——小镇传奇之四十九

小镇有一个爱时髦的小青年，绰号"小落（lào）子"。这个绰号的来源在他妈妈身上。他妈妈是小镇西北50里远的天津宝坻县的人。这个地方是一个评剧之乡，那里很多人喜欢唱评剧。评剧又叫落子，唐山评剧也叫唐山落子。但这里的评剧与唐山的略有不同，是大口落子，即西路评剧。宝坻是西路评剧的发源地，早在光绪年间评剧就已盛行。这大口落子是和小口落子相对而言，其特点是高亢、激越、泼辣、粗犷，也带有悲怆色彩。小落子的妈妈是宝坻评剧团的一个演员，唱大口落子的主角。后随他在铁路工作的父亲来到小镇车站，在小镇安家落户，自然也唱不了大口落子了。没有了前呼后拥的观众，显得很是寂寞。她闲来无事，嗓子发痒，就走出家门对着煤河唱几段。她的嗓音时而高亢有力，时而低回婉转，韵味悠长、情意绵绵，颇有些小白玉霜的味道，引得人们驻足观看，齐声叫好。于是人们给她起了一个绰号：大落子。她生了一个儿子以后，人们就从她的绰号那里给她的儿子顺延出一个绰号：小落子。

这小落子继承了他妈妈的基因，长得白白净净，顺顺溜溜，双眼皮，大眼珠，是一个典型的俊后生。他生下来时，因为家庭条件好，父母便娇生惯养，于是便养成了横草棍不摸、油瓶子倒了不扶的毛病。除此之外他还有一个毛病：爱时髦。应该说这也不算毛病，他家里有条件啊！就说骑自行车吧。在他上高小的时候，需要到小镇西面2里远的唐坊村的唐坊小学去上学，于是他父亲给他买了一辆天津产的飞鸽牌自行车。全校有200多学生就他一个人骑自行车，其余全是步行，因此显得鹤立鸡群，他也为此趾高气扬。他高小毕业后，赶上"文革"，便在小镇参加劳动，后来因为他嗓子好，就参加了小镇的毛泽东思想宣传队，担任独唱演员，有时也唱京剧和评剧，后又被选调丰南县毛泽东思想宣传队。这时因为胥各庄离小镇有30里远，他又换了一辆上海产的凤凰牌自行车。在那个时候，自行车绝对是一个高档品，绝不亚于今天的轿车。那时结婚要彩礼，女方要的所谓的"三转一拧"，这第一转就是自行车。有自行车的人都将自行车视若珍宝，不许他人摸碰。这小落子每天将凤凰自行车擦拭得锃亮、一尘不染。车子装饰得也非常漂亮，手把装上用五彩线织的把套，飘着长长的穗儿，并安上双铃铛，鞍座套上丝线织的五颜六色的鞍膜，脚蹬板也安上胶皮的套，看着让人眼馋。他一路骑来，双手按铃，丁零零地响个不停，像音乐那样动听，把套上的穗儿随风飘荡，成为路上的一道风景，惹得人们驻足观看。每逢他骑车从小镇西面往东面奔胥各庄而去的时候,小镇的孩子们一边喊着他的名字,一边在后面追,从街西头一直追到街东头,成为奇观。

小落子在县毛泽东思想宣传队绝对是主力。在宣传队变为评剧团以后,他经常饰演李玉和、郭建光、杨子荣等主角。因为唱得好,一时间小落子成为全县人人皆知的和口中传颂的人物,令小镇人称羡不已。她妈妈也觉得十分荣光,觉得命运造化使得自己脱离了舞台的亏欠在儿子身上找补回来,也觉得不亏,但小落子在演样板戏时也给人们留下了一个笑话。那是在演《智取威虎山》第六场《打进匪窟》时,剧情应该是座山雕问杨子荣:"脸红什么?"杨子荣回答:"精神焕发。"座山雕又问:"怎么又黄啦?"杨子荣回答:"防冷涂的蜡"。扮演杨子荣的小落子可能由于紧张,把"精神焕发"说成了"防冷涂的蜡"。这饰演座山雕的演员一愣,一时没反应过来,照说不误:"怎么又黄啦?"这小落子还算反应机敏,心想第一句说错了,又不能收回,遂改口说出:"为了防冷,又多涂了一层蜡!"台下的领导和观众听了,都乐得前仰后合,演出笑场了。这场戏好歹演完了,但这个失误却成了轰动一时的笑话。剧团领导吓坏了,小落子失魂落魄等待处理。还是县委书记大度,说:"演员一时紧张,出现了口误,也不是什么大问题,不要追究了!县里的文艺活动还指着他们呢!让他们去挖沙河的工地给民工们演出去吧,以功抵过。"这让剧团的团长和小落子感激涕零,在工地整整演出了3天,演了整出的《红

在挖沙河的工地上，剧团受到了热烈的欢迎。演出的时候，四外八庄的老百姓也来看，人山人海，掌声雷动

灯记》《沙家浜》《智取威虎山》，给民工们解了渴、去了乏，添加了干劲儿，剧团受到了热烈的欢迎。演出的时候，四外八庄的老百姓也来看，人山人海，掌声雷动。工地指挥部的指挥是一位丰南县的副县长，也亲临演出现场，接见了演员们，尤其对小落子称赞有加。事后，县委书记知道了这件事，也亲自给剧团的团长打电话给予表扬，小落子也颇为自豪。

俗话说：花无三日红。到了改革开放初期，县评剧团解散。县里考虑到演员们也不易，想给他们转为协议工，到县砖厂去当工人。这些人细皮嫩肉怎么干得了重活，没有几天便都回了家。小落子也带着恋人，就是饰演小铁梅和小常宝的演员回到了小镇。大落子一看儿子带着恋人回来，既高兴又失落、发愁，心想："这两个孩子不是干庄稼活的料，干什么呢？"她和丈夫一商量，干脆在五道桥的北面自家的地方开个小卖铺吧！于是在小落子婚后，夫妻俩便经营这个小卖铺。没有事的时候，小两口还经常唱两段评剧选段，引得顾客上门，小店一时间很是红火。

没有两年，小镇的国营供销社黄了，小落子便决定把小卖铺做大做强。他把临街的三间房拆了，盖成了门市，后面的厢房成为库房。他又去天津、北京进货，有时还去南方采购一些奇缺产品和应时的货物。有的买主需要什么可以提前预订，他去采购。后来，他还进行了网上购物，以满足供应。他还求名家给题写了"五道桥商店"的牌匾，很是醒目。

干了几年，有了资金，小落子的文艺情结又萌发了，于是他自发地组织了乡间剧社，把过去的老演员招来组团，逢年节便搭台演出，谁家有红白喜事，也可以去演折子戏和片段，给小镇增光添彩。

小落子和这些演员的红色情结根深蒂固。这一年的春节，他们复排了《红灯记》《沙家浜》《智取威虎山》三出大戏，搭台在小镇演出，一时间人山人海，可见人们对样板戏红色记忆的深厚。

老县委书记和老县长也被请来观看。这是大年初一上午，台下人头攒动，欢声笑语伴随着悠扬悦耳的音乐此起彼伏，使这寒冬里的小镇沸腾起来。新搭的戏台高大宽敞，戏台的正中挂着象征五谷丰登的艺术节节徽。寒风冻红了人们的脸颊，但人们却兴趣盎然，其乐融融。台上节目精彩纷呈，台下掌声阵阵。对这些红色样板戏，人们看着舒心、畅快。

演出的第一个评剧是《红灯记》。大幕开启，第一场是《接应交通员》，由小落子扮演的李玉和身着铁路工人制服、手提红灯健步上场。他唱道："手提红灯四下看……"这时候，铁梅上场，这扮演铁梅的演员恰恰是他的女儿。人们见此，都情不自禁地鼓起掌来。李玉和见到女儿，赶紧解下围巾十分心疼地给铁梅围上。他望着回家给奶奶捎信的女儿，高兴地唱道："提篮小卖拾煤渣，担水劈柴也靠她。里里外外一把手，穷人的孩子早当家。栽什么树苗结什么果，撒什么种子开什么花。"一段唱罢，掌声雷动，经久不息。

演出结束后，老书记握着小落子的手说："谢谢你为家乡

· 351 ·

做出的贡献,活跃了农村生活。"小落子有些受宠若惊,连连说:"应该的,应该的!我还得好好谢谢您,是您宽宏大量,没有追究我。如果您当时处分了我,我哪里有今天啊!"老书记和老县长听罢,都哈哈大笑起来。

## 小镇情缘

### ——小镇传奇之五十

小镇的桥南有一姓郭的人家,是小镇的外来户。因为郭家来小镇比较晚,又很老实,加之凡事都不爱言语,与人来往很少,显得死门死户,几乎成为被人淡忘的人家。可这一家人却在震后发生了一件令人称奇又令人赞叹的事情,可以成为小镇传奇。

这郭家除了老两口儿外,还有一个儿子。这儿子蔫巴,一脚踹不出个屁来,小镇人给他起了一个绰号:老蔫儿。不仅儿子这样,儿媳妇也很闷,不爱说话。小镇人都说他们不是一家人不进一家门,属豆干饭的,焖起来了。

故事发生在1976年唐山丰南一带发生大地震之时。在发生大地震那天的夜里,小镇房倒屋塌,正在酣睡中的郭家老两口儿也被埋在瓦砾之中。老蔫儿与父母住在三间正房里。父母住在东屋,他住在西屋。这房子虽然倒塌,但没有完全落架,东屋重,全塌了,西屋没有完全倒,所以老蔫儿的胳膊虽受了些伤,但没有断,媳妇身上也被划出了数道血痕,鲜血直流。

他们拼着命从西屋中挣脱出来,搬开东屋砖瓦石块,扒出了被木梁砸坏了的父亲,等扒出了母亲时,人早已断了气,因为房梁正砸在她的胸口,一下子就砸死了。老鸢儿忍住悲痛和媳妇把母亲抬出来。他又摘下门板和媳妇一起把父亲放在门板上等待救援。过了没有两天,老鸢儿把母亲埋了,便和父亲还有同村的几个伤员被人送到唐山火车站,然后转移到邢台市的医院。本来老鸢儿是不可以去的,但他装作病得很重的样子骗过了医护人员,也混上了车,为的是照顾老父亲。老鸢儿父亲的大腿被砸断了,疼痛难忍,身体非常虚弱。坐火车到了医院后,又发了高烧。父子俩被安排在一个病室里。他父亲对他断断续续地说:"我想吃水果,想吃香蕉,或者苹果、梨……"此时已是夜半时分,商店恐怕早就关门了。

老鸢儿是个孝子,他挎着胳膊,穿街走巷地转了好几圈,总算看到一个小店铺还亮着灯,有一位大叔在打理。"大叔,还没有关门啊?""没有,我儿子刚刚进货回来,所以我还没有来得及关。"这个开店的大叔看见老鸢儿进店,便问:"小伙子,听你这口音,是唐山人吧?买什么啊?大地震家里伤着人没有啊?老鸢儿向店主说了地震中的遭遇和父子俩来这里治病的情况,又说父亲想吃水果。店主听罢,也是一阵伤感,然后装了一大网兜水果,里面有苹果、梨和香蕉,并问:"小伙子,这些够不够?"

老鸢儿赶忙推辞说:"大叔,我父亲吃不了这些,就是买几个吃吃。"其实,他口袋也没有几块钱,平时家中就比较困难，临来时就带了两张十元票。

"那就留着你父亲慢慢吃，如果吃不了，病室不是还有其他从唐山来的病号吗？拿回去可以分给大家一起吃，这也表表我们邢台人的心意！"老蔫儿磨叽好半天，才脸一红说："大叔，我买不起这些水果！"

"哈哈！"店主笑着说，"小伙子，这些水果不要钱！你们遇了这么大的灾难，我也帮不上什么忙，就用这点儿东西表表我的心意吧！"

素不相识，萍水相逢，怎好接受别人的东西？老蔫儿坚辞不收。店主却非让他收下不可，态度坚决地说："孩子，一方有难、八方支援，你们遭受了大地震，全国人民都捐款捐物。我这点儿东西又算得了什么？你就让我表表心意吧！否则，你买东西我收钱，于心何忍哪！"店主有些激动。老蔫儿被深深地感动了，他向店主再三致谢。店主送他出门，又问了他所住的医院和病室，说改天去医院看他们。

果不其然，到了第三天，店主又拎着一大网兜水果来到医院看老蔫儿和他的父亲。大家还以为是老蔫儿在邢台的亲戚。一说话，大家这才知道这是那天老蔫儿买水果的那家水果店的店主。老蔫儿一问，这个水果店主叫李永祥。他比老蔫儿的父亲小一岁，所以老蔫儿叫他大叔。

从那以后，店主隔三岔五地拎着水果来看老蔫儿和他的父亲，整个病室的人跟着沾光。没有一个月，就跟亲人一样了。时不时地，店主还做些好吃的送到病室。老蔫儿和他的父亲感

· 355 ·

慨地说:"这真是不是亲人胜似亲人啊!"

老鸢儿的伤较之他父亲的轻,便先他父亲一步回小镇了。回到小镇后,他向媳妇讲述了自己在邢台与水果店主的奇遇。媳妇说邢台人真好!要不咱们去邢台看看这个大叔吧。老鸢儿说,嗯,等秋后收拾完庄稼,咱们就去。过了没有一个月,地里的庄稼收拾完了,老鸢儿要和媳妇一起去邢台看望父亲和水果店主。临行前,老鸢儿说,咱们拿点儿什么礼物呢?媳妇说,就买唐山特产麻糖和棋子烧饼,还有迁西的糖炒栗子。过了几天,老鸢儿去了趟唐山,买了两盒麻糖、两盒棋子烧饼和两盒糖炒栗子,便和媳妇一起去了邢台。

在医院探望过父亲后。老鸢儿和媳妇找到水果店,把礼物送给店主。店主很是激动,连连说,你们唐山人真是太实在、太厚道了!老鸢儿说,邢台人更实在、更厚道!说着,他和店主的手紧紧地握在一起。

老鸢儿和媳妇在邢台待了两天,他领着媳妇看看邢台的街面和景致,便准备回家。谁知他们和父亲正要分手的时候,却见店主拎着罐头、糕点和水果来到病房看望父亲。并对老鸢儿夫妇说:"你们尽管放心,这里有我照看。我相信,唐山人民在全国人民的支援和帮助下,一定会战胜灾难,重建家园,生活也一定会好起来的。"老鸢儿的父亲听罢,非常感动,连连说:"是的是的,老弟,有你们这样的好心人,我们什么样的困难都会战胜的!"

1976年的春节前半个月,老鸢儿的父亲也伤愈回家。临行时,李庆祥送他上火车,并送给他一兜子礼物和一大包衣服。

再说腊月二十五这天中午,小镇会计来到老鸢儿家,手里拿着一张汇款单,兴冲冲地说:"老鸢儿,邮递员刚刚送来的,你们邢台的亲戚给你们寄来了200元钱!""邢台亲戚?给我寄钱?"他立刻想到了水果店主——李大叔。他接过来一看,汇款单上写着两行字:"你们好!给你们寄去点儿钱,用作过年,不成敬意。祝春节快乐!"

老鸢儿的父亲把汇款单紧紧地捂在胸口,眼里充满泪水,嘴里不住地说:"大兄弟!好人哪!您真是好人哪!"说着,朝着邢台的方向大声地说:"大兄弟,谢谢你啦!也感谢邢台人对我的照顾,祝你春节快乐,也祝邢台人春节快乐!"这天晚上睡觉,老鸢儿把汇款单或是拿在手里,或是贴在胸口上,还时不时地拿出来与媳妇一起看。这200元可不是小数啊!抵得上农村一年的分红,但他觉得比这更重要的是李大叔对全家人的恩情。那一夜他兴奋地睡不着觉,还激动地笑出了声。而后,老鸢儿一家用这200元钱过了震后的第一个春节。

第二年春节,老鸢儿又收到了水果店主李大叔的200元汇款单,并说在正月初十来小镇看望他们。他们知道后,欣喜异常,把准备春节吃的东西全留下来,等李大叔来时再吃。

再说初十这一天快中午时分,老鸢儿一家人在小镇的火车站等候李大叔。天气虽然有些寒冷,但他们心里暖洋洋的。月台下煤河的冰面在阳光的照耀下,泛着白光。

不一会儿,从天津方向开来的列车停在小站,李大叔下了车。全家人拥上去围住了他。老蔫儿赶紧接过李大叔背的包裹。老蔫儿的父亲说:"来你就来吧,还大包小裹地带这么多东西!""这些都是我们穿过的衣服,还挺新的,留给你们穿吧!""谢谢!"老蔫儿的父亲一个劲儿地称谢。到家后,老蔫儿打开包裹一看,哪里是什么旧衣服,几乎都是里外三新的新衣服。老蔫儿说:"大叔,您又为我们破费这么多钱。""你这孩子,这么说你就显得见外了,我们不是一家人吗,怎么说两家话呢?"李大叔笑着说:"孩子,我给你买了一件半大衣,给你爸买了一双带有毡子的大头鞋,给你媳妇买了件时兴的呢子上衣。"他说着一一递给他们。老蔫儿一家人感激涕零,一时不知说什么好。最后还是老蔫儿对媳妇说:"赶紧开饭吧,大叔还饿着呢!"媳妇如梦初醒,赶紧把春节吃的东西摆上桌。

李大叔见满满一桌子丰盛的鸡鸭鱼肉说:"你们这是把过年的东西都没有吃,给我留着呢?"老蔫儿忙说:"没有,没有!"老蔫儿父亲说:"这桌饭菜,全是用你寄给我们的钱买的,没有你,我们怎能过这么好的年啊!大兄弟,我们全家人谢谢你啦!"说着,让老蔫儿和媳妇也端起酒杯,一起敬李大叔。

饭后,老蔫儿父亲对李大叔说:"大兄弟,我们已经是一家人了。我想我们亲上加亲,让我儿子认你为干爹。否则,我们一家人不知道怎么谢您。"李大叔赶紧推辞说:"老兄,这都是老例,现在不实行这个!"老蔫儿父亲倔强地说:"我不管什么老例新例,我就知道知恩图报!"说着让老鸢儿夫妻俩赶紧给李大叔磕头。李大叔见状,也不好拒绝,恐怕拂了一家人的好心,赶忙搀起老鸢儿夫妻俩。

下午,镇长和小镇的人们陆陆续续地来到老鸢儿家看望李大叔。老鸢儿知道了李大叔要来小镇的消息后,激动得不知如何是好,告诉了镇长和相好对劲儿的。但小镇人一传俩,俩传仨,都知道了这个消息。大家都被这种不是亲人胜似亲人的真情所感动,都想见见这位邢台来的好心人。

镇长紧紧握着李大叔的手说:"对您的好心义举,不仅老鸢儿一家人感谢您,我们全小镇的人也要感谢您,感谢邢台人!我们是遭灾受难了,但有党的英明领导,有全国人民的大力支援,有许多您这样的好心人。我们小镇、我们丰南和我们唐山一定会建设得比以前更美好!"大家听罢,都起劲儿地鼓起掌来。老鸢儿一家人更是热泪盈眶。李大叔也激动不已地说:"在你们身上,我看到了小镇人和灾区人民顽强的毅力,令我感动。我有幸遇到老鸢儿一家人,遇到你们这些小镇人,以后我们就是一家人啦!以后我要年年来小镇看看,看看你们建设的新小镇!"

大家听罢,又是一阵掌声。老鸢儿也激动地说:"干爹啊,我从长这么大,我家里也没有来过这么多的人,这多热闹啊!我希望您年年来,经常来!我求您啦!"说着就又要给李大叔磕头,李大叔赶紧拉住他。大家见状,都哈哈大笑起来。笑声飞出屋外,在小镇的上空荡漾,此时屋外已是一片春光。

# 故乡：生命的家园与精神的乐园
## ——《小镇传奇》创作絮语

故乡，是我们每一个人的精神归宿与理想寄托，对故土的眷恋与怀念是人类共同而永恒的情感。我有很浓厚的恋乡情结，虽然离开故乡多年，但我对她一往情深。因为她是我生命之根，精神之源。也可以说，她是我生命的家园、精神的乐园。多年来，我始终眷恋故乡和平安静的生活形态、温馨淳美的人伦情味、农耕时代的烟火气息。故乡是我心中的一块圣地、眼中的一颗明珠，无论我走到哪里，她的倩影永远伴随着我。是她，给了我健壮的身躯，纯朴的性格，以及做人做事的道理和生活生命的真知。

故乡是我儿时的乐园。浩荡的草泊苇沟藏满了神奇：肥美的鱼儿，欢叫的鸟儿，飞蹦的兔儿，横爬的螃蟹，以及那扑朔迷离的传说。宽厚的土地孕育了美丽：春天，生机盎然，馥郁芬芳；夏天，五彩缤纷，喧闹热烈；秋天，色彩斑斓，凝重深沉；冬天，冰封雪盖，博大疏朗；我在这里捞鱼摸虾，捉蟹逮鸟，剜菜割草，滑冰玩雪，有享受不尽的乐趣。那时还是农耕文明时代,一切都是那样的和谐美好。

故乡是我成长的家园。我在那里度过了最美好的人生时光,留下最珍贵的生命记忆。我在故乡读完小学,因为"文革"便过早地参加劳动了。曾经看瓜、牵摘(牵牲口)、扛草,当过记工员、积肥员和现金保管员。后来逐渐学会了耕种锄榜,体验了"汗滴禾下土"的劳苦。上完高中后步入青年时代,我承受了更为繁重的劳作。挖河、扛脚行等重体力活几乎使我不堪重负。我曾扛起200斤重的粮食包,抬起几百斤重的盛河泥的大筐。在生产队拔麦子、拔棉花柴我总是在最前面,于是我被选为生产队副队长,专门领着社员干重体力活。我当上了大队副书记,也是带领全村的青壮年去挖河、建扬水站等重活,直到后来县委组织部重点培养年轻干部调我到县里工作。是故乡给了我吃苦耐劳、踏实肯干、迎难而上的劳动精神,成为我教学和科研中进取和苦作的坚韧不拔的毅力和韧性。

故乡是我的启蒙老师。她教会了我怎样在人生的道路上起步,她告诉我如何去做事、做人。长大后,尽管童趣逝去,困扰接踵,备受艰辛,但我仍深深地挚爱着她。因为故土留下我生活的痕迹,烙下我生命的印迹,赋予我爽直开朗、坦诚朴实的性格。现在我虽然离开了它,但我仍深深地眷恋着它。她是我人生的一面镜子,可以使我擦去污垢,洁面清心;她是我做人的榜样,使我检点行为,行正举端。

我眷恋故土,眷恋故乡人。他们善良纯朴,勤劳伟大。他们虽然没有什么文化，但他们留给人类的是真诚；他们没有享受过更多的欢乐，但他们活得很充实；他们虽然不会做戏，但在家乡的舞台上，他们是出色的主角。他们虽然是极平凡的，但也是极伟大的。

如今物质的丰裕和精神的贫乏形成了巨大的反差，物欲的强盛和精神的萎缩成为社会的矛盾。生活愈来愈现代，人却愈来愈物化。物质文明的进步发展使人类离自然愈来愈远，因而也愈来愈难返精神的乐园，这使我也愈发怀恋故乡，想念故乡人，愈发恪守故乡的训诫：明明白白做事，坦坦荡荡做人，永葆故乡精神，永做故乡人。

儿时，常常想挣脱故乡的束缚，跑向远方；现在却常常想回归故乡。以前在故乡时，觉得故乡人很平凡；现在身居城市，却觉得故乡人是那样的伟大。只有在故乡，我才能全身心地放松；只有与故乡人相处，我才能无所忌讳。因为那里是一个真诚的世界。

也许有一天这个世界上没有了我，但我仍要回归故土，化作故乡的一抔土，这样我的灵魂才会安静。我真诚地做人做事，不图名利，淡泊人生，辛勤耕耘，为的就是故乡！因为只有这样，我才对得起生我养我的故乡。我虽然已出版了好多书，但在这部作品中几乎倾注了我在故乡全部的生活积累。它饱含了我对故乡的全部热爱和眷恋。我愿把这本书化作一首歌，唱给亲爱的故乡人；愿把这本书当作一首诗，献给圣洁的故土，愿把这本书当作一幅画，留在历史的画廊中。

多年来，我对小说创作情有独钟，高中毕业后即开始进行创作，从1979年起，便在《唐山日报》等报刊上发表文学作品，在《青年文学》《长城》等刊物上发表小说，与大学同学伦洪波合著长篇小说《滦州起义》，并被唐山广播电台制成广播小说在全国播放。因此，《文艺报》主编郑伯农先生称我为"文坛双枪将"。退休以后，创作兴趣又起，应唐山师范学院宣传部之约，接连创作了50篇小说，在校园网制成广播小说联播，每周两篇。现在我结集为《小镇传奇》，以留住小镇的传奇历史和父老乡亲在小镇上的活动迹象。

我从小喜欢文学创作，几十年矢志不渝。退休以后更是塌下心来写我生于斯长于斯的小镇。我在此上小学、读高中（因为"文革"，小学毕业后辍学没上初中），耕种锄耪，扛脚行，装卸火车，挑河，给煤河清淤……虽然生活辛苦，但使我终生难忘，所以写了50篇小说，以时间排序，构成《小镇传奇》。我创作时，小镇的人和事纷至沓来，情感也激动不已。小说有浓郁的生活色彩，有鲜活的人物原型。我也不追求什么深度和高度，全部是生活的真实写生，原生态的描摹。我写此书的目的，就是想回望小镇历史，回忆陈年往事，回顾故人旧友，再现小镇旧日的人情世故、生活状态。

《小镇传奇》是一幅小镇的人物画、风情画、世俗画，构成了小镇世界。小镇大世界，一滴水可见太阳的光辉，它反映着社会的变化、时代的脉动。那里是生我养我的地方，留下了我的青春岁月；那里有我的衣食父母，是他们养育了我。到了退休之年，愈加思之往之，所以写了《小镇传奇》。它可以作为小镇的地标，在历史行进的历程中留痕留影。这如著名诗人大解所说："故乡是作家肉体和精神的双重源头，他用语言复述他的故乡，深入到农耕记忆中，把深远的历史重建一遍，展现出那些被人忽略的、消逝的，甚至是不存在和不可能存在的东西，用文字创造出一种语言的现实，以此构成历史的多重性和丰富性。"

我写小镇人时，没有装腔作势，没有故作高深，基本是平铺直叙，以表现小镇人的生命原色、小镇的原生态。小镇人是我的父老乡亲，他们朴实无华、襟怀坦荡，老老实实做人、踏踏实实做事，不会装模作样，更不会弄虚作假。他们身上有缺点更有亮点，有劣根性更有高大上，实为我人生的楷模、做人的榜样。因为我在农村生活的时间较长，对农村的各色人等非常熟悉，随便把他们的事情拿来就是一篇小说。有的小说虽有虚构，也是生活的再现。在《小镇传奇》的写作中，我基本坚持"有真意，去粉饰，少做作，勿卖弄"的白描手法，不追求所谓的深度和高度，采用本色写法，以再现小镇的原貌，留下小镇的旧事。

我从1975年离开家乡，在社会上漂泊多年，但故乡始终是停泊我生命的港湾。故乡的父老乡亲，永远在心中铭记；故乡的风土人情、陈年旧事，时时在眼前浮现。思之愈久，念之愈深。半年多来，我将对故乡的记忆写成《小镇传奇》，以表达我对故乡的思念之情，对故乡人的感恩之情。著名评论家谢有顺说:"好作家都有原产地的。或者说,每一个人都有故乡,都有一个精神的来源地,一个埋藏记忆的地方。""比如鲁迅笔下的鲁镇、未庄,沈从文笔下的湘西,莫言笔下的高密东北乡,韩少功笔下的马桥,贾平凹笔下的商州,史铁生笔下的地坛,福克纳笔下那个像邮票一样大小的故乡,或者马尔克斯笔下的那个小镇……""当我们想起这些作家的时候,自然就会想到他们所写的这些地方,包括其中的风土人情、世态万象,都成了一个地理、经验、精神意义上的写作符号。"我所写的《小镇传奇》中小镇又何尝不是我生命的产地、精神的原乡,一个地理、经验、精神意义上的写作符号,但愿我的《小镇传奇》能够成为故乡的永久记忆、故乡人的生活写照,能够得以留存和流传,不负一个游子对故乡的思念和向往。

这些小说,被"清风雅韵"唐山师苑诵读团制成了广播小说后,广为传播。有的诵读者说:"您刻画的人物那么鲜活,每每读着读着我就感觉眼前在放电影。读这样的小说真是享受。"有的听众对我讲:"您的小镇传奇系列短篇小说,写得太精彩了,引人入胜,笔端饱含对这片热土的深情,充满着对每个小人物的爱,饱含着对社会、对人生的思考,对过往纯真年代的追忆。太棒啦!""认真听了《小镇传奇》中的小说,深感杨老师生活积累深厚,作品颇有厚积薄发的底蕴。一个个故事娓娓道来,很有传奇特色,又有小镇特征,让人,尤其是唐山本地人倍感亲切,好像身边的人演绎着身边的事,很有意思。"著名作家夏玉祥说:"立元教授植根土地,勤奋耕耘,身居学院，不改朴实本色，著作等身，可钦可敬，是我们唐山的光荣与骄傲！"

多年来，我笔耕不辍，淡泊名利，以路遥所说的"殉道精神"读书写作、著书立说，以留给历史，留给后来人。我给自己写了一首打油诗：名利如浮云，文化才是真，废寝又忘食，学习曹雪芹；我本一农夫，辛勤苦耕耘，汗滴禾下土，著作已等身；我本一文人，多年善其身。不失文人气，文本有文魂；我本一穷儒，笑看官场人。文章本无价，写书留后人。

写完这部小说集，有一种精神回归故乡的感觉，是那样的舒畅和愉快。我不仅仅写出了小镇人的传奇故事，也诉说了我在小镇的人生经历。这段经历对我来说铭心刻骨，永生难忘。这正如《小镇传奇》的诵读者之一良子所说的那样：杨老师在故乡的"一段人生经历，让文字和语言碰撞出绚烂的火花，让岁月的陈酿在声音的世界里满溢出醉人的芬芳。《小镇传奇》不仅是小镇的一个个小人物和小故事，而是一代人记忆深处的如烟往事。我们有幸用自己的声音演绎那一段生动而活泼的中国农村印象，充实了素淡的日子，也甜蜜了声音的成长"！

此书出版不是我一人之力，是大家共同努力的结果。在这里，要特别感谢花山文艺出版社郝建国社长、于怀新主任、卢水淹编辑所给予的大力支持，感谢河北省作家协会主席关仁山题字、作序，感谢我的老同学刘绍辉的鼎力协助，感谢丰南县图书馆馆长刘志大和画家张建华先生的热心支持，感谢清风雅韵唐山师苑诵读团老师们的真情诵读,把文字变成有声,进行二度创作奉献给读者和听众。在此,我对他们表示深深的谢意。

杨立元<br>2022年2月